小学館文庫

トヨトミの逆襲

小説・巨大自動車企業

梶山三郎

小学館

トヨトミの逆襲　小説・巨大自動車企業

目次

『トヨトミの野望 小説・巨大自動車企業』前編までのあらすじ

愛知県豊臣市に本社を構える『トヨトミ自動車』は、豊臣家による経営が続いていたが一九九五年、創業以来の危機を迎える。会長の豊臣新太郎は、かつてフィリピンに左遷されるもどん底から這い上がり帰国を果たしたサラリーマン、武田剛平を社長に抜擢、舵取りを託す。武田は世界初のハイブリッドカー『プロメテウス』を市場に投入、アメリカ大統領を籠絡、ワシントンで敏腕ロビイストを駆使して主戦場の北米市場を席巻するや、国内でもライバル企業を圧倒し、一気に世界一の大企業へ駆け上がっていく。新太郎の長男で跡取りの豊臣統一は入社以来、「親の七光り」と陰口を叩かれながらも、いつの日か武田剛平を越えてやろうと野心を抱いていたが、武田はひそかに豊臣家の所有と会社の経営の分離を謀る「持ち株会社構想」を企てる。しかしこの計画は事前に発覚、三代続いたサラリーマン社長の経営も新太郎のツルの一声で終止符を打ち、統一が社長に就任、経営は「大政奉還」された。五十三歳で社長の座についた統一は、アメリカで起きた大規模リコール、東日本大震災など次々と襲いかかる困難からトヨトミ自動車を守りきり、世界初の燃料電池車『ティアラ』を発表。この排ガスゼロ車で次なる飛躍を目指したが……。

【おもな登場人物】

豊臣統一《とよとみとういち》　トヨトミ自動車社長。初代社長・勝一郎の孫
豊臣新太郎《とよとみしんたろう》　トヨトミ自動車名誉会長。統一の父
豊臣清美《とよとみきよみ》　統一の妻。財閥系大銀行の頭取令嬢
豊臣翔太《とよとみしょうた》　統一の息子、トヨトミの関連会社「TRINITY」社員
内海加奈子《うつみかなこ》　統一の愛人。元レースクイーン、「きゃらら」社長
林公平《はやしこうへい》　トヨトミ自動車副社長。統一の右腕
笠原辰男《かさはらたつお》　トヨトミ自動車専務、のち北京トヨトミ自動車投資有限会社会長
照市茂彦《てるいちしげひこ》　トヨトミ自動車副社長。「プロメテウス・ネオ」の開発責任者
向田邦久《むこうだくにひさ》　トヨトミ自動車専務(生産技術担当)から立川自動車副社長へ出向
寺内春人《てらうちはると》　トヨトミ自動車副社長。統一の〝遊び仲間〟
藤井勇作《ふじいゆうさく》　統一の秘書。元豊臣家の使用人
浅井敬三《あさいけいぞう》　購買部部長、のちに執行役員（部品調達担当）
森敦志《もりあつし》　森製作所社長

川田裕司《かわだゆうじ》　森製作所エース社員
安本明《やすもとあきら》　日本商工新聞東京本社産業情報部デスク、のちに編集委員
安本沙紀《やすもとさき》　安本明の妻。元トヨトミ自動車秘書室社員
多野木聡《たのきさとし》　日商新聞名古屋支社自動車担当キャップ
渡辺泰介《わたなべたいすけ》　同・サブキャップ、のち本社自動車担当キャップ
菅沼英治《すがぬまえいじ》　同・本社ＩＴ担当記者
北岡良平《きたおかりょうへい》　統一の秘書。日商新聞から出向している元トヨトミ担当記者
宋正一《そうしょういち》　ワールドビジョン・グループ社長兼会長
宋正二《そうしょうじ》　ワールドビジョン・グループ専務取締役
山下俊樹《やましたとしき》　ワールドビジョン・ドライブ社長
岸部慎介《きしべしんすけ》　内閣総理大臣。名門政治家一族の出身
バーナード・トライブ　アメリカ大統領
劉敦兵《リュウ・ドンビン》　中国国家主席
タイロン・マークス　コスモ・モーターズＣＥＯ
武田剛平《たけだごうへい》　元トヨトミ自動車社長

人物相関図

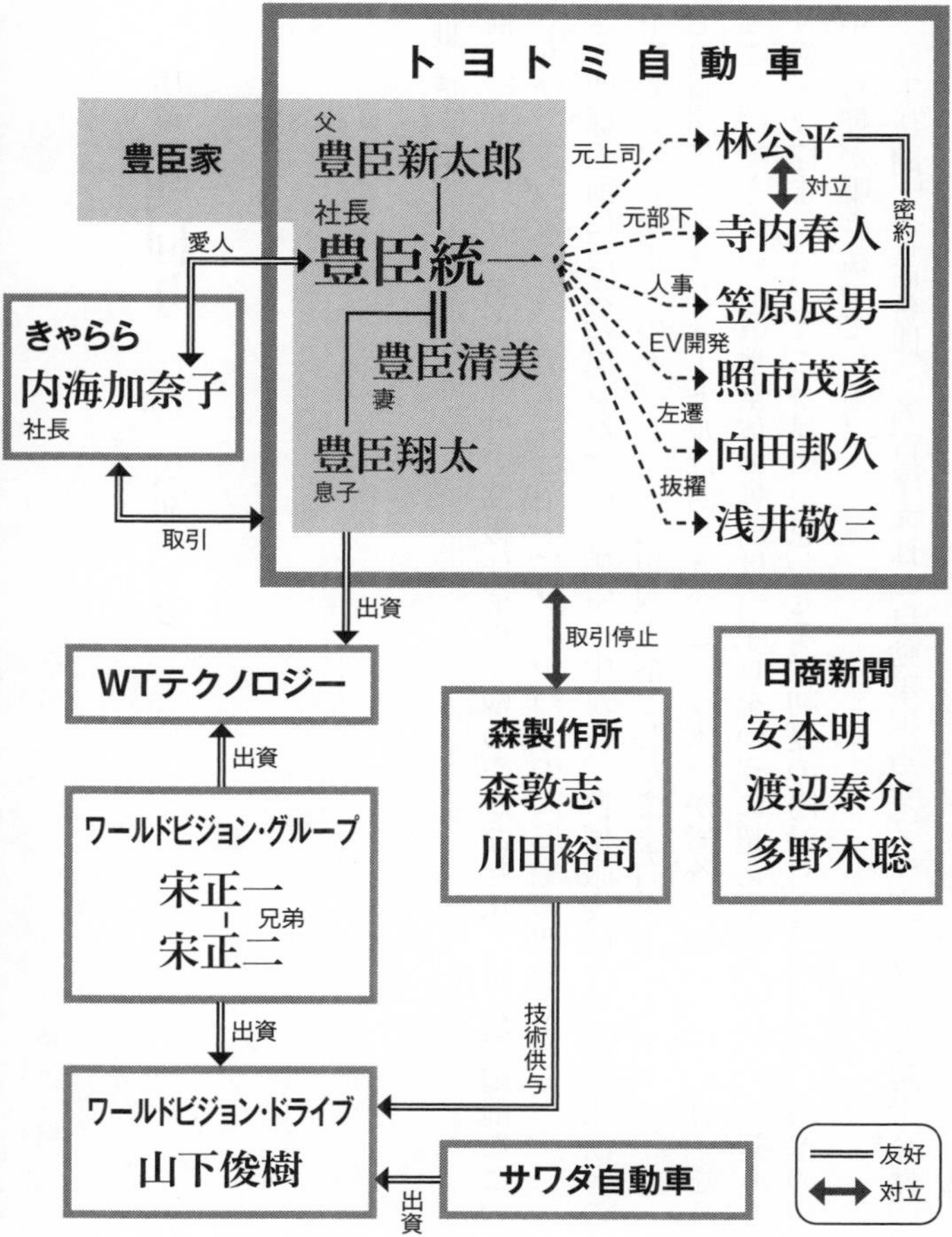

トヨトミ自動車
豊臣家
父
豊臣新太郎
社長
豊臣統一
豊臣清美
妻
豊臣翔太
息子
元上司
林公平
対立
元部下
寺内春人
密約
人事
笠原辰男
EV開発
照市茂彦
左遷
向田邦久
抜擢
浅井敬三
愛人
きゃらら
内海加奈子
社長
取引
出資
取引停止
WTテクノロジー
出資
ワールドビジョン・グループ
宋正一
兄弟
宋正二
出資
森製作所
森敦志
川田裕司
技術供与
日商新聞
安本明
渡辺泰介
多野木聡
ワールドビジョン・ドライブ
山下俊樹
サワダ自動車
出資
友好
対立

序章　朝回り　二〇一六年　初夏

「ご苦労さまです。社員証を」

午前六時五十五分。名古屋郊外の高級住宅街。ゆるやかな起伏に富んだ閑静なこの界隈でもひときわ豪奢《ごうしゃ》な、テニスコートにプールつきの大邸宅の門前である。大きな門扉《もんぴ》の前に設《しつら》えたプレハブの警備室の中から、警備服姿の守衛が、来訪者のリストを映し出した手元のタブレットに視線を落としたまま右手を突き出す。

邸宅の周囲には高さ五メートルはあろうかという木々が鬱蒼《うっそう》と繁り、中の様子をうかがうことはできない。敷地全体の外周は一キロをゆうに超えているだろう。辺《あた》りをはらう厳《おごそ》かな佇《たたず》まいは、どこか皇居を思わせる。初夏の陽射しを受けた緑の城壁の中で、早くも蝉が鳴き猛《たけ》っている。

「日本商工新聞」(日商新聞) 名古屋支社の自動車担当サブキャップ・渡辺《わたなべ》泰介《たいすけ》は、

ワイシャツの胸ポケットを探ったが、その日に限って社員証を財布に入れていたことを思い出し、出すのに手間取った。

「お忘れですか。後ろで待っている方もおられますし」

守衛がもう一度手を突き出し、こちらの顔を一瞥《いちべつ》する。他紙の記者連中がニヤついてこちらを見ている。心の中で舌打ちをくれ、財布の中からようやく社員証を引っ張り出した。

売上高二八兆円、純利益三兆円に迫る巨大自動車メーカー、「世界のトヨトミ」の社長邸。警備員の態度も、慇懃《いんぎん》なようでいてどこか尊大さが漂う。

何とも不可解な朝の儀式である。渡辺をはじめ記者たちはみな、トヨトミ広報部が発行するプレスパスを首から下げている。社員証まで見せる必要がどこにあるのか。しかも警備室には、社長邸に出入りすることのできる記者とできない記者のリストがあるのに。

企業担当記者にとって、朝回り取材はイロハのイ。しかし、『トヨトミ自動車』社長・豊臣統一《とよとみとういち》邸でのそれは、不可解なことが多すぎる。

七時きっかりに警備室から出てきた守衛は手元の時計で時間を確認すると、門据え付けのインターホンを押した。

おはようございます、社長、と受話口に恭《うやうや》しく挨拶をするのは、守衛が警備会社の人間ではなく、自前主義にこだわるトヨトミらしく本社安全保安部から派遣されたトヨトミ社員だからである。

守衛は記者らの社名と名前を読み上げる。セキュリティチェック、いや、実際はきびしい質問、つまり本気で取材する記者が交じっていないか、毎朝警備員が首実検しているのだ。トヨトミへの朝回りは、各社キャップクラスを送り込む。いつも同じような面子《メンツ》なのだから、守衛も顔を覚えているはずだが、この用心深さだ。ちなみに、今朝の渡辺は休暇をとっているキャップの代わりにやってきた。以前に何度もキャップ代理で来たことがあるが、守衛に覚えてもらえるほどの顔ではないらしい。

「はい、開けまーす」

窓から警備室に腕を入れて、中で何かを操作すると、重厚な正門はゆっくりと開いていった。

昨日もその前も夜討ち朝駆けで走り回り、昨夜も眠ったのは午前三時を回っていた。労働時間短縮とワークライフバランスが叫ばれる世の中だが、新聞記者の働き方はあいもかわらずデタラメだ。渡辺は次から次へともよおしてくるあくびを嚙み殺しながら、同じように真っ赤な目をしばたたいている記者たちの後を追った。

こんなところ、来なくていいのなら来たくもない。渡辺は記者歴八年目の二十九歳。日商新聞入社後に配属されたのは経済紙としては「辺境」の社会部だったが、三年目に産業情報部に移って建設業界を担当し、一昨年名古屋支社に来てからは自動車担当になった。それもトヨトミ担当となると花形ポジションであり、いちおう〝出世コース〟とされている。周囲からは羨望の目で見られるが、キャップになればこの朝回りが日課になるのかと考えると気が重い。

よく手入れの行き届いた芝に置かれた飛び石伝いに奥へと向かう。眼前には洋風の大邸宅が二つ。左側がトヨトミ自動車現社長・豊臣統一宅。右側は統一の父で、やはりトヨトミの社長経験を持つ現名誉会長・豊臣新太郎《とよとみしんたろう》の邸宅である。

野球場の内野ほどはある広々とした庭には、アオハダやヤマボウシ、モミジといった庭木が、丁寧に剪定《せんてい》されて青々と繁っている。ところどころ飛び石の間隔が不規則に開いたり、少し曲がったりしているのは、庭が美しく見える立ち位置で来訪者に足を止めてもらいたいからだという。

「おい。余計なことを聞くんじゃないぞ、小さくなっておけよ」

中部地方のブロック紙「東海新聞」の顔見知りの記者が半袖の開襟シャツから突き出した肘で小突《こづ》いてくる。

わかってますよ、と相手をひと睨《にら》みして返す。

前回ここに来たとき、渡辺はこの場でトヨトミに関わる少々デリケートな質問をして、統一の機嫌を損ねてしまった。東海の記者はそのことをまだ覚えているようだ。

東海新聞はトヨトミのお膝元。ふだんからトヨトミの意向を忖度《そんたく》した記事や特集を頻々と掲載するため、トヨトミからの信頼は厚い。おのずと豊臣統一を囲む記者らの朝回りでは、ここの記者が司会役となる。

東海新聞だけではない。どの新聞も経済誌も、トヨトミから大きな発表があるごとに、経済面を大きく割いて掲載する。ろくに検証もしない、ウラもとらない。とどのつまり提灯《ちょうちん》記事である。それが最大の広告主トヨトミへの「忠誠の証」なのだ。ネット住民たちから、マスゴミは横書きを縦書きにする、つまり発表会見のときに配付されるペーパーを丸写しするだけだと揶揄《やゆ》されても仕方ないかもしれない。

ネットメディアに圧《お》されて、これまで権勢を誇っていた新聞も雑誌も、売り上げは凋落《ちょうらく》の一途。年間一〇〇〇億円を超えるトヨトミの莫大な広告費は、砂漠で干上がった旅人に差し出された一杯の水に等しい。新聞社も出版社もテレビ局も、一流どころはすべてひれ伏して群がり、その恩恵を受けている。うかつな記事を書いてへそを曲げられれば、経営を直撃する一大事なのだ。

時計を見ると、七時五分になろうとしていた。

玄関のドアが静かに開き、やや肉のついてきた短軀《たんく》に丸顔の童顔、黒縁眼鏡の男が顔を覗かせるや、「おはよう、今日も暑くなりそうだね」と目をすがめ、空を仰ぐ。トヨトミ自動車社長の豊臣統一である。それに応えて、おはようございます、と記者たちの野太い声が初夏の庭に響いた。

統一は記者を広々とした玄関の中に招き入れると、自分は靴を履いたまま真紅の絨《じゅう》毯《たん》が敷かれた上がり框《かまち》に立った。

これが毎朝の儀式。渡辺は胸ポケットからメモとペンを出し、膝を曲げて身を低くする。

上がり框の高さは一五センチほど。身長一八五センチと長身の渡辺は、ふつうに立ったのでは框の上の小柄な統一よりも「頭が高く」なってしまう。だから、渡辺はこの朝回りでは他の記者らの後ろに隠れ、膝を曲げてわざわざ自分の身長を低く見せる。バカバカしい話だが、統一は背の高い記者と学歴の高い記者にはけっして心を開かないという噂が記者らの通説になっている以上、そうしないわけにもいかない。

秘書なし広報なし、文字どおり「身ひとつ」の統一に話を聞ける朝回りは貴重なチャンスなのだが、ここで聞いた話を記事にすることはご法度《はっと》である。ならばこの集まりはいったい何なのだという話になるが、統一いわく「朝のおしゃべり」なのだそう。

豊臣社長、と全国紙の「読切新聞」の記者が切り出した。

「昨日のラリー、見ましたよ。三位入賞お見事です。とくにコーナリングがすばらしかったです」

恥も外聞も捨てて褒めちぎる。万事この調子である。

「いやあ、久しぶりのレースだったから勘が鈍っていてダメだ。今年はあと二レースは出たいんだけど、時間が許すかな」

そう言いつつ、統一はうれしそうだ。思わずこぼれた歯は輝くように白い。曰《いわ》く「伝説のテスト・ドライバー速水徹《はやみとおる》を師と仰ぐカーキチ」、三度のメシより自動車が好きと公言してはばからない統一は、トヨトミが主催する一般参加のラリーに自ら参戦して、ハンドルを握るレースドライバーでもある。

「ニュルブルクリンク24耐での勇姿、また見たいです」

数年前にレーサーとして戦った国際的なラリーを持ち出して、今度は「朝陽新聞」の女性記者が艶然とほほえむ。彼女も渡辺と同じトヨトミ担当のサブキャップなのだが、朝陽は経営者や国会議員、霞が関の役人の取材には彼らが好きそうな女性を選《よ》りすぐって送り込むことが知られている。ジェンダーの視点から見れば問題があるやり方だが、効果は抜群だというのは統一の顔を見ていれば一目瞭然だ。

「おいおい、ちょっと会社の話をしようよ」

そう言いつつも、顔はすっかりほころんでいる。頃合いだ。記者たちも、運転手付き黒塗りの社用車でないと来られないような郊外にある高台のお屋敷町に、ただお追従《ついしょう》を言うために日参しているわけではない。みな、統一の口から何か聞き出そうと狙っている。たとえそのまま記事にすることはできなくても、その後の取材のネタになりそうなことをしゃべるかもしれない。

社長、と女性記者が続ける。

「二〇一三年に打ち出した工場の新設凍結が解除され、中国とメキシコに工場を作られました。これまでの工場新設との違いがあればお聞きしたいです」

おっ、やるな、と渡辺は女性記者を見る。

二〇一三年、統一は今後工場を新設するなら、従来の三〇万台単位の大工場ではなく、一〇万台か五万台の小規模で、減産に対応しやすいものにすると語っていた。二〇〇〇年代後半に世界経済を大混乱に陥れたリーマン・ショックの教訓である。

ところが、凍結解除後にトヨトミがメキシコに新設した工場は、やはり三〇万台規模の大がかりなものだった。落ち込んだ業績が回復したことで、改革の手をゆるめたのではないか、結局トヨトミは変わっていないじゃないか、とこの記者は言いたいわけだ。けっこう、きびしい質問である。

統一は、にっこりと笑って、いい質問だねと言った。ありがとうございます、と記者はまたほほえむ。

「彼氏と映画に行ったことはある？　最近は同じ施設に小さなスクリーンが三つも四つもあるようなシネコンばかりでしょう。工場もあれと同じで、一つの施設に三つ活用の仕方があるように作っているから、小回りが利く。違う景色が見えてきたような気がするよ」

わかったようなわからないような。妙な喩《たと》えだな、と渡辺は噴き出しそうになる。トヨトミが得意とする、一ラインで多品種のクルマを生産する混流生産の工場だと言いたいのだろう。言葉選びがうまいのか、へたなのか、よくわからない。

「豊臣社長は、『トヨトミ機械』や『尾張電子』といったグループ会社に転出した人材をトヨトミ自動車に呼び戻す〝返り咲き人事〟を行いますが、これは歴代の社長はほとんどやらなかったことです。この人事の狙いはどんなところにあるのでしょう?」

これは〝おべっか〟の質問。統一はこれまでの社長とは違うということを暗にほのめかしている。質問したのは別の女性記者だが、こちらもなかなかの美人である。きびしい質問の後は他紙の記者がゆるめの質問をする。基本的に毎日同じ記者が囲むため、暗黙のチームワークができてくるのである。

統一は深々とうなずいた。

「ひと言でいえば〝適材適所〟。これまでグループ企業に転出すると、双六《すごろく》でいう〝上がり〟だと思われていたけど、そんなことはありません。まだ終わりじゃないという緊張感を持ってもらいたかったんだよ」

「〝意義のある踊り場〟と位置づけて、一時的な業績の停滞はやむなしとした二〇一五年三月期の決算から一年経ちましたが、業績はあいかわらず好調でした。世界一が見えてきたんじゃないですか」

　今度は東海新聞の記者が満面のお愛想笑いで問いかけた。

「いやぁ、為替が有利に振れただけだ。円安だったもの」

　謙遜しつつも、笑みを浮かべた。当たり前だ。為替のおかげだろうと戦争のおかげだろうと、勝ちは勝ちだ。

「為替の追い風に浮かれずに、われわれは現場現物。自分の目と自分の手で〝もっといいクルマ〟を作り続けるだけです。それが結局はユーザーのためですし、株主のみなさまのためです」

　実際に現場に足を運び、現場の事実に基づいて考える《現場現物》は、トヨトミの社訓である。渡辺がふと傍《かたわ》らに目をやると、いつ合流したのか、記者団に交じって顔見知りの広報担当役員と部長が、統一の発言を熱心にメモしている。

「おはようございます。どうしたんですか、記者に交じってメモなんか取って」

　小声で問いかけると、役員のほうがちらりとこちらを見たが、すぐにメモに目を戻した。

「社長の言葉を一言一句、生で聞いて頭に叩き込むんだ。これも現場現物さ」

　部長のほうが代弁するように言う。

　何が現場現物だ。それならこんなところじゃなく、自分の持ち場に行くべきだろう。

社長の目の前での露骨な点数稼ぎにやってきたトヨトミマン二人を渡辺はまじまじと見る。

〝世界のトヨトミ〟の裏側が垣間見える瞬間である。社長にゴマを擂《す》り、忖度《そんたく》のうまい奴だけが重用されるという噂は、あながちデタラメではないのかもしれない。

マスコミもマスコミだ。業績にあらわれてこそいないが、トヨトミには不安要素が数え切れないほどある。もちろん記者はそれを知っているが、指摘する者は誰もいない。これでいいのか、新聞記者って。

豊臣社長、と渡辺は手を挙げる。ぬるい質問が続いたから、今度はきびしい質問をさせてもらう。

「トヨトミの電動車対策についてお聞かせください。シリコンバレーのコスモ・モーターズを筆頭に、次世代車としてＥＶ（電気自動車）の開発を進めるメーカーが続出していますが」

地球環境に配慮する次世代車としてトヨトミが開発していたのはＥＶではなく、水素を燃料とするＦＣＶ（燃料電池車）だった。統一の全面指揮のもと、二〇一四年末に世界初の量産型ＦＣＶ『ティアラ』を発売、二〇三〇年までにすべてのクルマを水素カーにすると宣言したもののこれが見事な空振り。発売直後から大々的にプロモーションを打ったものの、笛吹けど踊らず、一向に人気に火がつかずにいる。

なにしろ、ティアラは一台八〇〇万円前後という高級車並みの価格。燃料を補給する水素ステーションは軽油やガソリンよりも安全管理が難しく、しかも首都圏に四十ヵ所程度と数が少なくインフラとしてあまりに脆弱《ぜいじゃく》、という三重苦である。基本特許を無償で開放する大盤振る舞いも虚しく、新たに参入するメーカーは皆無だった。二〇一九年末に五万台を目指す計画も、今となっては口にする者もいない〝行方不明〟状態。トヨトミの歴史に残る大惨敗であり、統一の判断ミスを指摘する声もある。

トヨトミがFCVでつまずいている間に、次世代車の世界的趨勢《すうせい》は完全に電動車EVに決してしまった。重心をFCVに移していたおかげで逆を突かれ、トヨトミはEV開発でほとんど〝周回遅れ〟になっている。まだまだガソリンエンジンが主流のため、業績が落ち込むことはないのだが、将来破裂するかもしれない〝爆弾〟である。

「電動車ね……」

統一は何か考えるように、渡辺の背後に広がる空を見上げた。上空高く鳶《とび》が旋回し、甲高く一度鳴いた。

「いずれ必ずくるよ」と穏やかに言う。

「まだまだガソリンエンジン車の時代は続くんじゃないですか」

記者の一人が言う。つまり、まだまだトヨトミの時代は続く、と言いたいらしい。

「バッテリーの問題で航続距離は短いですし、充電設備もまだそれほどたくさんあるわけじゃありません。充電は時間がかかりますし、そんな車がガソリンエンジン車より高額です。誰が欲しがりますか？　私はＥＶシフトの波が来ること自体、疑問です」

詭弁《きべん》だ。統一の言うとおり、ＥＶシフトは必ずやってくる。今はユーザーの需要が少なくても、地球温暖化を問題視する社会や国が排ガス規制という形でメーカー企業にプレッシャーを与え、補助金によって技術革新を促し、イノベーションを引き起こそうとしているからだ。

今日の統一は機嫌がいい。もう少し突っ込めそうだ。

「トヨトミの参入はあるのでしょうか」

統一の顔から笑顔が消えた。場の空気が一瞬、青白く凍りつく。

君、と統一が渡辺を見て言った。

「日商さんか。困るな、さっきから。この場は取材の場ではないと知らないのか？」

隣にいたトヨトミマン二人がこちらを睨みつけた。反対隣の記者からは肘でわき腹を小突かれる。

「僕に解を求めるなよ。そんな重大なことをここで言うわけがないだろう！」

機嫌を損ねたときの決まり文句だ。社長に解を求めずに、誰に求めたらいいんだ。

そもそも、さっき女性記者には面倒な質問にも答えていたじゃないか。

今日はここまでだ、統一は言い捨てると、家の奥に戻ってしまった。記者らの間に不穏な空気が漂う。

創業家の長男である統一は生まれながらのお坊ちゃまだ。叩き上げのしたたかな経営者、あるいはサラリーマン経営者なら軽々に心の底を見せることはないのに、統一は身内と思えば、記者にも喜怒哀楽をストレートに出す。気に入らないことがあれば癇癪《かんしゃく》も起こす。経営能力は後世の歴史家が判断すればいいのだろうが、〝キレやすさ〟だけは歴代トヨトミ社長の中でも一番、というのが歴代番記者たちに共通する統一評。これが日本を代表する企業の社長だというのだから呆れてしまう。

統一と入れ替わるように楚々とした女性が玄関に現れ、こちらを見回した。毎朝、このために薄化粧を施し、唇には自然な色の紅を引いている。統一の妻・清美《きよみ》だ。

「ご苦労様です。そろそろ出勤しますので」

それだけ言うと清美はまた奥に引っ込んだ。

「日商さん、困るよ。どうしたってんだ、朝から」

玄関を出ると、皆を代表するように、東海新聞の記者が不満をぶつけてくる。

すみません、と小声で謝る。やってられねえよ、というようにかぶりを振って退散する記者、馬鹿野郎と吐き捨てる記者。もちろん矛先は統一ではなく渡辺である。朝回りを台なしにしたことに申し訳ない気持ちはあるが、馴れ合いの場と化した朝駆けの取材に一石を投じたかったのも確かだ。それを統一から怒られるのならまだしも、記者仲間に怒られるのは腑《ふ》に落ちない。

これでおれはしばらく朝回りには来られないなあ。渡辺はひとりごちる。へたしたらトヨトミ担当、もしかしたら自動車担当も外されるかも。もっとせいせいするかと思ったが、自分の行く末が急に不安になってきた。

支社に戻るとデスクが血相を変えてやってきた。

おまえ、朝回りで何やったんだ！　トヨトミの広報から電話がかかってきたぞ、と耳元で喚《わめ》く。即刻編集部長が名古屋から豊臣市のトヨトミ本社に急行。平謝りである。

予想どおり、その日以降豊臣統一邸の朝回りに行くことはなかった。意外だったのは、自動車担当からは外されず、その年の秋の人事で名古屋支社から東京本社産業情報部に異動を命じられたことだった。

第一章　対立　二〇一六年　初夏

自宅の門前に横付けされている黒塗りのクルマの後部座席に乗り込む。早朝会議のある火曜日以外は、朝回り取材を終えた七時半が、統一の出発時間である。

記者たちの姿はもうなかった。深々と頭を下げて見送る警備員を尻目に、クルマが静かに発進する。トヨトミでも社長と会長、名誉会長しか乗ることを許されないグレード1の最高級車『キング』。

会長は、技術担当役員として現在のトヨトミの主力製品となっているハイブリッド車『プロメテウス』の開発を指揮した吉田拓也。名誉会長は、統一の父・豊臣新太郎だが、新太郎は二〇一二年に脳梗塞に倒れ、幸い回復はしたものの下半身に今も障害が残る。車椅子が欠かせなくなったこと以外は息災で元気だが、今ではクルマで外出することはめったにない。

トヨトミの一族でない吉田は、会長といっても、もはやトヨトミの社内外での影響力は小さい。しかし、トヨトミの役員経験者で、なおかつ一族の者は、たとえ引退状態にあるとしてもその言動が社内に与える影響は無視できない。その最たる存在が新太郎である。

最後にものを言うのは血であり、豊臣家の家系。それがトヨトミ自動車という会社だった。莫大な発行済み株式のわずか二パーセントしか保有していないにもかかわらず、トヨトミ・グループに豊臣家一族は君臨しつづける。世界一巨大な同族企業。いまさら変えようといっても、無理な相談だ。

新太郎は実父であり、自分の地位を脅かす存在は今の社内にはいない。しかし、新太郎は統一にとっていつまでも厳しい父であり、恐ろしい前職者だった。

統一はトヨトミへは中途入社である。城南義塾大学法学部を卒業後、米国に留学してＭＢＡを取得し、外資系証券会社に就職。出世コースといわれるニューヨーク、そしてロンドンにも駐在したが、三十歳手前で証券会社を辞め、トヨトミに入りたいと申し出た。そのときに父に投げかけられた冷徹な言葉が忘れられない。

「おまえを部下に持ちたいと思う人間はトヨトミにはひとりもいない。それでもよければ人事部宛に正式に願書を出せ」

創業家の惣領《そうりょう》息子をいきなり重役に据えれば現場の反発を招く、かといってヒラ社員として入社すれば、御曹司を預かることになる上司はたまったものではないというわけだ。父の言いたかったことはわかるが、喜んでくれると信じ込んでいたぶん、頭から冷や水を浴びせられ、愕然《がくぜん》とした。

　入社後は町場のディーラーに出向し、月に新車売買契約を一〇台という無茶なノルマを課せられ、しらみつぶしに近隣へ飛び込み営業したこともある。

　工場研修では、工員に支給される《ナッパ服》と呼ばれる作業服を着て、自動車の構造をいちから叩き込まれ、トヨトミ自動車の神髄である苛烈な生産方式《トヨトミシステム》の実践と理論、そして精神を刷り込まれた。現場の生産性改善案を出すために、工場の床に描いた小さな円の中から一歩も出ずに作業工程をじっと見ていろと言われたこともある。いたたまれずに部品や工具の整理を始めると、勝手に動くな、言ったとおりにしろとどやされた。家に帰って風呂に入っても、身体に染みついたオイルの臭いがとれなかった。

　本社勤務になってからも、期待された成果を出せずに降格を味わった。屈辱としかいいようがなかった。

　その間、絶えずついてまわったのは周囲からの好奇の目と噂話だ。露骨なおべんちゃらと愛想笑いの裏で「親の七光り」と陰口を叩かれ、挙げ句の果てには「勤めていた証券会社をクビになり、親に泣きついて入れてもらった」と根も葉もない噂を立てられた。

しかし、今思い返すと、周囲からの陰口も含めすべて新太郎が施した帝王学だったのだろう。その後の出世は誰よりも早かった。三十代半ばには花形部署である開発企画部に配属され、実績を積んだ。四十四歳のときに最年少で役員に。専務、副社長とステップアップして、五十三歳で社長である。もちろん、すべてが自分の実力とは思わない。周囲がお膳立てし、社長に担ぎ上げられる時機が来るのを待っていただけだったのかもしれない。しかし、自分なりにトヨトミのことを考え、働き、成果を出してきたつもりだった。

『キング』はまだ朝の通勤ラッシュ前の交通量の少ない通りを走る。統一の自宅からだと、トヨトミ本社は下り方面とあって、クルマは輪をかけて少ない。

「統一さん」

助手席に座る男が振り返る。

「今日のご予定です」

秘書の藤井勇作《ふじいゆうさく》が一つひとつ確認するようにスケジュールを読み上げる。本社での定例会議の後は山と積まれた稟議書《りんぎしょ》の決裁をして、すぐに新幹線で東京へ。財界の会合の後は国交省、経産省のトップと会食、愛知にとんぼ返りしたら名古屋オフィスで取材応対、その後も海外支社とのオンライン会議が複数、夜は名古屋財界の面々と会食だ。

長距離移動と脂っこい食事、慢性的な睡眠不足。今日は海外出張がないだけマシだが、経営者とは文字どおり命を捨てる覚悟でやる仕事だ。

「大丈夫だ」

「お疲れのようですが」

「昨日はレースだったし、少しね」

藤井がプラスチックのケースに入ったサプリメントの錠剤を手渡す。統一は黙ってそれを受け取り、ペットボトルの水と一緒に飲む。

藤井とは統一が学生時代からの旧知の間柄だ。もともとトヨトミ自動車ではなく、豊臣家の使用人だったのを、統一がその人柄を買って社長就任時に引き抜いた。それもあって、藤井は統一と二人きりになると「社長」ではなく「統一さん」と呼ぶ。統一もその呼ばれ方のほうが慣れていた。

その藤井もまた、父親は徳島のトヨトミディーラーの元締め的な人物であり、トヨトミゆかりの「二世」である。「血」で忠誠心をはかるようなトヨトミの伝統は、ここにも息づいている。

「例の件ですが、釘を刺しておきました」

「あれは反則だろう。とんでもない連中だ」

胸中に怒りが蘇《よみがえ》る。

ことの発端となったのは、トヨトミ自動車にブレーキを納入するサプライヤーの「藤島ブレーキ」が経営危機に陥ったことだ。原因は社長の藤島保己の放漫経営である。開発や設備投資にカネを回さず、社の研修センターのデザインを有名な建築家に依頼したり、都内にあるオフィスを豪華なものに改装したりといったことにカネをかけているのだから、言語道断の大失政だ。

藤島保己はトヨトミの系列サプライヤー組織「親豊会《しんぽうかい》」の会長も務めた人物だが、驕《おご》りがあったと言われても仕方がない。窮地に陥った藤島ブレーキから筆頭株主であるトヨトミ自動車に増資の要請が来たが、トヨトミはそれを拒否し、代わりに人材を送り込んで経営再建を支援する方針をとった。

ここまではよかったのだが、二週間ほど前の朝回りで、この「増資の拒否」について聞いてきた経済誌「ビジネス・ホライズン」の記者に対して、統一が「トヨトミはサプライヤーの財布ではないので」と答えたところ、その発言がそのままビジネス・ホライズンの電子版に掲載されてしまったのである。

朝回りの発言をそのまま書くなと言っているのに書いたことがそもそも〝反則〟なのだが、この記事がはらむ本当の問題は、今日の朝回りで聞かれた「ＥＶシフト」に関係がある。

自動車がガソリンエンジンから電気モーターになれば、使われる部品が変わり、部品の数も減る。となると、これまで取引してきたサプライヤーのなかには取引を切らざるをえない会社も将来的に出てくるはずだ。

サプライヤー側もそれはわかっている。だからこそ、「トヨトミは財布ではない」という統一の発言は、「自動車のEVシフトによってサプライヤーの経営が傾いたとしても、トヨトミは救いの手を差し伸べる気はない。これまでトヨトミに貢献してきた部品メーカーであっても、温情は示さない」という宣言だととらえられかねないのだ。この件があって、今朝の朝回りでは、トヨトミのEV対策についてつい神経質な対応をしてしまった。

「まったくです」

藤井も怒りがおさまらないとばかりに息を吐く。

トヨトミや社長である自分自身のことについて、マスコミ報道をすべてチェックするほどヒマではないが、なかには耳に入ってくるものもある。醜聞《スキャンダル》は当事者の与《あずか》り知らぬところで作られ、誇張され、美談の比ではない速度で猖獗《しょうけつ》を極める。多少のカネを使っても、その種の報道の芽を摘むのが得策なのだ。

トヨトミの歴代社長は例外なく担当の新聞記者や子飼いのフリーライターを抱え込んでいた。筋のいい、つまり敵に回すと厄介な記者は、スクープをリークして身内に取り込む。するとシンパになった記者は頼まなくてもヨイショ記事を書いてくれる。しかし、一度報道された悪評を撤回させることまではしなかった。そこには「考えを広く報《しら》せる〝広報〟より、広く耳の痛いことも聴く〝広聴〟が大切だ」という、創業時から続くものづくり企業としての頑固なまでの謙虚さがあった。

だが、インターネットを通じて情報が短時間で全世界を駆けめぐり、株価を左右する今、その考えは甘い。呑気《のんき》すぎる。

社長に就任した統一がまっさきに指示したのがマスコミ対策だった。歴代の社長のように記者を飼いならすことよりも、大手広告代理店を通じて圧力をかけることに力を入れた。

広報室の体制を強化し、トヨトミについての報道はくまなく精査させ、論調に混じったわずかな棘《とげ》も見逃すなと指示した。その記事の出元には広報セクションが折衝し、ときに昵懇《じっこん》の間柄である大手広告代理店を使い、広告を引き上げるか、あるいは逆に出す広告を増やした。アメとムチでメディアを飼いならすのだ。

「なんてケツの穴の小さい奴だ。〝世界のトヨトミ〟が聞いて呆れる。親父さんはもちろん、歴代社長の誰もそんなことはしなかった」

メディア連中からの陰口は百も承知。カリスマにはなれない。ただの凡人だということは、自分が一番よくわかっている。凡人経営者だからこそ、批判記事に圧力をかけるだけではダメだ。記者連中はおれがしゃべったことの一部を取り出して、それを都合のいいように解釈して記事を書く。それならば、もう彼らにしゃべるのをやめればいいのではないか。今後一切取材には応じず、トヨトミが独自に新聞なり雑誌なりウェブサイトなりを立ち上げ、ユーザーや投資家に情報を発信していけばいいのではないか？　そうすればさっきの朝回りのような不快な思いをせずに済むわけだし、メディアの勝手な記事に煩わされることもなくなる。最近はそんなことも考えるようになった。

「懲りない連中だよ、まったく。それで、どんな釘を刺したんだ？」

「ビジネス・ホライズンの編集部に問い合わせて、あの匿名記事を書いた記者の名前を聞きました。それで十分かと」

藤井の声がわずかに高くなる。

「連中、わかるかね」

ご安心を、と言い、藤井は空咳を吐いて振り返った。

「五分もしないうちに、編集長が大慌てで連絡してきました。件《くだん》の記事は削除するそうです」

統一は苦笑する。

「ネットは困ったもんだね。記事も軽けりゃ謝るのも早い」

愛知県豊臣市トヨトミ町の一番地にトヨトミの本社ビルはある。

県北東部から南西へと流れる木曾川が、長良川《ながら》、揖斐川《いび》と並走する向こうに、鈴鹿山脈の濃い緑が統一のいる社長室からは一望できる。

ドアが叩かれた。窓の外を見ていた統一は、チェアをゆっくりと回し、分厚い黒檀材のデスクに向き直った。小柄な男が顔をのぞかせる。笠原《かさはら》辰男《たつお》。経営企画と人事・総務担当の専務としてトヨトミの管理部門を一手に握る、統一の側近である。

「揃ったか？」

「会議三十分前に来ていない役員など、トヨトミにはおりません」

そう言って、笠原はわずかに胸を張った。

「東京から来た連中は、もう会議室に入っています」

べったりと後ろになでつけられた髪は黒々としているが、目尻に深い皺が刻まれた浅黒い顔とはどこか不釣合い。太い猪首にぶら下がったストライプのネクタイは、新卒の学生のように若々しい。ことによると髪は染めているのかもしれなかった。この男は垢抜けないのがいい。技術畑出身でもないのに。

城南義塾大学から米国ボストンのビジネススクール、そして外資の証券会社と、トヨトミに入る前の統一は、常にきらびやかで洗練された世界を歩んできた。高級ブランドのスーツを一分の隙もなく着こなした、財界人やセレブリティの子息令嬢。ビジネススクールに進んでからは、そこに途上国のロイヤルファミリーの子弟が加わった。

自分自身もそういった世界の住人だが、彼らとの付き合いは同じ境遇同士の気安さがある一方、隙を見せれば裏で陰口を叩かれ、うかうかしているといつの間にか序列の下に置かれるため、油断できないところもある。

友だち付き合いをするぶんにはいいが、部下にするとなると話は別だ。部下はプリンスの威光にひれ伏す者でないといけない。劣等感を持つ人間は権力に誠実だ。その点、笠原は忠犬である。「自分より強い」と判断した人間に嚙みつくことはなく、忠誠を尽くそうとする。役員らの間で交わされたささいな会話も、笠原を通じて筒抜けだ。笠原は深々と頭を下げ、小脇に抱えていた《ＴＯＹＯＴＯＭＩ》の赤字のロゴが入った封筒を差し出した。

「来年度の役員人事の草案です。ご確認を」

眼鏡をかけなおし、精査する。おおむね問題はない。ただ、ひとつ引っかかる名前があった。その個所で視線が止まる。

「何か？」

笠原が気を揉んで尋ねてきた。髪の生え際に、じっとりと汗がにじんでいる。草案が統一のお気に召さないと命を取られるとでも思っているようだ。

「いや。何でもない。しかし、少し考えさせてくれ」

「承知いたしました。では、私は先に議場へ」

笠原は安堵の表情を見せ、一礼して去っていく。


トヨトミ本社の上層階、大会議場には巨大な円卓が据え付けられている。この円卓を、三人の社外取締役を含む総勢五三人の役員らで囲むのが、月に一度行われるトヨトミの役員会である。

ふだんは秘書や部下を引き連れて行動する役員たちも、この場には身ひとつで入ってくる。円卓は上座も下座もなく率直な意見をぶつけあうための統一のアイデアだった。半分冗談で〝タメ口〟でもいいよと言ったことがあったが、統一にそれを実践した者は、今のところ誰もいない。

統一が会議室に入ると、それまで近くの者同士で囁《ささや》き合っていた役員全員がざざっと立ち上がる。場の空気が張り詰める。一同を順繰りに眺め、統一はそれでは始めましょう、と切り出す。

「ここにいる誰もが知っていることから話します」

誰も周りの顔を見ていなかったが、誰しもが表情を引き締めたのがわかる。

「EVのことです。ハイブリッド車の『プロメテウス』、そしてFCVの『ティアラ』と、燃費と環境配慮を極めるエコカー時代をリードしてきたのは常にトヨトミでした、しかし……」

言葉を切り、もう一度一同を見回す。

「ＦＣＶはまだ普及にはほど遠く、ハイブリッド車は環境規制のきびしいカリフォルニアなどではもはやエコカーとは見なされません。そうしているうちに〈次世代のクルマはＥＶ〉というのが、事実上の結論になってしまった。ＦＣＶに軸足を置いていたわれわれは、逆を突かれた格好です。この危機感を共有していない方は、よもやいないとは思いますが」

そう言って議場の役員らを見回すと、誰からともなく吐息が漏れる。遺憾の極みといった様子でかぶりを振る者もいた。朝回りで日商記者とやりあった記憶が蘇り、不快な気持ちになる。

「そのうえで、トヨトミはどうするかという話をしましょう」

統一はぐっと臍下丹田《せいかたんでん》、下腹に力を込めた。

「われわれもＥＶに参入します。ハイブリッドができたんだ、できないわけがない。幸いにして市場に出ているＥＶは一般的なユーザーには手が届かない高価格なものか、環境規制をクリアするためだけに作ったような〝安かろう・悪かろう〟の粗悪品です。グローバル・スタンダード、いや、トヨトミ・スタンダードになるようなＥＶは出ていない。うちの技術なら、まだ逆転できる」

議場の空気がかすかに波立つ。誰もが思っていたことがはじめて言葉に表された解放感が半分、新たに始まる不休の日々への覚悟の思いが半分。

「何の目算もなく発売年度や目標販売台数をマスコミにブチ上げるようなことはしません。株価への影響はともかく、社外には〈トヨトミは遅れている〉と思わせておいたほうが、都合がいい。しかし、社内では目標を設定します。二〇二二年です」

おうっ、と円卓のあちこちから声があがる。社長、と先進技術開発を取り仕切る副社長の照《てる》市《いち》茂《しげ》彦《ひこ》が立ち上がる。

「FCVと並行して、あと六年ほどで量産型EVを市場に出すという理解でよろしいですか」

「FCVを続けるという意味では半分は正しい。中国をはじめFCVの需要が見込める市場はあります。しかし半分は違いますね。自動運転技術やコネクテッドの開発もありますから」

照市は立ち上がったまま絶句した。そんな……と言ったのまでは聞こえたが、二の句は消え入るような声となった。無理もなかった。

ざわめきが収まらない役員たちに、統一は続けた。

「開発のすべてを社内で完結させろとは言いません。必要な技術提携は積極的にやっていきます」

照市の顔は、まだ固まったままだ。

それにしたって……あまりにも……。

そういった声がそこかしこで漏れた。かぶりを振りながらぼそぼそと何かつぶやく者もいれば、隣同士で耳打ちしあう者もいる。しかし誰もその先は言わない。

「どうやら私のほうがみなさんより危機感が強いようです」

「そんなことはありません！」

笠原が叫ぶように言った。事前の打ち合わせどおりだ。

ぬるいですよ、まだまだ、と統一は言った。

「今や自動車業界は食うか食われるか、このままではトヨトミはまちがいなく食われます」

円卓を平手でばちんと叩く。

「われわれの業界、先を見通せる人間は誰もいない。仮に、全リソースを注ぎ込んでEVで先んじても、自動運転技術で遅れれば、そこで台頭した企業のためにわれわれが技術開発のお膳立てをしてあげることになりかねない。ましてCO$_2$削減の動きがクルマの技術開発ではなく、クルマを減らすライドシェアの方向に振れ、クルマを所有する文化が廃《すた》れたら、クルマを大量に作ること自体、時代遅れだ。EV、FCV、自動運転、コネクテッド、ライドシェアへの目配り、どれが欠けてもすべてを失うリスクがある」

自動車業界には今、ＣＡＳＥ――Ｃ＝Connected：コネクテッド、Ａ＝Autonomous：自動運転、Ｓ＝Shared：ライドシェア、Ｅ＝Electric：電気自動車と呼ばれる四つの技術の大波が押し寄せている。その震源地はシリコンバレー。

世界を席巻する巨大なＩＴ企業たちは、すべてのクルマをインターネットに繋ぎ、人が運転するものからロボットのように走る電気自動車へ、さらに一人ひとりが所有するものから共有するものへと変え、新たなモビリティ文化を根付かせることで、異常気象の元凶であるCO_2を一掃し、地球温暖化に歯止めをかけようとしているのだ。

もちろんその背後に、人類の情報をかき集め全産業の覇者になる野望を秘めている。ＣＡＳＥの技術のどれもが「排ガスを撒《ま》き散らして走るクルマを大量に作って売る」しか能のない既存の自動車メーカーを死に追いやるものだ。

これらの技術の追求に加えてＦＣＶ。無謀だろうか。しかし、そんなことも言っていられない。ＣＡＳＥの波は「二十一世紀の産業革命」とも称される。立ち遅れれば、淘汰されるだけだ。百年前に自動車によって馬車が淘汰されたように。

役員全員が神妙な面持ちで統一の次の句を待っている。

「だから、全方位でやっていきます。考えてみれば、これはトヨトミでないとできないことです。クルマに関わるすそ野の広い技術と生産インフラ、巨大なリソースと財務体力、せっかくの大きな身体です。最大限使いましょう」

しばしの沈黙を破るように、ようし、やるかとつぶやく役員がいた。武者震いする者もいる。一九九〇年代、トヨトミはハイブリッド車『プロメテウス』をいち早く世に出すために、並行して進めていた超低燃費エンジンの開発を棚上げし、退路を断った。当時の社長、武田《たけだ》剛平《ごうへい》の決断である。統一の選んだ針路はそれとは真逆の、無理を承知の全方位戦略だった。

「ま、待ってください！」

照市が、統一が作り上げた流れに傾きかけた場を何とか押し戻そうと、悲鳴にも似た金切り声をあげる。顔は蒼白だ。

「モーターとインバーターのパワートレイン部分は何とかしましょう。そこはハイブリッドで培《つちか》った技術がある。世間はわかっていないでしょうけど、ハイブリッドにせよPHV（プラグインハイブリッド）にせよ、モーターで走るクルマを世界一、量産、実走させているのはわがトヨトミですから。しかし、社長もご存じでしょう」

「そうですよ。バッテリーは？　バッテリーはどうするんです？」照市と同じく開発系の専務役員、常務役員が加勢した。

そんなことは百も承知だ。モーターやインバーターといった「パワートレイン」と呼ばれる部門では、ハイブリッド車で培った技術を持つトヨトミは他のメーカーに遅れるどころか、むしろ一日《いちじつ》の長がある。ＥＶはその技術の応用にすぎない。しかし、バッテリーは別だった。ＥＶ用バッテリーの開発には、技術だけでは乗り越えられない「素材」という壁が立ちはだかっていた。

トヨトミは過去にＥＶを作ったことがある。二〇一二年に百台限定で発売した『Ｔムーブ』という小型車をはじめ、何種類かのＥＶを開発し、実際に販売もしている。それらは、それぞれに発売された時点では、他社製品と比較して性能が大きく落ちるわけではなかった。

しかし、それでも量産化は見送られ続けてきた。その理由の最たるものこそ、バッテリーだった。すでに市場に投入されている他社のＥＶ車も、バッテリーについてはまだまだ容量不足で、それゆえに航続距離が短すぎる。解決しなければならないボトルネックが山積しており、量産車の水準には程遠いというのが統一らトヨトミ首脳の評価だった。

トヨトミが過去に発売したＥＶは、いずれも一充電の航続距離が一〇〇キロあまり。しかも、これは単純走行、つまり「走ることだけに電力を使えば」の話である。エアコンやカーナビ、ステレオを使いながら走れば、航続距離はあっという間に一〇〇キロを割り込むことになる。そしてもちろん、バッテリーは消耗品であり、購入時の性能がいつまでも維持されるわけではない。

「何言ってんだ、照市君。モーターとインバーターの開発に六年もかける気か。バッテリーが本丸だろう」

それまで黙っていた一人が口を開く。生産技術担当の専務、向田《むこうだ》邦久《くにひさ》。ボードメンバーの中で最年長の役員である。

「やろうよ、照市君。アメリカのコスモ・モーターズも、中国の長江《ちょうこう》デルタあたりの部品会社も、バッテリー開発に関しちゃ血眼《ちまなこ》だ。出し抜かれちまう。特許を取られたら手出しはできんぞ。そうなればいくらパワートレインが良くても台なしだ。それに、現状のバッテリーの性能を大きく向上させる新技術がいくつか出てきているそうじゃないか」

たしかに、全固体電池などEVの航続距離を大きく延ばす新型バッテリーの噂は、業界内でちらほらと聞かれるようになっていた。

向田の発言を受けた議場の全員に注視され、照市は観念したのか、崩れ落ちるように着席した。決着はついた。統一はまとめるように言った。

「もちろんサポートはします。技術提携も視野には入れている。しかし、まずは全力で取り組もう。独自開発が百点満点には変わりないわけですから」

「となると、販売の下準備もしておくべきでしょうね」

向田が言う。

「アメリカの大統領選の雲行きが怪しい。このままWTOの波に乗る自由貿易推進派の本命候補が勝ってくれればいいが、貿易で保護主義的な政策を打ち出している対立候補のバーナード・トライブが支持を伸ばしています。もしこの男が勝つようだと、日本車の販売障壁ができるかもしれません。対立候補を応援する活動をすべきかと。鉄は熱いうちに、というやつです」

「汚いやり方はやめましょうよ。私が社長になってから一切やめていたでしょう」

向田の言わんとしていることはわかっている。「ワシントン対策」、つまりアメリカでのロビー活動である。

かつてのトヨトミはロビー活動に膨大なカネを投じていた。自動車行政に影響力を持つアメリカ運輸長官の弟をロビイストとして雇ったこともあれば、大統領だったジョージ・ボッシュの地元テキサス州に大規模投資を行ったこともある。「アメリカはオープンな国だというのは大間違い。実際は保守的で閉鎖的。東洋から来た自動車会社がでかい顔してのさばったら叩き潰される」が以前のトヨトミのアメリカ観である。トヨトミのなかでも優秀な人材が集まる生産技術部門のホープとして若手時代に長くアメリカ勤務を経験した向田ならではの意見だ。

しかし、裏から手を回すようなやり方は気に食わない。コンサルタントと称する連中や大金持ちの弁護士たちに、湯水のようにカネを使い、いったいそれでどんな効果があったというのか。それでも結局、アメリカでトヨトミ車のリコールが起きたときは、社長のおれが公聴会に呼ばれ、吊るしあげられる破目になったじゃないか。おれが社長の間は、愚直なものづくり企業でありたい。それに、もう談合屋がのさばる時代でもないだろう。

「汚いやり方とは聞き捨てなりません。立派な経営戦略です。問題が起きてから事態の収拾のためにカネを使うより、問題が起きないよう根回しをするほうが結果的に安くつくのは明らかです」

言葉を返さず、じっと向田をねめつける。

「ロビー活動なしにアメリカでの商売は成立しない。そもそも、ハイブリッドが排ガス規制で過小評価されているのは、アメリカ政財界、とくに環境にうるさいカリフォルニア州への根回しをないがしろにしたからではありませんか」

この役員は要らない。おれの方針にいちいち突っかかってくる。

二〇一五年、中国・大連の花火工場で起きた爆発火災のとばっちりで被害を受けたトヨトミ工場を視察するために現地に入ろうとした自分に「現場が混乱状態のときにトップが行っても、現場に余計な負担をかけるだけ。東日本大震災発生直後に福島第一原発の現場に行き、批判を浴びた首相の二の舞になります。パフォーマンスは自重すべきでは」と待ったをかけたのが向田だった。

パフォーマンスという言葉は看過できなかった。経営トップが、難局に挑む現場を鼓舞して何が悪い。工場火災の対応は工場を知り尽くしている生産技術の担当だと言いたいのだろうが、他の役員は一人残らず賛成しているなかで、公然と異を唱える向田には怒りを覚えた。

笠原が割って入る。

「あやしげな連中を使うわけでしょう。これまで使途不明金とは言わないまでも、トヨトミのカネが高級ワインやらアスペンの別荘やら、わけのわからないものに化ける。そんなのはバカげている。いいクルマを作って売る。それが創業以来のトヨトミの商売です」

「寝ぼけたことを言うな、笠原君。その〝売るための方策〟を話してるんだ」

笠原がテーブルを叩いて応戦する。

「そっちの言うことこそ現実的じゃない。ロビイストにいったいいくらカネを払うというんですか！　あなたはそれを毎日工場のラインで一円一銭でもコストダウンしようと必死にやっている社員に言えますか？」

「工場は商売の現場とは違う。いくらいいクルマを作っても売れなきゃどのみち報われんだろう」

「理念を失ったらおしまいです。トヨトミの理念を！」

怒鳴り合う二人を、役員らはどちらに加勢したものか決めかねるように交互に見ている。向田がふうっ、とひと息つき、笠原を無視するように統一のほうを見た。笠原の顔は興奮で上気し、目は血走っている。

「まだ開発が決まっただけの段階で話しても仕方のないことでした。しかし、私はアメリカや中国で政財界相手のロビイングは不可欠だと考えます。この件はいずれまた俎上に上げさせていただきます」

統一が後を引き取って、会議は尻すぼみに終わったが、技術陣の尻を叩き、追い込めたのは悪くなかった。ＥＶに専念したいのは山々だが、状況が許さない。

社長室に戻りしな、笠原が近寄ってきて囁いた。

「やはり役員人事案は再考の余地がありそうですね」

統一は深々とうなずいた。

第二章　不信　二〇一六年　晩秋

「あれ？」

神保町の靖国通りから一本路地を入ったカフェレストランに入りひと息ついた安本《やすもと》明《あきら》は、店の奥のテーブル席に座っている客の顔に見覚えがあった。

安本は日本商工新聞（日商新聞）の東京本社産業情報部デスク。夜討ち朝駆けで走り回る現場記者暮らしから離れて久しいが、一度見た人間の顔ならすぐに思い出せるのは、長年の記者稼業で染みついた習性である。

すっかり白くなった短髪に細面、そしてフレームが鶯《うぐいす》色の洒落《しゃれ》た角縁眼鏡。若いころと変わらないスマートな体形にフィットするグレーのスーツはおよそ会社の重役らしくはないが、年齢に似合わない軽快な印象がむしろ好ましい。『尾張電子』副会長の林《はやし》公平《こうへい》である。

尾張電子はトヨトミ車の電装品などを製造する部品メーカーとしてスタートしたが、今や年間売上高四兆五〇〇〇億円、全世界に取引先を持つメガ・サプライヤーとして名を馳せる。この尾張電子に加え、トランスミッションを中心とした部品メーカーの『トヨトミ機械』、総合商社の『豊臣商事』が、トヨトミ自動車を頂点とするトヨトミ・グループの「御三家」とされる。

尾張電子の本社は愛知県一宮市。都内にもオフィスはあるが、林がここにいることに、閃《ひらめ》くものがある。

トヨトミ関係だ。さては統一さんと会っていたな。

林は尾張電子の副会長であるとともに、トヨトミ自動車の相談役を務めている。従来、このポストはトヨトミ自動車で副社長以上の役職を経験したものが就《つ》くのが慣例だが、林は基幹職一級（部長級）止まり。トヨトミ系列の金融会社『トヨトミファイナンシャルサービス』への出向を経て、二〇〇三年に尾張電子へ。常務役員、専務取締役、副社長を歴任したのち、二〇一五年から副会長を務めている。

林の傍らには二十代半ばと思《おぼ》しき若い女が寄り添っている。昼下がり。ランチのピークを過ぎた店内は空いていて、低い音量で流れるクラシックと、ときおりコーヒーカップとソーサーが触れ合う硬質な音が聞こえるのみだった。

七十になろうかという林の年齢を考えると、女は娘にしては若すぎる気がするし、かといって孫にしては大きすぎる。まだまだ脂っ気は抜けていない林のこと、新しい女かもしれないが、それにしても白昼堂々連れ歩くとは。これは鷹揚というものか、それともただ脇が甘いだけなのか。

林は高度成長期の只中、一九七〇年代初めにトヨトミに入社。フランクな人柄と歯に衣着せぬ発言で早くから頭角を現した。もともとは販売部出身だが、途中から財務畑にキャリアシフトして、トヨトミでは他企業の買収や技術提携のカネ回り、系列の部品サプライヤーの再編にも深く関わってきた。エンピツ一本の無駄も許さない筋金入りのコストカッターとしても知られている。

林はまだ安本に気づいていなかった。天井のほうを指差し、それから耳を触った。店内に流れているクラシックについての蘊蓄《うんちく》を傾けているのだろう。女のほうはうなずきながら聞いている。

林が豊臣統一と会っていたとしたら、どんな用件なのか。

実は統一と林の関係は、単にトヨトミの社長と相談役というだけではない。林は統一がトヨトミに入って間もないころに販売部と財務部で二度統一の上司となり、その腹蔵のなさと面倒見の良さで彼の信頼を勝ち取った。「トヨトミ本家の惣領」である統一にとって、林は長年の指導役であり、メンターであり、公私ともに誰よりも頼れる忠臣のトップなのである。

その二人が会うからにはなにかある。しかし、「相談役」という林の肩書きには、会談の中身を推測できる要素はない。どんなことでも相談するからこその相談役である。

林の表情に浮かぶ喜色が安本の目を引いた。仮に女が林の愛人だったとして、このおっさんが「女」のことだけでこれほど浮かれた顔をするだろうか？

こんなところで会ったのも神様の思し召し。ここで直撃しない奴は新聞記者失格である。腹を決めた安本が林に声をかけに行こうとしたそのとき、林と女が荷物に同時に手を伸ばした。立ち上がり、そのまま出口に向かう。安本はじっとその顔を注視した。

「林さん。日商新聞の安本です。お久しぶりですね」

林が脇を通り過ぎるときに声をかけた。林が立ち止まる。女は隠れるように林の後ろに立った。

「あ、ああ、安本君か。久しぶりじゃないか。どうしたんだ、こんなところで」

それはこっちのセリフだ。動揺が顔に表れている。

「これから打ち合わせでして」

嘘ではない。この後ここで、ビジネス誌の編集長と落ち合うことになっていた。

「林さんこそ、こんなところでどうしたんですか？」

つとめて何気なく尋ねた。

「彼女、トヨトミの子なんだけど僕の秘書なんだ。でも、退職するっていうからさ」

そう言って、女が持っている伊勢丹の紙袋を指差す。

「ああ、それでプレゼントを」

「本当は辞めてほしくないんだけどねえ。ＣＡ《キャビンアテンダント》になるんだって」

安本が女のほうを見ると、彼女ははにかんだように下を向いた。席で眺めていたときからわかっていたが、間近で見るときりっとした眉が印象的なかなりの美人だ。五十代にさしかかり、太り始めている安本が恥ずかしくなるほどのスレンダーな体形である。

「すみません、日商新聞の安本と申します」と名刺を差し出すと、安本の名刺を両手で丁重に押しいただいて受け取るが、自分の名刺はださない。

「クルマから飛行機ですか」

安本は女に探りを入れる。

「ええ、まさか採用試験に受かると思わなくて」

「プレゼントを買ってもらって、これから食事でも?」

余計な詮索だが、聞かずにはおけない。

「ああ、感謝の気持ちを込めてね」と林が代わりに答えた。

「とかなんとかいって、本当は林さんのお祝いじゃないんですかあ、トヨトミ本体にカムバックしちゃったりして」

冗談っぽくカマをかけると、林は破顔一笑。安本の肩を叩く。

「バカを言うんじゃない、おれを何歳だと思ってんだ」

それから苦笑いをしながら、七十の好々爺《こうこうや》なんぞ、お荷物になるだけだと謙遜した。何が好々爺だ、と心の中で苦笑する。林の異名は「インテリヤクザ」。取引先のささいなミスも許さず、担当者を呼びつけては恫喝《どうかつ》まがいの叱責をする。そんな林の一面をきっとこの女は知らないだろう。

腕時計に眼をやって、林は「じゃあ、そろそろ」と言って、そそくさと立ち去ろうとする。女はわざとらしく距離をとって後を追った。

残された安本は、心の中の違和感を整理しようとする。林と女の関係も気になるが、もっと引っかかるのはカマをかけたときの林の反応だ。ほんの一瞬、頬がぴくりと引きつり、目に険しさが宿ったのを見逃したわけではない。

近年は返り咲き人事があるとはいえ、まさか本当にトヨトミにカムバックをするはずはないよな、と一度関連会社に出たあと、トヨトミの役員定年といわれる六十五歳を過ぎてから復帰した例がないか思い出そうとして、すぐにやめた。もともとが人事に限らず保守的な会社である。そんな前例はあるはずもなかった。

＊　＊

尾張鉄道豊臣線豊臣市駅。午後八時過ぎ。昼でも夜でも薄暗く陰気な地下通路を、地上出口から入った北風が吹き抜け、森敦志《もりあつし》のコートの裾を煽った。「伊吹おろし」が吹きつける尾張の冬が近づいていた。

豊臣市から自宅のある三重県伊賀市への帰り道である。凍てつくような寒さにもかかわらず、森の身体は熱く火照《ほて》っていた。心のうちに滾《たぎ》るものは、まぎれもない怒りだ。馬鹿にするにもほどがある。おれを。そしておれの会社と従業員たちを。

三重県出身の森は国立尾張大学工学部に入学後、大学院まで進み、卒業後は東京の大手産業機械メーカー「オノデラ工電」に入社。工作機械の研究開発に携わったのち、三十歳で退職し、叔父の森安二郎が経営する伊賀市の「森製作所」に移った。従業員三〇〇〇人の大企業から、一転して社員三二人の町工場へ。もともと地元志向が強かったうえに東京での生活に疲れはじめていた森には、後継者を捜していた叔父からの誘いは渡りに船だった。

とはいえ、森製作所は当時年商二億円ほどの小体《こてい》な零細企業である。電動工具や印刷機などで使われるモーター部品の製造で生き残ってきたが、経営が傾いたことは何度もある。

とくにバブルが崩壊した一九九〇年代前半、それまで大口顧客だった電動工具メーカーがモーター製造の拠点を東南アジアに移したことで受注が激減、叔父とともに金策に駆け回った。

地元の信用金庫に頭を下げまくって追加融資を引き出すとともに、キャッシュを作るため、遊ばせていた土地を畑にして社員とともに耕して、白菜を栽培し、その白菜で作ったキムチを近隣の街道沿いや地域の土産物屋で売るという〝荒技〟を使ったこともある。あろうことか、「匠《たくみ》」と名付けたそのキムチが口コミで評判となり、注文が殺到。一時期は製作所の経営を支えるほどの売り上げがあったというのは、冗談のような本当の話である。

会社をたたむという選択肢がなかったわけではない。現に、当時森には製作所の廃業を見越して、あるメーカーから工場長として来ないかと引き合いがあった。しかし、従業員を放り出し、のうのうと大企業におさまることなどできるはずもなかった。彼らとともに、必死で生き残りの道を模索した。

あのとき、わずかでも運命の針が悪いほうに振れていたら、今ごろ路頭に迷っていたはず。それを思えば、一社から取引を切られたからといって何だというのだ。血が滾れば滾るほど、逆に頭はどんどん冷めていく。しかし、それでも身体の芯に熱く燃える怒りが消えるわけではない。

森製作所は、たったひとつだけ他社にはない特殊技術を持っている。電動モーターの「巻き線」である。

モーターの内部には回転力を生み出す「電機子」と呼ばれるものがある。この「電機子」は鉄芯にコイルを巻きつけたもので、より高密度に隙間なく巻くことで大きな出力を得ることができる。森製作所は、この緻密さを要する「巻き」の技術が高く、さまざまなモーターの形状と性質に合わせて、コイルを選択し、高出力の巻き線を作ることに長《た》けていた。

人間は苦しいときにこそその力量が試される。森は自戒を込めてそう考えた。バブル崩壊後のあの不遇の時代を、おれたちは飛躍のためのバネに変えた。今回のことなどあのときに比べればぬるいものだ。

九〇年代の仕事の激減は森にある示唆を与えた。

「単なる下請けのままでは、いずれ必ずうちは潰れる」

キムチ作りは急場をしのぐ苦肉の策というだけではなかった。自分達の力だけで何かを成し遂げることで、知らぬ間に染みついた下請け根性を拭い去りたかったのだ。

その一方でモーター製造と巻き線技術を社員とともに徹底的に研究しなおし、森製作所でしかできないグローバルな製品やニッチな技術を極めることに心血を注いだ。与えられた指示どおりの製品を納めるだけの下請け企業に甘んじるのではなく、巨大なメーカーがアドバイスを求め、教えを請いにやってくるようにならなければ未来はないことがこの経験を通して身に染みたからだった。

転機が訪れたのは一九九五年だった。当時世界初のハイブリッド車『プロメテウス』を開発中だったトヨトミ自動車が、電力駆動で必要になる高性能モーターを製作することができず、どこで聞きつけたのか森製作所を訪ねてきたのである。

製作所を訪れたトヨトミの技術担当専務・関口友康は、『プロメテウス』の開発を指揮していた、時の社長・武田剛平の腹心だった。

「トヨトミも苦しい時代がありました。『何でもいいからカネを作れ』と言われましてね。小田原が実家の奴はカマボコを作ったり、なかにはどじょうの養殖をやった奴もいた。私は花が好きですから花卉《かき》栽培に取り組みました」

キムチ作りの話を聞いた関口は懐かしそうにそう話したが、すぐに困り果てた顔に戻った。

「電気機器メーカーの丸菱と松川電機にモーター開発を依頼していたのですが、見当違いでした。彼らもモーターを作るが、クルマのようにスペースが限られたところで高い出力を出せるような工夫はしてこなかったんです」

協力してもらえなければトヨトミに戻れないといった様子の関口を見かねた森は、断面が丸い通常のものではない、特殊な形状をした巻き線を使ったコイルを提案し、モーターの試作に取り組んだ。森製作所が得意とする、コイルを隙間なく高密度に巻く技術を教えたときは「〝巻く〟という作業を甘く見ていました。これはまるで魔法だ……」という感嘆の声が関口の口から漏れた。できあがったときの彼の喜びようは忘れられない。大の男が、歓喜の声をあげ、涙を流しむせび泣いていた。プロメテウスは自分たちの力なしには実現しなかったと今でも思っている。

プロメテウスの成功で「巻き線のことなら知らないことはない」と、森製作所の評判は一気に広がった。そして、「脱石油」が叫ばれ、自動車の電動化の波が押し寄せている今、その評判はもはや日本を飛び越えて世界にとどろいていることを、森は実感しはじめていた。知識と技術を求めて世界中のメーカーが教えを請い、試作モーターの共同開発を依頼するため森製作所に日参していた。

森にしても先代社長である叔父の安二郎にしても、請われれば包み隠すことなく自社の技術を伝えてきた。教えて真似されたら、もっと高度な技術を習得すればいい。それが森製作所の哲学である。日本も中国もドイツもない。技術は人類の共有財産だ。教えたことを相手が製品化できるようになるころには、こちらはもっと先に行ってやろうというモチベーションにもなる。

ところが、そうした森の厚意を踏みにじる会社もある。他でもないトヨトミ自動車である。

初代プロメテウス以降、トヨトミのハイブリッド車のモーター部分の巻き線を試作して納める形でトヨトミとの取引は続いていたが、そのトヨトミが突然森製作所との取引を打ち切りたいと申し出てきた。

数時間前の出来事が脳裏に蘇る。森をトヨトミ本社に呼びつけた購買部部長の浅井《あさい》敬三《けいぞう》は、現在開発中のプロメテウスの新モデルでは、モーターは試作段階からグループ会社の尾張電子が手がけることになりまして、と慇懃ながら冷徹な声で告げた。ようはトヨトミのグループ内でモーターを内製するということである。

「ええっ」

森は思わず聞き返した。まったく予想していなかった言葉だった。初代プロメテウスはもちろん、その後のモデルでも、森製作所はモーターの設計・試作で少なからず貢献してきたと思っている。トヨトミ自動車も森製作所の技術を評価してくれているはずだった。

西に向いた窓のブラインドの隙間から差し込んだ穏やかな日の名残《なご》りが、二人が挟んでいる長テーブルに落ちていた。森と浅井二人だけの会合だったが、会議室は一〇人以上は入る広さだった。その広い空間に、「ご冗談でしょう」という森の声がむなしく響いた。

「もう決まったことですので」

浅井は冷ややかに言い、次のアポイントがあるので、と席を立とうとする。

「ちょっと待ってください。設計図を出してすり合わせまでしていたじゃありませんかっ」

森は浅井からの要請で、今回のモーターの設計図と試作品を提出し、それをもとにトヨトミの技術陣は仕様を固めるためにディスカッションを重ねていた。ふつう、ここまでくれば受注できる。というか、こうしたすり合わせは受注が決まっているか、受注する前提で行われるものである。

浅井はふっ、と鼻で笑い、たしかに拝見しましたが、と手元のクリアファイルに目を落とした。そのファイルの中には、見覚えのある、五〇ページにも及ぶ新型プロメテウス向けモーターの設計図が入っていた。

「不躾な申し上げ方かもしれませんが、これくらいのものでしたら御社のお力添えがなくても、グループ内ですべて製作できると判断させていただきました。たいへん残念なのですが」

頭の中がカッと熱くなる。内製できる？　そんなはずはない。浅井は、自分たちでは設計も試作もできないからこそうちに頼ってきていたんじゃないか。

「まさかとは思いますが、うちの設計図を使って内製するということではないですよね？」

浅井はひとつ咳払いをして、立ち上がった。

「そんなことをするはずがないでしょう。弊社の技術を生かしてより良いモーターを内製させていただきますよ」

それでは、と浅井は会議室を出ていった。わずか五分ほどの会合。彼の小脇には、しっかりと森製作所の設計図が抱えられていた。

新型プロメテウスの発売予定は再来年度。ということは、すでにモーターの仕様はある程度固まっていないとおかしい。これまで森製作所の設計図を使ってすり合わせをしていたのだ。それじゃあ、内製するというモーターの設計図は誰が描いたというのだ？　これではまるで泥棒ではないか。

＊　＊

「今期は減益。まちがいないですね」

大手町の午前三時。ブラインドの隙間から外をのぞくと、近隣の気象庁や、屋上にヘリポートを備えた読切新聞の巨大なビルが見える。付近のどの建物にも、まだポツポツと明かりが灯っている。

朝刊の記事の校了を終えた日商新聞の記者たちは机に突っ伏して仮眠を取ったり、朦朧《もうろう》として舌の回りが鈍った緩慢な会話をだらだらと続けている。

「ああ、トヨトミは堅調だった北米市場のSUVが落ちるときびしいからな。世界的企業といっても、ヨーロッパや中国では弱い。まだアメリカ頼みなんだよ」

安本明は、会話の相手である、この秋に名古屋から東京本社に異動してきたばかりの記者、渡辺泰介に答えた。

「為替が一円、円高に振れると、四〇〇億円の利益が溶けるわけですからね。並みの神経じゃ経営できないですよ」

渡辺が肩をすくめる。

「来期も続いて減益となると十八年ぶりか。これは内部もゴタゴタするなあ。役員人事、動くから注意しておけよ」

安本の脳裏に林公平の顔が浮かぶ。神保町のカフェレストランで見せた喜色満面の顔はいったい何だったのか。しかし、今は渡辺に話さないほうがいいだろう。

ええ、と言った後、渡辺の口角が引き締まる。

「業界全体で地殻変動が起きている時期ですからね。ここらで立ち止まって態勢を立て直すって意味で組織改革に動いているみたいですよ、ジュニアは」

「統一さんか」

「FCVでコケたのがけっこう効いてます。八〇〇万円もするのに燃料の水素を補給する場所がないクルマなんて、そりゃあ買われるわけがないんです。あれはもう〝オワコン〟ですよ」

「きびしいねえ。おまえ、トヨトミ嫌いだっけ？」

安本は額を掌で拭い、指先で光る脂を見ながら冗談っぽく言った。

「好き嫌いで言っててんじゃないですよ。日本代表の四番打者が国際試合でさっぱり打てなかったら野次りたくもなるでしょう」

渡辺はむくれたが、すぐにデスクの上のメモを安本に手渡した。

「ＥＶ、行くみたいですよ」

「ようやくか。おっそいよなあ、本当にやるべきはＦＣＶじゃなくてそっちだったんだよ」

「トヨトミは、石橋を叩いて渡る前にさらに叩いて、もう一度叩いてという会社ですが、ドイツの『ドイチェファーレン』もアメリカの『ＵＳモーターズ』もＥＶ開発に乗り出している中、これ以上出遅れるわけにはいかないでしょう。株主からも不安が出てる。ある程度見切りで参入を発表するでしょうね」

「組織改革もＥＶ開発に備えてってハラだろうな」

これは忙しくなるぞと、下腹に力を入れて気を引き締める。いつの間にか眠気が消えていた。家に帰るはずだったが、アドレナリンが満ちてきて、もう少し仕事をしてからという気持ちになっていた。自動車業界の地殻変動の震源地を報道するためには、どこに取材をして、どんな記事を書けばいい？

渡辺はコートを羽織り、ブリーフケースを肩にひっかけて帰り支度をしている。胸のポケットを探っているのは、社内の喫煙所に寄ってから帰るつもりなのだろう。出て行く前に、そういえば、と思い出したように言った。

「モーターでおもしろい会社があるんですよ。ＥＶシフトを見込んで世界中から技術指導を請いに来る……」

同じことを渡辺も考えていたのだとピンとくる。自動車メーカーだけ取材していてもダメだ。ＥＶシフトで一番アワを食っているのは自動車産業にかかわるサプライヤー企業だろう。ならば取材すべきはそっちだ。自動車が電動化すると、自動車はエンジンとトランスミッション（変速機）、ガソリンから、モーターとインバーター、バッテリーの乗り物になる。外見こそ変わらないが、中身は別物だ。当然、トヨトミに部品を提供するサプライヤーにも変革が求められることになる。

「森製作所っていうんだけど、知ってます？」

渡辺が出した名前に心当たりはなかった。安本は頭を掻いて手元のパソコンで検索をかける。

「三重の伊賀にある会社です。こぢんまりした町工場でホームページもなし。ネットで調べても所在地しか出てこないでしょ」

そのとおり、モニターには「森製作所」という名前と「工作機械器具・一般機械器具」という業種、そして電話番号が表示されるのみである。これでは何もわからない。

「モーターに強いって？」

「というより、コイルのプロです。一口にモーターといってもいろいろあって、用途に合わせて必要なコイルも違うんですが、あそこはコイルの〝巻き〟が圧倒的に強い。そこにトヨトミが目をつけて、プロメテウスで使っていたんです」

「EVでもキーデバイスになるってわけか」

もちろん、と帰りかけていた渡辺が再び安本の隣に腰を下ろす。

「あそこはひと言で言うと〝匠〟なんですよ。コイル巻きの技術は恐ろしく高いけど、ひとつずつ職人が手作業でやっている。量産できないですけどね」

「その代わり、どこにもない技術だから高いカネを取れるか」

「ご名答。でも〝飯のタネ〟はそこじゃない。巻き線まわりじゃ知らないことはないって言われる会社ですから、世界中の企業相手に技術指導しながらモーターの共同開発をやったりしています。自社でモーターの製造もするんですけど、得意なのは企画と設計、そしてとくに試作のフェーズです。ここが強いから大企業相手にコンサルティングができる。それで今は売上高が八億円で営業利益が四億円です。利益率五〇パーセントってちょっとすごいでしょ？」

思わず目を見張る。コンサルティングもするといっても製造業だろ？　信じがたい数字だ。

「トヨトミだけじゃなさそうだな」

自動車がEVに傾いているこの時世にトップクラスの主幹技術を持つ会社が見出されたらどんな扱いを受けるかは、安本にも想像がつく。大げさではなく、誰も知らない田舎の高校にメジャーリーガー級の逸材が現れたようなものだ。日本中から、いや世界中からありとあらゆる誘いが来ているはずだ。

「おっしゃるとおり。国内海外問わず、〝森詣で〟は過熱する一方です。韓国の『RG』がアメリカの『USモーターズ』のEV車向けモーターを受注したんですが、やはりコイルの巻き線がうまくできずに森に泣きついて、一年間工場に駐在してノウハウを習ったとか。『コスモ・モーターズ』のEVモーターも森が共同開発していますし、ドイツのメガ・サプライヤーからイギリスの家電大手の『デースン』、エアコン大手の『ハンキン』、建設機械の『ナカマツ』まで森製作所の〝教え子〟です。自動車メーカーも主だったところは全部来ているんじゃないかな。USモーターズからは従業員全員引き連れて会社ごとアメリカに移転しないかって話もあったくらいで」

「すごいな。争奪戦じゃないか」

工業用ロボットなど精密な工作機械とAI（人工知能）の時代にまだこんな会社が

ある。これだから産業は奥が深い。

「でもね、おもしろいところなんですけど、国立大学の工学部を出たような社員はほとんどいないんですよ。それどころか高校を中退してグレていたのを親が見かねて世話を頼んだら、目の色が変わって今じゃバリバリの技術屋としてがんばっているってのが多い。地元ではふらふらしている若い連中を叱りつけるときは『自衛隊に入るか、森さんのところに行くかしろ』って言うのが決まり文句になっているそうです。一度は東京や大阪に出て働いたんだけど、心を病んで地元に戻ってきたようなのもいたりして。だから、みんな地元を出たがらないんですよ。それでUSモーターズからの話は立ち消え」

わけのわからない会社だが、聞けば聞くほどおもしろい。エリートのいない田舎の町工場が技術の分野で世界の注目を集める。何とも痛快だ。

「トヨトミもそれなりのカネを出しているんだろ？　いくら鬼のようなコストカットをするといってもさ」

渡辺が噴き出す。

「いや、それがそうでもない」

ずっこけそうになる。統一さんはそのあたり鈍いんだよな、どんな条件でもいいから買収するなりして囲い込んでしまえばいいのに。

「おそらく親豊会への配慮があるんじゃないかな」

親豊会とは、トヨトミの系列サプライヤーを中心とした取引先からなる組織である。会員企業は実に二三〇社。年初の総会では、トヨトミの事業方針やサプライヤーへの協力要請がトヨトミ・グループのトップである豊臣統一からなされるが、その結束力は徳川家臣団のようで、この組織を土台にサプライヤー同士の横の繋がりがある。

なぜ、と安本は尋ねた。

鈍いな、安本さんは、と渡辺は呆れたように言い、脚を組みかえる。

「EVはガソリンエンジン車より構造が単純です。部品点数でいえば四割も減る。今後EVが本格的に普及したら、たとえばエンジンやトランスミッション関連の部品を作っていたトヨトミのサプライヤーはまちがいなくトヨトミからの受注が減る、いや、なくなる。今サプライヤーはものすごくナーバスになっているんですよ。サプライヤー・ピラミッドの下のほうにいくほどトヨトミからの受注がおもな収入源ってところも多いですからね。末端のサプライヤーではEVシフトは起こらないっていう人が多いんですが、はっきりいってそれは予想じゃなくて願望です。エンジンシリンダーの部品だけを納めているサプライヤーがあるとしたら、EVシフトは悪夢でしかない。食い扶持が完全に絶たれる」

近ごろは内勤続きの安本は、現場を駆けずりまわっている記者に情報量ではかなわない。新聞社には自分のような役割の人間も必要なのだと理解はしているが、足で情報を拾ってこそ新聞屋《ブンヤ》、という考えも頭のどこかにこびりついている。もう一度外を走り回る生活をしてみたい気持ちに駆られることが、しばしばある。もちろん口には出さないが。

「一方でEVになることで需要が増す会社もあるわけです。新しくケイレツに組み入れたい会社だってある。そっちばかりを三顧の礼で迎えてチヤホヤするのでは、これまでコストカットで叩きまくられてきた既存のサプライヤーがヘソを曲げてしまう。それはトヨトミとしては避けたいはずです。いくらEVシフトといっても来年すべての車がEVに変わるわけじゃない」

この思いきりの悪さがトヨトミの命取りになるのではないかと、ふと思った。欧米の辣腕《らつわん》経営者なら、必要な企業には大枚をはたきどんな手を使っても傘下に収めるだろうし、不要になった企業はさっさと切るだろう。そこに、これまで一緒にがんばってきた会社への情はない。

しかし、トヨトミは何だかんだといって情に厚い会社である。苛烈なコストカットを下請けに強いるのは有名な話だが、業績が悪化してもサプライヤーを切ることはしないし、サプライヤーが必死の思いで部品一個二〇円のコストカットに成功したらあえて一〇円高く買い上げる〝度量〟も見せる。もっとも、そうした〝アメとムチ〟で繋ぎ留められることが、サプライヤーにとっていいことなのか悪いことなのかはわからないが。

「そりゃあ、サプライヤーだってバカじゃない。口ではトヨトミに忠誠を誓いつつ、虎視《こし》眈々《たんたん》と他の販路を狙うもんです。でも、今回は少し唐突すぎました。これまでも来る来るといって結局こなかったEVシフトがいつの間にか既成事実になっている。逃げ遅れる会社も出てくるはずです」

EVシフトによってサプライヤーが溜め込む不満と不安。安本は身震いした。これはトヨトミ崩壊の前兆となる〝蟻の一穴〟なのだろうか。いや、まさかあの巨象がこんな小さな綻《ほころ》びから倒れるなどということはありえない。しかし、脳裏から悪い予感は消えなかった。

森製作所には朝礼はない。定例会議もない。納期も入金管理も部品の発注も個々人に裁量を与えて任せている。

始業時間の朝八時近くになると、工員たちが各々自転車や原付、車でやってきては好き勝手に仕事を始める。朝晩が強烈に冷え込む今の時期は、みな工場のあちこちにある薪《まき》ストーブで指先を暖めてから作業にかかる。

トヨトミ自動車から取引を打ち切られた翌日、森敦志は工場にやってくると一同に語りかけた。

「おうい、手を止めなくていいからちょっと聞いてくれ」

コイルが鉄芯に巻かれて締め付けられるキリキリとした音や、ペダル式の巻き線機を足で踏む音は止まない。本当に誰も手を止めないな。森は社員たちの熱心さと不器用さに苦笑いする。ここで働いているのは口よりも仕事で語る職人ばかりだ。目先のカネ儲けよりも、理念や志に共感できる相手との仕事を尊重するところも、森と従業員たちは共通している。

全員に聞こえるように声を張る。いつだって営業上のことや経営の資金繰りに関することも、包み隠さず彼ら彼女らに話してきた。製作所の社員は家族も同然。もちろん、家族経営をタテマエに過酷な労働を課すようなことはしないし、給料も十分に払っている。

トヨトミ自動車から突然取引を切られた怒りは、まだくすぶっていた。しかし、社員たちをいたずらに動揺させるわけにはいかない。

「みんなで一緒にがんばってきたトヨトミ自動車のプロメテウスの仕事な。あれ、来年度からナシになった」

工場からいっせいに作業音が消える。こちらを見る奴もいれば、無関心を装いつつ耳を澄ませている者もいる。

「大口の仕事だったからな。痛いっちゃあ痛いが、また次の納入先を見つけてくるからな。心配しないでそれぞれの仕事に精進してくれ。何、おまえらの巻き線が欲しいって会社さんはいくらでもいるから大丈夫だ」

それだけだ、邪魔して悪かったな、と工場を立ち去ろうとする。

ちょっと待ってくれよ、親父さんと、声が飛ぶ。

川田裕司《かわだゆうじ》という二十三歳の若い社員だ。川田は十七歳のときに森製作所に入社してから六年間、口は悪いが根は優しい先輩職人に食らいついてモーター製造を身につけた。中学時代のいじめが原因で家に引きこもり、高校に行っていなかったのを親が案じて連れてきたのがはじまりだったが、試しにコイルを巻かせてみると実に器用にやってのけた。それだけではない。工学や磁性物理の専門書を森から借りては持って帰り、次々と読破していった。今ではモーターについて誰よりも詳しく、製作所の技術改善を一手に引き受ける「エース」となっている。

「トヨトミは殿様みたいにやってきておれらの技術を持って帰って、いらなくなったら捨てたってわけか？　親父さんはそれで納得してるのか？」

トヨトミ自動車に提出したプロメテウスのモーターの設計図は、大部分が川田の手によるものだ。「これくらいのものなら自社でできる」という浅井の言葉が思い出される。自分がバカにされるなら、まだいい。しかし、従業員をバカにされるのは許せない。

　いや、と他の工員が割って入る。

「殿様じゃねえ、挨拶もなしに来て、黙って帰って、いつの間にかうちで見たものを実装する。あれじゃあ泥棒だ」

「そうだ、あんな無礼な会社ねえぞ。設計図はどうしたんだ。プロメテウスのモーターの」

　年長の工員らも声をあげる。そうだ、そうだと後に続くものもいる。胸が熱くなる。そうだ、みなトヨトミには言いたいことが山ほどあったのだ。

　トヨトミやトヨトミ関連会社の社員が目に見えて横柄になったのは二〇〇〇年代後半。ちょうど創業一族の豊臣統一が社長の座に就き、武田剛平、御子柴宏《みこしばひろし》、丹波進《たんばすすむ》と三代続いたサラリーマン社長から経営の「大政奉還」がなされたころだ。

　まず、言葉づかいが変わった。象徴的なのが、彼らがこぞって使うようになった「うれしい」という言葉だ。こちらが何か新しい技術や改善を教えると「それはどこがうれしいんですか？」と聞いてくる。ようは「どこがトヨトミにとってうれしいポイントなのか」「トヨトミにどんな利益があるのか」ということである。傲慢《ごうまん》さと驕《おご》りが言葉の裏から透けて見える言い回しだ。彼らはモーター製造や巻き線の技術の教えを請いにきているという立場なのに。

社員たちは、彼らがまるで自社の工場のようにふるまう態度も腹に据えかねていたのだろう。トヨトミ側は技術担当の主任クラスが工場長とともに訪ねて来ることが多かったが、一度来るとたいてい一週間ほど泊まり込んで技術指導を求めてきた。森製作所は事務室と応接室が一体だ。社長室はない。応接室が社長室で、昼飯時は社員が食事をとる休憩スペースにもなる。周囲に宿泊施設がないため、森はその部屋をトヨトミからの客人らに貸してやり、寝泊まりさせていた。たいそうなものではないが、一応シャワールームもある。

それだけ世話になるのだから、手土産のひとつぐらい持って来てもいいものだが、トヨトミの社員は当然のような顔をして手ぶらでやってくると、いきなり応接室に入ってきて森に挨拶し、そそくさと工場に向かう。その後、応接室で起居する彼らは、工場に無愛想な顔でやってきては、腕組みしながら森製作所の工員のコイル巻きをじいっと見守る。そして、一週間経つと、用済みとばかりに帰っていく。その後、メールもなければ、もちろん御礼の手紙もない。子会社、いや、下請け企業を視察してやっている、といった振る舞いなのである。

巻き線を習いに来る会社はほかにもあったが、こんなのはトヨトミだけだ。社員たちは、「社章をつけてなくてもトヨトミの社員が来たら、態度ですぐわかる」とまで言う。

こちらにしてみれば、せっかく来たのだからと本来やるべき仕事を後回しにして対応しているのだ。手土産がほしいわけではないが、なにも礼儀までコストカットすることはないだろう。

いつだったか、やはり森製作所に巻き線を学びにきていたマツモト自動車の役員から聞いたことがある。マツモト自動車は広島の自動車会社。超低燃費エンジン「ハイアグレッシブ」を開発したことで知られている。

「ハイアグレッシブを出したときにね、すぐトヨトミさんの技術担当役員から電話がかかってきて『すごいね。あれ、どうやったの？　ちょっと名古屋まで出て来ない？』だって。教えてほしいなら、そっちが広島に来てよ、って言ったんだけどね」

皮肉にもそのときふたりは、マツモトの役員が手土産に持参した広島の地酒「雨後の月」を酌み交わしていたところだった。「トヨトミの社員はお殿様だ」とその役員は諦めたような苦笑いを浮かべていた。

「お前らの気持ちはわかった」

奮い立つものがある。社員たちもここ数年のトヨトミの振る舞いには内心穏やかでなかったのだ。

「だが、産業の世界はこんなもんだ。内製できるとわかったらわざわざ外注するバカはいないし、他人の設計図だろうが仁義がなかろうが、儲けた奴が偉い」

みんなを見回す。川田だけではない、誰も彼も、目に強い光が宿っている。

でもな、と森は言葉を継ぐ。

「だからってここまで理不尽なマネをされて黙っているわけにもいかん。みんなで見返してやろうじゃないか」

その言葉に呼応して、誰からともなく気勢があがる。

「技術には技術、モーターにはモーターだ。なあ親父さん」

年配の工員が言った。

「そうだ、〝巻き〟をもっとすげえものにして、連中の鼻をあかしてやろうや」

そうだ、やろうと工場のあちこちで気勢があがる。救われた気持ちだ。森は鼻の奥がつんと痛んだ。作業着の袖で慌ててごしごしと擦《こす》る。やってやろうじゃないか。みんな一緒だ。

第三章　生きるか死ぬか　二〇一七年　十一月

「この半世紀というもの、私たちの移動ツールの主役は、まぎれもなく自動車でした。高度成長期に起こった本格的なモータリゼーションによって、クルマは一般家庭に行き渡りました。お金持ちでなくても、一家に一台、自家用車、マイカーを持つようになったのです。わがトヨトミもまた、いち自動車会社として、そんな社会の発展に寄与してきたと自負しております」

そう言って、豊臣統一は集まった記者たちを壇上から悠然と見下ろした。渡辺泰介は周囲を見渡すが、数人の記者がメモにペンを走らせている以外は、目立った反応はなかった。みな淡々と壇上の男が本題に入るのを待っている。

市ケ谷のトヨトミ自動車東京本社のプレスルームは、海外メディア四社を含むマスコミ各社の記者とカメラマンで埋め尽くされた。用意された椅子は四〇〇脚。しかし、それではとうてい足りず、立ったまま話に聞き入る記者もいる。

統一は場内をぐるりと見回して続ける。

「今年度も、新車販売台数の国内シェアは五〇パーセントに迫ります。堅調、と言う方もいる。しかし……」

言葉を切り、もう一度プレスのほうを眺め回す。

「私はそうは思いません。トヨトミは不沈艦ではない」

記者の群れからわずかなどよめきが起こる。それにしても貫禄ないなぁ……。渡辺は心の中でつぶやき、考え込んでしまう。

小柄で、小太りの体軀に威厳は感じられない。童顔とあいまって、深刻そうな表情をしてもテディ・ベアのような愛嬌がある。国立尾張大学工学部大学院修了のエンジニアであり、柳に風といった物腰で心の底をけっして見せなかった父・新太郎とも、焰《ほのお》のように闊達な喜怒哀楽を出すド迫力の武闘派・武田剛平とも違う。迫力とも貫禄とも無縁の経営者。これはこれで、トヨトミの歴代社長の中で際立つ個性なのではないかと渡辺は思った。

実際、体格だけでなく丸顔の真ん中に集まったつぶらな瞳と品のいい鼻、そしてコミカルなほどフレームの太い黒縁眼鏡からくる親しみやすさは、統一の大きな武器になっていた。

トヨトミのインターネット向けPR動画では、社員とともにダンスを披露し、テレビのバラエティ番組ではナッパ服と呼ばれる作業服にヘルメット姿で登場してにこにこしながら工場を案内したかと思えば、トヨトミの最新鋭スポーツカーを運転、助手席にアイドルタレントを乗せて、愛想を振りまきながらサーキットをぶっ飛ばす。請われればコメディアンの扮装までする。

日本を代表する企業の社長という立場とその旺盛なサービス精神とのギャップが受け、メディアを通した統一の評判は上々である。そんな腰の軽い統一を、口さがない記者は「客寄せパンダ」、自動車業界の行く末を憂うベテラン記者は「バカ殿様」「こども社長」とまで言う。

しかし、この風貌だからこそ辛辣《しんらつ》な追及をうけた米議会での公聴会に耐えることができたともいえる。カリスマだった父・新太郎や、強面《こわもて》の武田剛平だったら、むしろアメリカ議会のバッシングの火に油を注ぐことになったかもしれない。この人には朝回りで怒られたことがあるけど、迫力がなくてあまり怖くなかったな。渡辺は演壇に立つ統一を見て思った。

朝回りの一件で東京本社に転勤になってから一年。思えば統一を生《ナマ》で見るのはそのとき以来である。最近、社長室のフロアに作った役員専用のトレーニングジムで汗を流していると耳にしたが、たしかに心なしか丸顔が少し引き締まったようだ。その統

―が真剣な顔で話し続けていた。

「自動車業界は百年に一度の戦国時代に突入しました。当然CASE――C＝コネクテッド、A＝オートノマス、S＝シェアリング、E＝エレクトリックモビリティにはすべて目を配っていく」

目新しい情報はなかった。トヨトミは二ヵ月前に革新的な低燃費エンジン技術「ハイアグレッシブ」で知られるマツモト自動車とのEV車の基盤技術の共同開発を発表し、「EVで出遅れたトヨトミが逆襲開始」と報じられたばかりだった。

しかし、こうした好意的な報じ方をしたメディアが、国内で年間一〇〇〇億円ものトヨトミからの巨額の広告出稿に忖度を働かせたであろうことは、マスコミ関係者の〝暗黙知〟でもある。渡辺の所属する日商新聞は、トヨトミが生産台数、発売時期などの明確な開発目標を示さなかったこともあり、トヨトミ、マツモト、そしてトヨトミグループの部品メーカー・尾張電子とで設立した新会社の内容を、控えめに報じたのみだ。カネはもらっても簡単にはなびかない、デスクを務める安本明の意地である。

実際、この新会社にしたところで、トヨトミは自らが主体となってマツモトを巻き込んだかのように発表し、メディアはその通りに報じたが、EVでの出遅れに焦ったトヨトミがマツモトに助けを求めたというのが実態に近い。

資本はトヨトミが九〇パーセント、マツモトの出資はわずか五パーセント。しかし派遣する開発エンジニアはトヨトミが一八人に対してマツモトが一六人と互角である。ようは、カネはあるが技術のないトヨトミが、技術はあるがカネがないマツモトに擦り寄ったというわけだ。

トヨトミがこれまでにEV車を一台も発売していないマツモトと組む狙いは明らかだ。マツモトが国内随一の技術を持つとされるMBD（モデルベース開発）をモノにしたいのである。MBDとは、製品に起こりうるあらゆる状況を仮想現実の中でテストすることができる、シミュレーション技術を用いた開発手法。膨大な数の試作車を作り、ぶつけたり、悪路で急発進急停車を繰り返しながら性能を試していた自動車開発を大幅に効率化することが期待され、EVの開発には必須ともいわれている。

そりゃあ、困って助けを求めたんですと言えるわけもないし、虚勢を張るしかないよな、と渡辺は苦笑する。

しかし、いったい何を発表するっていうんだろう。周囲を見回すが、他紙の記者連中も怪訝《けげん》な顔をしている。

「とはいえ、喫緊はEVです。これまでトヨトミはEV開発について、具体的な数値目標を出さずにきました。準備もできていないまま安直に数字を掲げても、開発現場だけでなく各セクションに無用なプレッシャーをかけることになる。欧州のメーカーを思い出してください。生産台数でもCO_2の削減目標でも、勢い込んで掲げた数値を続々撤回しているでしょう」

統一はまっすぐ記者団のほうを見る。カメラのシャッターが切られ、稲妻のようなフラッシュがバババッと光る、屋根が豪雨を弾くような音。ほうっと軽くざわめきが起こり、ボールペンの芯を出すカチッという音と、キーボードを叩く音があちこちで響く。身体が自然に前のめりになる。

「われわれは宣言したからには必ず、どんなことをしてでも実現させてきました。トヨトミ自動車は独自開発によるEV『プロメテウス・ネオ』を二〇二二年までに量産化します」

演壇の角に両手をかけて、統一は力強く宣言した。しかし、記者らの反応はいまひとつ鈍い。今さら何を、といった雰囲気である。緊迫した空気が一挙にほどけていく。

二ヵ月前のマツモトとの新会社設立の報を踏まえるなら、トヨトミのEV参入は誰でも予想がつくことである。渡辺の隣に座る他紙の記者が「弱いな。なまじトヨトミだけがEV開発の具体的な目標を出していなかったから、統一さんも出さないわけにはいかなかったんだろう」とつぶやいた。

「そんなことを言うためにおれたちを集めたのか」「プレスリリースでも送っておけば十分だろう」とブーイングめいたささやき声も聞こえてくる。

いや、もっと何かあるぞ、と渡辺は前のめりになったまま次の句を待った。統一は記者らの白けた反応を楽しむように、眼鏡の奥の瞳を輝かせていた。

「幸い、ハイブリッドで培った要素技術があります。みなさんがどう思うかはわかりませんが、私としてはトヨトミがＥＶに出遅れたとは思っていません。基本設計は東京オリンピック・パラリンピックの年までに十分間に合うと考えております。そして、この『プロメテウス・ネオ』の航続距離は単純走行で一〇〇〇キロ、一般走行で六〇〇キロを目指します」

一瞬、場内は静まり返った。みな、統一が何を言っているのかわからないようだった。

たっぷりふた呼吸分遅れて、ええっ、と叫びにも似た驚愕の声が轟《とどろ》いた。

一〇〇〇キロだって？　無茶だ、バカな！　一〇〇〇キロがどういうことだかわかっているのか？　と遠慮会釈のない声が飛び、カメラの放列から再びシャッターとストロボの閃光。一刻も早くこの発言を報じるために、携帯電話の電源をオフにするという事前の申し入れを破り、社に電話をかけている記者や、手元のノートパソコンでさっそく記事執筆に入る記者もいた。

何しろ、ＥＶの航続距離は米コスモ・モーターズの一〇〇〇万円以上する高級モデル「モデルＶ」の六一三キロが世界最長である。これを一気に一〇〇〇キロにしようというのだ。しかも一般走行で六〇〇キロである。

ちなみに、ガソリンエンジン車を燃料満タンにしたときの航続距離が五〇〇キロから六〇〇キロだと言われている。統一の発表は、トヨトミはＥＶの弱点であった航続距離をガソリン車並みに引き上げることを意味していた。メモにペンを走らせる手が震え、字が乱れた。いくらなんでもめちゃくちゃだ、豊臣統一はデタラメを言っている。

どれほど自動車業界やメディアが「これからはＥＶだ」と煽ったとしても、ユーザーはシビアである。ガソリンエンジン車のほうが安く、使い勝手がいいのならば、そちらを選ぶのが市場原理というものだ。しかし統一のプランが実現し、なおかつ低価格で発売できれば、ＥＶは間違いなく一気に普及する。ユーザーのＥＶ購入の一番のボトルネックが解消されるからである。

そうなればトヨトミはトップランナーに躍り出る。ハイブリッド車で手にした栄光が、再びトヨトミの手に転がり込むことになる。

統一がぶち上げた構想に、会場は騒然とした。興奮とも昂揚とも違う、行き場のない尖った熱が満ちてくる。どの社のどの記者からの質問も、統一の発言が技術的根拠も展望もないただの大風呂敷だということを証明してやろうと挑むかのようだ。

ドイツ経済紙「ハンブルクブラット」の特派員は、トヨトミのＥＶの航続距離について尋ねた。

「ドイチェファーレンは、ディーゼル不正の後、ZEV（排ガスゼロ車）開発に大きく舵を切り、EV化を進めているところです。中国に進出して現地企業との合弁でEVを開発していることはご存じかと思いますが、航続距離については頭を悩ませているようです。トヨトミはこの課題をどう解決していくつもりでしょうか？」

質問というより、詰問といった調子である。

二〇一五年九月。ドイツ自動車業界の一大祭典ともいえるフランクフルト・モーターショーの真っ最中の折も折、アメリカの行政機関が、〝ドイツ自動車の雄〟ドイチェファーレン（DF）の排ガス不正スキャンダルを白日の下《もと》に晒《さら》した。ディーゼル車に不正なソフトウエアを搭載し、検査のテスト台に載せられ四つのタイヤが同時に回っていないことを感知すると排ガス内の窒素酸化物が規制値以下に収まるように削減されるが、走行中――つまり排ガステストではないとソフトウエアが認識すると基準値の実に四〇倍もの大気汚染物質を撒き散らすように設計されていたのである。「排ガステストのときだけ優等生になる」というこの悪質な〝欠陥車〟を、DFは告発されるまでの六年間、実に一〇〇〇万台以上も販売していた。

ハンブルクブラット紙はこの不正問題を糾弾する急先鋒だった。大企業にも臆することなく、必要とあらば痛烈に批判してきた名うての舌鋒に晒された統一だったが、通訳のほうを振り向き、質問を吟味するように何度かうなずくと、こう答えた。

「ドイチェファーレンの中国進出は、われわれも注視しております。中国側がEV生産を条件に自動車会社の合弁規制を緩和していますから、とくに、ですね。航続距離についてですが、一にも二にも今のリチウムイオン電池をはるかに凌《しの》ぐ新型電池の開発。これを急がなければなりません。そしてEV自体のユーザビリティ向上を目指し、充電時間の短縮にも同時に取り組んでいく所存です」

つまり、とドイツ人記者は引き下がらずに更なる質問をぶつける。

「今のところ具体的な電池の改善策があるわけではないと？」

期待はずれというため息が会場のそこかしこから漏れた。やはり、という失望のうめき声も。

EV開発は世界中で始まっているが、電池にまつわる問題が未解決のまま据え置かれている。自動車の未来の姿を謳いあげる声に、どこか空疎な響きが伴うのは、最重要課題を無視したまま可能性だけを声高に訴えているからである。

統一は決然と言った。

「ハイブリッド車のプロメテウスが量産化されたとき、まだ私は一介のトヨトミ社員でした。ですから開発の過程には関わっていませんでしたが、当初はハイブリッド車など無理だとほとんどすべてのメディアから言われていたのを覚えています。しかし、トヨトミはやり遂げました。それだけではありません。そもそもトヨトミは無理、無茶、無謀を実現してきた会社です。有言実行で、宣言したことはすべてやってきました。航続距離一〇〇〇キロは不可能でしょうか？　私はけっしてそうは思わない。答えは二〇二二年に出ます」

統一の背後にはスクリーンが設置され、後方の記者にも見えるようにプロジェクターで壇上を映し出している。初めて声を昂《たかぶ》らせた統一に、質問したドイツ人記者は気圧されたように着席した。

総じて外国人記者のほうが元気がいい。国内メディアが出禁（出入り禁止）など、トヨトミからの報復措置を恐れて聞けないことも、しがらみのない彼らには関係がない。自国に帰れば彼らとて聞くに聞けない質問はあるのだろうが、その鬱憤《うっぷん》を統一にぶつけているように見えるのは気のせいだろうか。

負けてはいられない。勢いよく挙手すると、統一と目が合う。かすかに眉間に皺が寄った気がしたが、統一はおれの顔を覚えているのだろうか。

「日本商工新聞の渡辺です。トヨトミといえば、親豊会というサプライヤー組織に加盟している二〇〇社以上の企業がトヨトミのクルマづくりを下支えしています。EV化によって自動車の部品が減ることは確実という中で、どのようにこの関係を維持されていくおつもりでしょうか？」

「EVだけ見れば、たしかにトヨトミをふだんから支えてくださる部品メーカーさんへの発注は減るかもしれません」

統一は一度言葉を切り、顔を背けて、演台に置いていたペットボトルの水を飲む。

「ただし、それはごく一時的なものでしょう。まして、EV化によって減る部品もあれば、新しく必要になる部品もあるわけですから。それに、トヨトミはEVにばかり注力するつもりはありません。それでも、ご迷惑をおかけすることになるかもしれないことに変わりはありませんが、未来のためにご協力をお願いしたい——と、すでにサプライヤーのみなさんにご挨拶に回っております」

実に堂々とした受け答えだ。

思えば統一が社長に就任してから十年になろうとしている。その間、リーマン・ショック、アメリカの公道で起きたトヨトミの高級セダン『ゼウス』の暴走事故、大規模なリコール、とどめはアメリカ下院の公聴会での証言、そして今回のEVシフト……荒波は常に激しく、トヨトミに逆風は吹き続ける。修羅場をくぐり抜けて統一さんは逞《たくま》しくなったという声が聞こえてくる一方、持ち株比率が二パーセントほどしかない豊臣家による独裁色の強まりを危惧する声も聞こえてくる。

「トヨトミは創業からこのかた、よりよいクルマを作り、ユーザーに届けるということをどこまでも誠実にやってきました。それはこれからもけっして変わらないでしょう。しかし、それはトヨトミの手段であって目的ではない。トヨトミの目的とは、クルマを通してよりよい未来を作ることです。それであれば、今の趨勢ではクルマだけ作っていても仕方がない」

渡辺からの質問だが、統一は会場にいる全員に均等に撒くように回答する。

「自動運転もコネクテッドも、これまで必要としていなかった部品、これまで必要としてこなかった技術が必要となるでしょう。当然サプライヤーのみなさまの力を借りなければなりません。全員の知恵を結集させて戦っていかねばなりません。こういった取り組みを通して、トヨトミとサプライヤーの関係はむしろ強まるのではないかと考えています。今後もトヨトミはサプライヤーのみなさまと団結して、大きな戦いに望む所存です」

ありがとうございます、と着席した渡辺だったが、統一の答えにどこかこれまでとは違う印象を受け、脳裏に大きな疑問符が浮かんだ。

社長に就任した当時の統一は、ことあるごとに「トヨトミは挑戦者」であると強調していた。

それがどうだ、社会の変化と市場のニーズを見極めてから、のっそりと動き出して最後に寄り切る、横綱相撲のようなことを言っている。別の記者が立ち上がる。

「とはいえ、従来のガソリンエンジン車の製造は続くと思われます。この先、生産台数はどのような割合になっていくのでしょうか」

「二〇三〇年までにハイブリッド車を含めた電動車を五五〇万台に、そのうちZEV車（排ガスゼロ車）は一〇〇万台を目指します。生産台数面では、ここ数年〝踊り場〟にありましたが、二〇三〇年に全世界での販売台数一五〇〇万台を目標にやっていく。そこからは、この台数をキープしながらガソリン車と電動車の比率を逆転させていきます」

そんなことができるわけがない、とまたも外国人記者が突っかかっていく。

無理もないよな、こんなことを実現された日には、もうとうてい追いつけないんだから。最前列に陣取っていた若いカメラマンが目配せを送ってきた。渡辺は顎をしゃくって出口を指し、会見が終わったら急いで社に戻るぞと伝えた。

最後に、事前に申し合わせたかのようなお仕着せの質問を全国紙の記者が投げかけた。

「トヨトミ自動車がEVに参入したことで、主要メーカーのEV戦略のロードマップが出揃ったことになります。ここからが巻き返しといったところでしょうが、抱負をお聞かせ願えますか」

「勝つか負けるかではありません。生きるか死ぬかです。そして、戦いはもう始まっている」

統一は語気を強めて言った。会見が始まったときのにこやかさは嘘のようだ。ひりついた空気が会場に満ちていく。

「ここで負けたら、トヨトミは今の規模を維持できないでしょう。だからまずEVで勝つ。ただし、トヨトミが最終的に目指すのは、内燃機関エンジンも含めたクルマのフルラインメーカーであり、モビリティ社会のオールラウンダーです。期待してくださってかまわない。貪欲にいきますよ」

課題は多いな、と渡辺は感じた。たしかに、トヨトミは不可能を可能にしてきた会社だ。そのことは安本ほか先輩記者たちからイヤと言うほど聞かされている。

しかし、EVのバッテリーの性能改善は……。こればかりはいかにトヨトミでも難しいのではないか。会場の外国プレスのみならず誰もが同じことを感じているのがわかる。

EV車のボトルネック、バッテリー。

パワー不足、高価格、そして量産化のための原材料の調達……バッテリーの課題はそのままEVの課題として浮かび上がる。これらをすべて解決することなど本当に可能なのだろうか。

「生きるか死ぬか」

記者たちが群れになって会場を後にする。それに加わりながら、渡辺は統一の発言を何か不吉な予兆のように感じていた。

「どうだった?」

秘書の藤井勇作が差し出したハンカチで額の汗を拭う。瞼《まぶた》の裏にはまだフラッシュの残像が残っている。脇の下がじっとりと湿っている。社長室に戻ったら着替えたい。

「万事問題ありません。じゅうぶんアピールできたでしょう」

事業を世界で展開するグローバル企業の場合、経営陣のスピーチには専属のスピーチライターが付くことも多い。その発言によって株価が上下し、業務提携その他に多大な影響を及ぼすのだから、当然といえば当然である。

ひとつの弱気、ひとつの失言で株価が一〇ドル下がり、かすかな語尾のかすれから健康不安説が流れ、付け込まれるように敵対的買収が画策される。かつて金融の世界でM&Aの最前線にいた統一は、経営者の立ち居振る舞いによって神経質に揺れ動く市場の怖さをよく知っている。

「今夜は赤坂だったな」

ガラス張りのエレベーターが二人を社長室のある二九階へと運んでいく。低い雲が立ち込めて、晴れていれば見えるはずの富士山は、今日は見えない。

「十九時に社長室にお迎えにあがります。林さんは名古屋から現地に直行するとのことです」

藤井は手元のタブレットを操作して、副社長ら役員全員の予定を確認して言った。

気が乗らないなあ、と思わず口に出てしまった。あいつ、嫌いなんだよな、と今度は声を落としてつぶやく。今夜の会食相手、内閣総理大臣の岸部慎介《きしべしんすけ》のことである。

「そろそろ来ると思っていたけど。どうせ来年の賃上げ話だろう」

景気回復を吹きまくってなんとかもっているような政権ですからね、と藤井。

「『弁天グループ』の幹田さんに、『サイバーコミュニケーション』の藤原さん。最近の会食はもっぱらIT系の財界人ばかりだそうですが、賃金ベアの旗振り役にはまだまだ……」

ふん、と統一は鼻白む。新興の成金たちを取り込んでおいて、労使の賃上げ交渉、春闘対策になるところを頼ろうという肚《はら》か。異次元緩和によるトリクルダウンは効いている、だから賃金は上がると言いたいところなのだろう。冗談じゃないぞ。こちとら毎月一兆二〇〇〇億円からのキャッシュが飛んでいく世界で一銭一厘のコストカットで必死に切り詰めてようやく利益の出る仕事だ。しかもこの大変革期、これから数年は開発費や設備投資でも巨額のカネが必要になる。

それにしても、林が同席してくれてよかった。あの総理とはどうもウマが合わない。父親も祖父も政治家であり、大叔父にも首相経験者がいて、家系図は財閥・財界の大物が綺羅星《きらぼし》のごとく居並ぶ内閣総理大臣・岸部慎介は、統一と同様、親の七光りのボンボンと言われ続けてきた身である。となると、気が合いそうなものだが、向こうは明治維新の元勲を多数輩出した長州藩の由緒正しい血統で、こちらを「もとは尾張の鍛冶屋の倅《せがれ》」と見下す底意が垣間見えることがある、というのは考えすぎかもしれないが、あまり一対一で会いたい男ではないというのが偽らざる本心である。

この年の春、トヨトミ自動車の相談役であり、グループ会社『尾張電子』の副会長であった林公平がトヨトミの副社長に就任した。

七十歳という高齢、そしてトヨトミ自動車では部長職止まりで、関連会社での経験が長いというキャリアからして、相談役に抜擢することがまず異例の人事。副社長となると異例中の異例だ。

思えば、林とは長い付き合いになる。まだ役員ではなく社員だったころは部下として一緒に仕事をし、役員になってからも、統一は何かあれば必ず、すでにトヨトミ本体を去り、尾張電子に出向していた林の助言を仰いできた。林は自分に対しておべっかも使わなければ、陰口も叩かない珍しい人物だ。だからこちらも率直に兄貴分として頼ることができた。

昔は二人で出張したら必ず現地の歓楽街に赴き、よく一緒に遊んだものだ。林は全国各地のソープランドに詳しく、「安心・安全・お手ごろ価格」な店を選んで統一を連れて行った。まだ一般にはほとんど顔を知られていなかった統一は、御曹司の夜遊びを噂のネタにされる心配もなく、誘われるがままにソープの姫たちとの一夜を過ごしたものである。

社長に就任してからは重要な会食に同席してもらったり、自分の名代《みょうだい》として財界の会合に出てもらうようにもなっていた。

二〇一二年の秋、統一が旗振り役を担っていた東京五輪誘致活動の会合に、代理として林を送り込んだことがある。当時の林は尾張電子の副社長であり、トヨトミでの肩書きはなかったが、自分の名代ということで受け入れられると考えてのことだった。

ところが、会合にやってきた東京財界の面々は、まず林が誰だかわからない。名刺を差し出しても、なぜ東京五輪の誘致会合に愛知の会社の人間がいるのかと怪訝な目で見られ、挙げ句の果てには「あなたは豊臣社長とどういうご関係で？」と問われる始末。会議ではひたすら小さくなり、影にでもなったかのように時が過ぎるのを待ったという。

「この歳になってあれほど肩身の狭い思いをするとは……」

電話口の林の声は悔しさに震えていた。

他の社員と分け隔てなく接してくれるのはありがたかったが、若いころの林はとかく激しやすい性質《たち》で、仕事で不手際をやらかすたびに怒鳴り散らされた。あまりに怒られるので、月曜の朝は毎週胃が痛く、薬が手放せなかった。出社拒否になったこともある。そんな林の、老いと屈辱にかすれた涙声には、こちらの情に訴えかけるものがあった。もとより統一の依頼で出た会合である。恥をかかせてしまったことを不憫《ふびん》に思うのと同時に、トヨトミでの肩書きを与える必要も感じた。林の助けを必要とする場面は、これからも出てくるはずだったからだ。

林は財務の専門家で、合併や提携に強い。会見ではサプライヤーとともに歩んでいくようなことを話したが、既存のサプライヤーだけでEVシフトや自動運転化の波を乗り切れるとは思っていない。有力な技術を持つ企業とは積極的に提携していくべきで、そこで林の力は不可欠になる。まずは顧問の肩書きを与え、次に相談役に、そしてこのたび副社長に据えたことは正解だと思っている。

ときおりトヨトミの未来が自分ひとりの肩にかかっているという、すさまじい重圧に押し潰されそうになる。思えば、リーマン・ショック以後、たった一人で戦ってきた感覚があった。副社長以下、大勢の役員もいるが、矢面に立つのは、発売するクルマのすべてに自分の名前が入っているトヨトミトウイチ、自分だった。

トヨトミに入社した最初の自己紹介で、一兵卒の立場でトヨトミに入ってきた豊臣家の人間は自分が初めてだと話したことがある。豊臣家の人間とそうでない者の垣根などなくしてほしいという気持ちからだった。

半年ほど経って仕事に慣れたころ、自分のミスで本社工場のラインが止まりかけた。

発注のまちがいで必要な部品が届いていなかったのだ。

時刻は夜の八時を回っていた。供給元の会社に電話をかけたが誰も出ない。豊臣家の惣領息子が製造ラインを止めたなどという事態になっては洒落にもならない。口の悪い熟練工がコンベアの陰から「一兵卒で終わる初めての豊臣家の人間になるんじゃねえの」とぼそりと言った。

カッと頭に血が上り、工場を飛び出した。

欠けた部品の供給会社まで走り、夜警についていた警備員に名刺を渡して倉庫に立ち入り、部品を抱えて駆け戻った。ラインは止まることなく繋がった。その熟練工はそれ以後統一に何も言わなかった。

幸い一兵卒で終わることは避けられたが、トヨトミにいる限り自分だけは何があっても逃げられない。その思いを常に抱えている。自分がいちばん汗をかき、自分がいちばん真剣にトヨトミの未来を考えているという自負があった。

それだけに、自分の思いに水を差すものには苛立ちが募《つの》った。この年の春の人事では、林を副社長に登用すると同時に、かねてから意見が対立することが多かった専務の向田邦久を、子会社のトラックメーカー『立川自動車』副社長に異動させていた。

前年の春には、米ケンタッキー州でのトヨトミ工場設立に尽力し、一九八二年の『トヨトミ自動車工業（自工）』と『トヨトミ自動車販売（自販）』の合併による新生トヨトミ自動車の誕生にも大きな役割を担い〝トヨトミのエース〟と目されてきた河原井義人を、マフラーの製造会社『岡崎マフラー』に。さらにはトヨトミの主戦場である北米で販売本部長として辣腕をふるってきた阿智雅和を『トヨトミ自動車九州』に転籍させている。いずれも、会議や打ち合わせで意見が対立することの多かった人物だ。

しかし、それも最後だろう。今回の人事で、困難な戦いを勝ち抜く布陣が揃った。役員らはみな、自分とビジョンを共有し、自分のために汗をかくことをいとわない。あとは戦うだけだ。

十九時五分前に、藤井から「そろそろお迎えにあがりますが、ご準備はできましたでしょうか」とラインでメッセージが入る。添えられたスタンプの絵柄は、ラリーに出る統一自身を模した《ヒデヨシ》というキャラクターである。

統一はやはりヒデヨシのスタンプで返事をする。アニメっぽくデザインされたヒデヨシが両手を広げ、「やりましょうよ！」と呼びかけている。準備ＯＫ。会食も、そして、トヨトミが次世代技術で勝つための「戦争」もだ。

第四章　訪問者　二〇一七年　十二月

すごいことを言う人間がいるものだ。

安本明は読んでいたレポートから目を上げて、誰にともなくつぶやいた。老眼鏡を額にかけた。大学三年生になった娘の優子《ゆうこ》が父の日に買ってくれた老眼鏡だ。

三鷹の駅からほど近い、八階建て中古マンション。安本の年老いた両親に万が一のことがあったとき、実家のある八王子市に帰りやすいという理由で購入した物件だったが、実際には、両親の様子を見に八王子を訪ねるのはもっぱら妻の沙紀《さき》の役目になっている。

２ＬＤＫの間取りは家族三人が暮らすには手狭だが、横浜の国立大学に通いつつ夜は都内のＩＴ企業でインターンをしている優子は朝七時に家を出て、帰ってくるのはいつも午後十時ごろ。沙紀も日中は絵本の読み聞かせのボランティアや趣味の陶芸で家を空けることが多く、朝晩は社で過ごし、日中のわずかな時間を自宅で過ごす安本自身はさほどの窮屈さを感じたことはない。しかし、沙紀と優子はどう思っているのだろう。名古屋支社での単身赴任を終え、この家に戻ってきて三年が経っていた。

午前十時半。朝刊デスク当番が終わって未明にタクシーで帰宅し、仮眠したあと、遅めの朝食をとったところだった。今日は沙紀が家にいて、朝食の後片付けをしていた。ダイニングのコーヒーメーカーでコーヒーを淹《い》れ、一口飲むと思わずため息が漏れる。

手にしているレポートは、二ヵ月前の十月にサウジアラビアの首都リヤドで行われた「未来投資プライマリー・サミット」のパネルディスカッションでの登壇者の応答を文字起こしし、日本語に翻訳したもの。今日の午後に予定されている、「ワールドビジョン・グループ」社長兼会長・宋正一《そうしょういち》の会見に備えて入手した。

リヤドの高級ホテル、カールソン・デラックスで行われたこのディスカッションで登壇したのは、サウジの次期国王筆頭候補のアフマッド・ビン・スライマーン皇太子とEUの外務・安全保障上級政策代表フェリコ・モディーニ、そして宋正一。

サウジアラビアといえば、石油という最強のエネルギー資源に恵まれた一方で政治リスクが大きく、投資判断の難しい国でもある。子だくさん――初代国王からして子どもが九〇人、孫は二〇〇人といわれる――なことに加えて、王位を初代国王の息子たちにたらい回しにしたおかげで増えに増えてしまった王族たちへの利権配分を、「役所をひとつ与える」といったやり方で行うために、王室内のいざこざで失脚する王族が出ると、その王子が持つ役所に関わるプロジェクトがいきなり振り出しに戻るか、最悪の場合、なかったことになってしまう。

年老いた国王の寵愛《ちょうあい》を受け、若くして国の舵取りを一手に担うスライマーン皇太子の強権的な政治運営のおかげで、ようやく継続的な商取引ができるものの、一方でいまだかつて頭を下げたことがない驕慢《きょうまん》な性格を懸念する声も多い。

このイベント自体は、こうした政治リスクへの不安を払拭し、投資を呼び込みたいサウジアラビアが、自国のポテンシャルと政治的・経済的安定性を対外的にアピールするために、欧州とアメリカ、そしてアジアのキーパーソンを呼んで「お墨付き」をもらうために仕掛けたものだ。投資家向けの一種のＩＲ（インベスター・リレイションズ）イベントである。

長年にわたって唯一無二の産業であった石油関連ビジネスに翳《かげ》りが見え、「石油依存」脱却と、国有石油会社の国際市場への上場を目指すこのアラブの大国は、原油価格が下がると経済改革を打ち出すが、原油の値が戻ると、まるで改革などなかったかのようにもとの石油一辺倒に回帰するのが昔からのお決まりのパターンだった。

しかし、世界中で脱石油が叫ばれる今、石油は「供給より先に需要のピークが来る」が定説となっている。ましてアメリカでシェールオイル革命が起こり、原油供給でのサウジの重要性が保証されているわけでもない。国家の経済力と覇権の源をほぼ百パーセント原油に依存するこの国もさすがに尻に火がついたのか、今度ばかりは本気のようである。アメリカのコンサルティング・ファームに大枚をはたいて二〇三〇年までに自国の経済改革を成し遂げるプランを作らせ、皇太子自らが旗振り役となってアメリカやヨーロッパを行脚《あんぎゃ》、各国首脳やキーパーソンにトップセールスをかけ、投資を呼びかける力の入れようだ。

当然、トークセッションの議題にはエネルギーをめぐる世界の趨勢があがり、その変化に対応するためのサウジのビジョンがスライマーン皇太子の口から語られたのだが、「脱石油」の話題から転じてEVについて言及する一幕があった。

安本の目を引いたのは、そのときのワールドビジョン・グループの宋の発言である。司会役として登壇していたトニー・フリーマンというアメリカ人ジャーナリストが、宋に質問を投げかけた。ちなみに、この人物はサウジ王室と関係が深いシンクタンク出身で、ジャーナリストという肩書きは名ばかり、実態はロビイストに近く、近年はスライマーン皇太子のスポークスマンのようになっている。近々国際市場に上場すると噂されているサウジの国営石油会社について企業価値を過大評価したレポートを書くなど、サウジの提灯記事ライターとして知られていた。

「自動車業界では電動化が進み、ＩＴ企業や家電メーカーなど、これまでは自動車とは縁のなかった業種からの参入が相次いでいる。あなたが率いるワールドビジョンもＥＶシフトに目を配っているとのことだが、お話しできる範囲で自動車産業についての構想をお教えいただきたい」

この質問に対し、宋は当面のところＥＶ車の開発には興味がないと答えている。おそらく隣で話を聞いていたのであろう石油長者の皇太子への配慮だろうと安本は思ったが、続きを読むとどうやらそうではないようだった。

文字起こし原稿は、両者の応答をなんら脚色を加えることなく追っている。

宋「ワールドビジョンが目論むのは、未来を作る技術や仕組みづくりへの参画だ。方法はひとつではないが。今のところＥＶはまだ単に移動ツール。そこには興味がないということだ」

トニー「では、脱石油社会のどこにビジネスチャンスと投資機会を見出すのか」

宋「ＥＶの話に関連するなら、自動車そのものよりも、それを動かす電力が切り口になるだろう」

トニー「電力のどこに？」

宋「供給のマネジメントだ。ＥＶのポテンシャルを安く見積もっているわけではない。

いずれ必ず普及する。そうなったときに、電力ベース、電圧ベースでの必要電力をまかないきれない国や地域が必ず出てくる」

宋「電力供給能力の向上が必要ということか」

トニー「もちろん発電にも取り組んでいる。現にわれわれは先日、モンゴルで風力発電事業を始めたばかりだ。ここで発電した電力は、海底ケーブルを通じて日本などアジア各国に供給される」

宋「それだけではない?」

トニー「いくらがんばっても、数年で(電力の)供給能力を二倍、三倍にするのは難しい。だから必要なところに必要な分だけ供給する効率のよい電力供給のマネジメントシステムを構築する必要がある。そのためのプロジェクトなら投資する価値があると思う。供給能力と供給システムは車の両輪だと考える」

宋「社会のより基盤に近いところに入っていくワールドビジョンらしい考え方だ」

トニー「あるいは自動車の数を減らす。環境配慮の点でいえば、クルマの供給量を減らさずにCO_2排出量を減らすというのは不毛であり、企業側の論理に過ぎない。未来を考えるなら車自体を減らすべきだ。そのためのサービスのプラットフォーム作りには大いに関心がある。これからはモノづくりよりプラットフォームと仕組みづくりだ。

おいおいわかる。スライマーン皇太子の発言の時間を奪うのは悪い。ここまでにしておく」

世界の隅々にまで目を配り、ビジネスチャンスと投資機会を見つけ出す天才的な商才を持つ男、宋正一か。長年、自動車や家電といった製造業ばかり担当してきたせいか、視野が狭くなっているな、おれは。レポートから目を上げて、軽く伸びをする。

自動車の電動化がどれほどの速度で進むかは未知数だが、おそらく十年もしないうちに爆発的な普及の波が必ずやってくるというのが安本の考えだ。近い将来、日本の電力需要が急激に伸び、供給能力に迫る事態が起こる。そのときに供給のマネジメントシステムはカネになるわけだ。優先的に供給してもらうために巨額のカネを払う人間はいるだろうし、電力会社や自治体、官公庁、あるいは国家にシステムを売ってもいい。

しかし、宋の頭にあるのは、安本の頭で考えつくこれらのことでは終わらないだろう。もっと先のこと、もっと巨大な金の鉱脈が、彼にはきっと見えているはずだ。その宋が、今日の会見でワールドビジョンのモビリティ・サービスへの参入を発表するのではないかと噂されていた。

企業としての利益はトヨトミ自動車の後塵《こうじん》を拝するワールドビジョンだが、経営者としてのスケールや発言の影響力は、豊臣統一より宋正一のほうが格段に大きい。噂が本当ならば、インパクトの大きいニュースである。だからこそ、安本はIT担当記者に頼み込んで席をひとつ確保してもらい、久々に記者会見に出かけることにしたのだ。

宋は何を目論んでいるのだろうか。ダイニングチェアから立ち上がり、武蔵野の平野を望む窓辺に立つ。掌で窓の結露を払うと、すでに大方の葉が落ちた、わびしい佇まいの木々がところどころに見える。世界が次々と新しいテクノロジーと新しい才能の出現によって変わっていくようで、安本は一人疎外感を覚えた。せめてそれらを追いかけていられればよかったが、今の立場が許さない。焦りとも悲しみともつかない寂寥感に、胸が重く疼《うず》く。

「何を考え込んでいるの」

沙紀が食器を洗いながら問いかけてくる。レポートの束を指ではじいてみせる。

「世界を股にかけて戦う超人的なビジネスマンもいれば、おれみたいに椅子に座って記者たちが書いた原稿を待っているだけの奴もいるんだなあ……」

人それぞれ、役割があるのよ、と濡れた手をエプロンで拭って、沙紀が振り向く。

「自分にできることをしっかりと、着実にやればいいの。それにたいへんよ、世界を飛び回ったら。家にも帰れない。家族にも会えない」

それもそうだな、と返事をすると、自分の中に少し気力が戻ってきたような手ごたえがあった。窓の景色を見ながら、両手で自分の頰を叩いて気合を入れた。馬鹿野郎、しっかりしろ、冬木のように枯れるのはまだ早いぞ。

＊　＊

三重県伊賀市。正午過ぎ。森製作所の応接室では昼食を終えた社員たちが昼寝をしたり、テレビを見たり、スマートフォンをいじったり、女性社員が腕によりをかけて作ってくれた昼メシの食器を横にやってテーブルの上でトランプに興じたり、思い思いに昼の休憩を過ごしている。

無人となった工場のほうから、ごめんください、と大きな声が響く。

応接室のソファーに横になった森が起き上がる前に、会社の経理を担当している妻の昌江《まさえ》が「はあい」と言って応じる声がした。

アポイントなしの飛び込み営業だろうか。東京で勤めていたときはその手の輩とは会わなかったが、三重に移った今は、アポイントがなくても気ままに応接室に通すことにしている。

応接室のドアがノックされると、テレビを見ていた工員らが、じゃあそろそろ仕事に戻るかと言って出ていった。

「あんた、ワールドビジョンの人が一度ご挨拶を、って。東京から来たみたいよ。どうする？」

昌江がドアの間から顔だけ出して聞いてくる。最近は東京どころか海外からの来客も多く、社名だけで用件が読めないことが増えた。ほどなく、昌江がスーツ姿の二人の男を連れてきた。

若い男と、自分と同世代の男の二人。営業マンだろう。若いほうはまだいいところ三十代だが、年長のほうは、どこか見覚えがあった。

「ワールドビジョン・ドライブで社長をやっている、山下俊樹《やましたとしき》と申します」

ワールドビジョンって、携帯電話をやっているIT企業の？　最近では訪問営業もやるのだろうか。いえ、間に合っていますよと言いかけて、隣の男の顔が目にとまる。どこかで見たことがある顔だった。頭の中で記憶をたどったが、思い出せない。

「ワールドビジョン・グループの宋正二《そうしょうじ》と申します」

渡された名刺の肩書きには「ワールドビジョン・グループ専務取締役」とある。

「あの、ワールドビジョンの宋さんといいますと」

ええ、と宋が朗らかに笑って言う。

「正一の弟です」

どうりで見覚えがあるはずだ。正二の顔立ちはテレビや新聞で見たことがある兄の正一とよく似ていた。

「折り入って、森さんにお話ししたいことがございまして、突然で失礼ながらこうしてお願いにあがりました」

慇懃に正二が頭を下げる。山下も間をおかずに深々と腰を折る。ワールドビジョンの宋。これは彼の名前を騙《かた》る新手の詐欺だろうか。森は半信半疑ながら中に入れる。

昨年からモーター技術目当ての来客が増えたため、ソファーとテーブルを大きなものに新調していた。部屋の隅のキャビネットにずらりと並ぶブランデーや焼酎の類《たぐい》はすべて客人からの手土産。泊まりがけの客には好きに飲んでくれと言っている。

一度はソファーに腰を下ろしかけた山下だったが、正二が立ったままキャビネットの隣の本棚を見て「拝見してもよろしいですか」と物色を始めると、彼に従った。

森は、里山の自然に囲まれて育ったのだが、なぜか子どものころからSF小説が好きだった。アイザック・アシモフにフィリップ・K・ディック、アーサー・C・クラーク。優れたSF作家は、いずれも未来を予見するような技術やシステムのアイデアを作品の中に残しているものだ。また往々にして、技術者にはSF小説のファンが多い。ここを訪ねる技術者とSF談義に花が咲いたことが何度もあった。

昌江が淹れたお茶をすすりながら二人のほうを覗き見る。正二は技術者向けの専門書を引っ張り出して読んでいた。山下はファイルフォルダに保管しているコイル用電導素材についての論文のページをめくっている。

「どんなご用件でしょうか？」

本をひとめぐり見終え、ソファーにかけた二人に尋ねつつ、また巻き線を教えてほしいという依頼だろうなと想像がつく。

「今日は私たちにお力添えをいただきたく、お願いにあがりました」

正二がまた頭を下げる。山下もそれに倣《なら》う。

名刺の肩書きは山下が「社長」で正二が「専務」だが、正二のほうがずいぶん年長だからか、それともワールドビジョン・グループ全体の重役と子会社の社長という違いなのかはわからないが、二人の間にはあいまいな上下関係がうかがえた。

小柄だが恰幅《かっぷく》がよく貫禄のある正二と、明るい茶髪ときれいに整えた眉毛、ぱっちりと開いた二重瞼で大学生のような山下。これじゃまるで新人営業マンとそれを指導する上司だな。森はちぐはぐな二人の顔を見比べて思った。

森さん、と山下が口を開いた。

「私たちにはあなたの力が必要です。ワールドビジョン社とサワダ自動車は共同で、あるプロジェクトを始めます。そこで御社に技術的なお力添えをお願いしたい」

サワダ自動車？　と思わず聞き返す。

「ええ、ワールドビジョン・ドライブはワールドビジョンとサワダの合弁会社です。

私はサワダからの出向なんです」

サワダ自動車、という名前が出たことで、用件にあたりがついた。もしかしたら思わぬ形でトヨトミの仕事の穴が埋まるかもしれない。「EV用モーターの試作か何かですか？」と聞いてみる。

いいえ、と正二が言う。

「いいえ、ただのEVではないんです」

カーテンの隙間から陽射しが入り、パーティクルボードのテーブルに落ちる。部屋の片隅のストーブの中の薪がぱちりと爆《は》ぜた。


同じころ、東京。

千代田区内幸町の日本記者クラブ。日本国内外から集まった記者らは、今日の主役の登場を待っている。

宋正一。この春の決算で本業（通信業）での儲けを示す営業利益が約一兆三〇〇億円、純利益で約一兆五〇〇〇億円に達したワールドビジョン・グループの社長兼会長である。

純利益一兆円超えは、ワールドビジョン以外ではトヨトミ自動車のみ。名実ともに日本トップクラスの企業として名乗りをあげている。宋個人の資産も約二兆二〇〇〇億円とすさまじい。日本一の億万長者であり、すでに松下幸之助や稲盛和夫といった日本の名経営者に肩を並べる存在だと評価する向きも多い。

会見場は雑談のさざめきひとつなく静まり返り、宋の次の言葉を聞き漏らすまいと、記者たちは待ち構えている。

日商新聞の安本明は、IT班の若手記者、菅沼英治《すがぬまえいじ》とともに会見に参加していた。

会場には他社の自動車業界担当の見知った顔がちらほら。

IT企業の社長の会見に自動車担当が来るなんて、十年前は考えられなかった。安本は隔世の感とともに、誰にともなくつぶやく。

「おれもこの間のトヨトミの会見に行きましたよ。お互い様でしょ」

安本の言葉を聞き取った菅沼が軽口を叩く。

ライドシェアやコネクテッド、自動運転、そしてEVシフト。今自動車業界に吹き荒れるCASEと呼ばれる〝産業革命〟の主役になっているのは自動車メーカーではなくIT企業である。ある業界への他業界からの参入など珍しいことではないが、これほどまでに劇的に始まろうとしていることなどかつてなかったのではないだろうか。

当然、この未曾有の事態を受けて報道する側の守備範囲も変わる。これまで自動車業界の中にだけ目を配っていれば記者として務まっていたが、今はITや半導体業界への見識も必要とされる。日商新聞でも、記者の担当を業界ごとに配置することの弊害が目立つようになり、社内でも議論されている。

渡辺泰介から、豊臣統一の会見の詳細は聞いていた。かつてハイブリッド車『プロメテウス』で世界を席巻したように、新型EVの生産計画をブチ上げたそうだが、したたかなトヨトミのこと、ある程度の算段はついているのだろう。いや。しかし、クルマを作って売ること自体がもう時代遅れなのではないだろうか？　サウジアラビアでの宋の発言記録を読んで以降、安本の頭からはそんな懸念が消えなかった。

かねてからワールドビジョンは、自動運転技術開発やライドシェアビジネスに強い関心を示してきた。それはすべてのモノがインターネットに接続されるIoT時代の新たな技術を持つ半導体設計会社や先進的なIT企業群の買収を見ていれば、素人目にも明らかだった。

車を所有せず、「シェアする文化」が先に社会に定着してしまったら、個人が自動車を買って所有するという価値観は古臭く、ダサいもの、いや、それどころか、自動車は地球環境を害する反社会的な存在になってしまうかもしれない。そうなると、図体ばかりバカでかく、大量生産しか能のない今の自動車メーカーの行く末は悲惨なことになるだろう。

生産ラインの止まった巨大工場ほど不気味なものはない。冷たく固まったコンベア、ダムの水門のような六〇〇〇トンのプレス機、車体を持ち上げたまま停止しているユニットリフト。据え付けられるのを待ったまま埃をかぶった部品群。安本の脳裏には、十年ほど前にわざわざ有給休暇を取得して取材がてら訪れた、デトロイトのUSモーターズの廃工場が浮かぶ。

自動車担当記者とIT担当記者が入り混じる宋の会見場は、「クルマを作って、売る時代」の終焉を象徴しているように、安本には思えた。

「統一さん、宋さんとバチバチらしいじゃないですか」

昨日は家に帰っていないのか、無精ひげが青白く浮いた菅沼が言う。切れ長の細い目は真っ赤に充血している。明らかに徹夜明けの顔である。

「歳が近いし、それなりに交流もあるらしい。もう二十年近く前だが、役員になる前の統一さんがトヨトミ車の中古車情報サイトを立ち上げたところに、宋がアメリカの販売システムを売り込んだって話もある。断ったそうだがね。表立ってライバル視はしないけど、日本一の企業は自分のところだというプライドはあるだろう」

「経営者としたら、断然、宋さんでしょ。肝っ玉が違いますよ。統一さんは神経が細そうだし、自分のところの社員に〝ホームラン狙いの空振り三振はOK〟と言ってチャレンジを促すわりには、統一さんの経営は保守的です」

「でも、統一さんは内心宋を見下しているんじゃないかな。かたや実業の世界でクルマを作って売り続けてきた〝ものづくりの雄〟、かたや〝ベンチャー企業の雄〟……

というより、実態は買収に次ぐ買収で巨大になったベンチャー投資家だ。一銭一厘のコストカットで利益を積み上げてきた統一さんからみれば、宋のことを、まともな企業経営者としては認めがたいだろう」

「神経が細そう」という菅沼の統一への印象がわかる気がした。安本は直接取材をしたことはないが、会見や取材で本人に触れた記者たちの話は総じて、「スケール感がない」「器が小さい」「創業家の威光がなければいいところ部長クラスだろう」といったもの。豊臣本家の惣領ということで多少のやっかみも混じっているのだろうが、統一を大物だという記者には会ったことがなかった。記者らの統一評は「黙っていれば周りが担ぎ上げてくれるお殿様」である。経営者というよりも、〝豊臣教の教祖様〟であり、〝尾張の天皇〟なのだ。

「安本さん、あの話、知ってます？」

菅沼が声を潜めて言った。

「あの話？」

菅沼はさらに声を落として囁く。

「統一さんの愛人の話です」

「愛人って？」

統一の女性関係は記者らの間でもたびたび話題になる。劇団出身で演技力に定評がある四十代の美人女優に、名古屋の繁華街・栄の高級クラブのママ。日商新聞系テレビ局の「日商ワールドニュース24」に出演するフリーアナウンサーは、IT界のプリンスと呼ばれる社長から統一に乗り換えたともっぱらの評判で、トヨトミの投資家向けイベントでは、司会者として常に登壇する。

「最近では、トヨトミのレースクイーンをやっていた子が大のお気に入り」

菅沼はにやりと笑ったが、その女の話は聞いたことがない。

「内海加奈子《うつみかなこ》という女の子なんですけどね。今はレースクイーンをあがって、東京でキャラクター・デザインの制作会社を経営しているんですけど、統一さん《ヒデヨシ》って名前でラリーに出たりしてるじゃないですか。その《ヒデヨシ》のキャラクター・デザインを、その内海って女の会社に依頼して、グッズなんかを作っているんです。まあ、愛人へのお手当の代わりに仕事を発注しているってことでしょうね。統一さん本人はそのキャラクターを気に入って、トヨトミの決裁書類に自分のキャラスタンプを捺《お》してるって。気に入った企画書には〝ヒデヨシ、余は満足じゃ〟の顔、決裁するのに不満が残るのには〝ヒデヨシぷんぷん、そこになおれ〟の顔」

「マジかよ」

「まあ〝誰からも愛される社長〟ですから、ね。二人のことは名古屋でスクープ狙って張り込んでるフリーの記者の間じゃ公然の秘密ってやつです。だって、知ったところで絶対書けないじゃないですか」

たしかに、二人が男女の関係だという決定的な裏付けなどなかなかとれるものでもないし、だいいち、テレビも新聞も雑誌社も、みんなトヨトミに忖度して、とりあげるわけがない。

「だから、記者連中も〝行確（行動確認）スルー〟状態です。名古屋駅前のトヨトミビルの前で統一さんに似た人がモデルみたいな女を連れていて、まさかと思ってよく見たら本人だった、なんて冗談みたいな話があるくらいで」

「勝つか負けるかではない。生きるか死ぬかの戦いだ」と息巻いていた社長が、愛人を囲い、その愛人の会社に作らせた自分のキャラクタースタンプを社業で使ってご満悦か。それが本当ならこの会社、大丈夫なのだろうか、と安本は思ったが、でもわからなくもないなと考え直した。二八兆円企業の責任が肩にのしかかる。まして、業界が百年に一度ともいわれる大変動に直面している時期だ。家庭には持ち帰れない悩みやストレス、孤独感はハンパじゃないだろう。豊臣統一とて人間である。若い女を囲い、好きなだけ憂さを晴らしたい夜もあるのだろう。

そのとき、ステージの上手から宋が出てきた。宋本人と面識はない安本は、統一とは違い、宋からは人間味を感じられなかった。もちろん、表情はあるし、笑いも怒りもする、外見からしていかにも人間臭く、後頭部まで後退に次ぐ後退ですっかり禿げ頭である。その頭をからかわれると「額が後退しているのではない。私が前進しているのである」と返すユーモアもある。

しかし、宋は迷いや弱さとは無縁に見えた。まるで、起業することを決めた三十五年前に考えた計画を、ひとつの狂いもなく実行に移しているだけ、というような。宋が自分の後継者として、人間ではなくAIをグループのトップに据えようとしているという、冗談とも本気ともつかないような噂を聞き、この男ならやりかねないと妙に納得してしまった。

事業の進め方はまさに「ブルドーザー」である。通信から最近ではエネルギー分野、そして半導体企業まで、必要と判断したら惜しげもなく大金を注ぎ込んで買収し、ワールドビジョン・グループの傘下に組み込む。

そのカネ遣いたるやすさまじい。あの財布のヒモが固い日本の銀行から巨額のカネを引き出しては有望な企業に投資するため、グループの有利子負債は二〇兆円に届こうとしている。金利だけでも年間約五五〇〇億円と、目の玉が飛び出る。さすがに側近の一人がそろそろやめたほうがいいのではと進言したらしいが、宋本人は「グーグルのラルフ・ケイジやネット通販のナイルのジョン・ペロスを見ろよ。借金は成長の証《あかし》。買収した企業の時価総額は全部で三三兆円。いざとなれば売却しておつりがくる。何がいかんのか」とどこ吹く風。いわく「一兆や二兆は誤差の範囲」なのだとか。

常人から見れば狂気の沙汰だ。危険な拡張主義とも思えるが、宋はこれを「グループの三〇〇年後のため、グループの未来の繁栄のための究極のリスクヘッジ」だとしている。買収した会社のどれかが伸びれば、グループの命は繋がる。種をたくさん蒔けば蒔くほど芽が出る確率は高くなる、というのが宋の持論だという。現預金を貯め込みたがる「貯金気質」で、「無借金経営」を善とする多くの日本企業とは明らかに一線を画す考え方である。

もちろん、どちらが正しいという話ではないが、生き残るためにはカネを貯め込むのではなく、むしろ将来に備えて使わなければならない。事業が停滞して、カネがなくなってから投資しようとしてももう遅いという宋の考え方は、安本には同意できるもののように思えた。

その規模があまりに大きいために周囲は気を揉むが、天才の頭の中というのは、常人には理解しがたいものなのだろう。

私は今ここで宣言します、と宋が切り出した。

「われわれ、ワールドビジョン・グループはモビリティ・サービス分野に参入いたします」

ほう、とため息が漏れる。イギリス家電大手の「デースン」に、日本の「花田電器」。他業界のEV開発への参入のニュースが相次いでいた時期とあって、なんだ、ワールドビジョンもか、というつぶやきがそこかしこで漏れていた。

会場の雰囲気を察したのか、宋は笑いながら続けた。

「いやいや、みなさん。ワールドビジョンが自動車の大量生産をすると思ってらっしゃるでしょう？　それは無理というものですよ。今からどうがんばってもトヨトミさんやドイチェファーレンさんにはかなわない。私たちができるのは、世界からドライバーをなくすことくらいのものです」

冗談のような語り口だが、とんでもないことを言っていた。会場は宋の発言を理解するのにふた呼吸の時間を要した。ドライバーをなくすだって？　それって完全自動運転じゃないか？

「タイムリミットは二〇二五年」

宋は演壇のマイクの位置を直すと、改めて大胆なコミットメントを打ち出した。

「それまでに、ドライバーなしのレベル5の自動運転を実現させ、ドライバーなし、交通事故なしの社会を実現する足がかりとしたい。必ず実現させます。今日の会見は、この決意をみなさんにお伝えしたかったのです」

今の自動運転の開発レベルを考えて、それは可能な目標なのだろうか、タクシーや運輸業界からどんな反応がくるだろう、もし万が一事故が起きたらどう責任をとるのだ。国交省も黙っていないだろう。なかでも同省出身で官邸を牛耳っているという噂の「陰の総理」は。

記者たちの頭には安本と同じように、こうした質問が渦巻いているに違いなかった。

「自動運転の次はIoT、コネクテッドですね。自動運転にしてもIoTにしても、ガソリンエンジン車よりも電気自動車と相性がいい。大量に発注するからどこかいいクルマを出してくれませんかね」

宋が言うと、記者から笑いが漏れた。

「ほう。会見で冗談を言うような人物じゃないと思っていたが」

安本は菅沼に耳打ちした。

「よほど自信があるんでしょう。しかし、やっぱりスケールが違うな」

菅沼は感に堪えないといった様子で安本に言った。

「宋さんは自動車業界のビジネスの前提を変えようとしている。統一さんが宋さんに勝てるのは髪の毛の数くらいだ」

宋の言葉には説得力があった。長く逡巡した後、ようやくEVへの参入を表明し、ものづくりにこだわる戦略を発表したトヨトミと、EVというクルマの性質の変化にはまるで関心を示さず、移動そのものの概念を変え、持続可能な社会への提案を打ち出したワールドビジョン。どちらの構想が人を惹きつけるかは明らかだった。ワールドビジョンは自動車業界で戦うのではなく、自動車業界を利用しようとしていた。それは、菅沼の言うとおり、あくまでクルマを売ろうとする製造業の社長と、未来を作ろうとしているイノベーターとのスケールの違いを表しているように、安本には思えたのだった。

これはタイムレースになるぞ、と周りにいる記者の一人が言った。

「自動運転技術をモノにしたら、ワールドビジョンの次のターゲットはライドシェアだろう。ワールドビジョンが運転手のいらないクルマを〈シェアする文化〉を創るのが先か、自動車メーカーが高性能かつ環境性能も伴ったクルマで象徴的なヒットを飛ばして〈所有する文化〉を改めてアピールするのが先か」

その記者は興奮していた。

「宋が勝ったら自動車メーカーはおしまいだ。宋のプロジェクトの下請けになれればいいほう、最悪の場合、叩き潰されてしまう。彼らへの宣戦布告だよ、これは。宋は負ける気がしていないだろう。おれにはそう見えた」

今やほとんどの自動車メーカーがEVに参入し、実際に開発・発売しているが、世界初のハイブリッド車、トヨトミの『プロメテウス』のような、世界中で大ヒットするEV車はまだ生まれていない。

かつて、トヨトミは一台売るごとに一〇〇万円のマイナスというすさまじい赤字を垂れ流しながらプロメテウスを量産し、採算度外視で売りまくることで、「エコカー＝トヨトミ」というイメージを作り上げた。今でこそプロメテウスはトヨトミのドル箱となっているが、それはこの初代モデルに改良を加えた二代目以降の話である。

痛みもリスクも伴う戦略だが、ＥＶでもヒットを作り上げるカギはここにあるのではないかと安本は思った。

航続距離のほか、ＥＶの普及を妨げている大きな要因のひとつに、その価格がある。高性能のクルマを開発し、採算を度外視して売り、ユーザーにイメージを植え付ける。赤字が出た分は広告費だと思えばいい。「ＥＶといえばトヨトミだ」とユーザーの頭に自社のクルマが浮かぶようになりさえすれば、十分おつりがくる。それができるのは、大きくて体力のある会社。一時的な赤字に耐えられる莫大な現預金を持つ会社だけだ。トヨトミにはできても、仏自動車メーカーからの資本注入でなんとか倒産を免れたヤマト自動車や広島のマツモト自動車にはできないだろう。

宋の会見は翌日の新聞で大きく扱われた。

日商新聞は一面で会見の概要を写真入りで報じ、産業面で質疑応答を全文掲載する力の入れようであった。一般紙もこの会見を経済面で大きく報じていたが、とりわけ強調されたのは、ワールドビジョン・グループが自動運転車開発のパートナーにサワダ自動車を選んだことである。

実は、宋正一とサワダ自動車には古い繋がりがある。

一九八六年、まだ創業して間もないワールドビジョン・ジャパンをようやく軌道に乗せた宋は、日本のベンチャー社長の筆頭格として財界にその名を知られつつあった。とはいえ、当時の宋はまだ三十歳を超えたばかりの若者である。若かりし宋は、その向上心にほんの少しのミーハーな好奇心も手伝って、経営者としてかねてから憧れていた人物への接触を試みることにした。

この人物こそサワダ自動車の創業者、沢田宗太郎《さわだそうたろう》。開拓精神と技術への探究心で、サワダを町のバイク修理屋からバイク製造メーカーへ、さらに大きな自動車企業にまで引き上げた、日本が誇る名経営者の一人である。ちなみにこの沢田も自動車製造に進出する際に大借金をしてドイツ製のバカ高い工作機械を買い、周囲をハラハラさせたものだが、本人は「おれが借金で倒れても、志は残る」「人間裸で生まれるんだから、身ぐるみ剝がれても元に戻っただけだ」と動じる気配もなかったとか。このあたりの気質は、どうも宋と沢田には共通するところがある。

宋は当時通っていた歯医者に沢田も通院していることを耳にした。受付の歯科助手に頼みに頼み込んで沢田の予約した日を聞き出すと、その直後に自分も予約を入れた。折しもその日は沢田の誕生日だった。治療を終えて出てきた沢田を、ケーキを持って出迎えたという逸話が残っている。

虫歯の治療を終えた後の人間にケーキを差し出すというのも妙な話だが、沢田はそんなことはかまわず、当時パソコンソフトの卸売をしていた宋の話を興味深そうに聞いた。

コンピュータに詳しい人間がまだ少なかった時代、その未来を熱く語る宋に歯医者の立ち話では飽きたらなかったのか、沢田は宋を、自らの広大な邸宅で行うアユ釣りに招待すると言ったという。

宋は宋で、この招待を沢田の社交辞令と思っていたようだが、半年ほど経ったころ、本当に招待状が届いた。感激しつつ代々木上原の沢田邸に出かけていき、そこに集った社長仲間の面々と大いに交流を深めたという。

宋率いるワールドビジョンとサワダ自動車の深い関係はここから始まっている。技術の絶え間ない進歩に生涯を捧げた沢田宗太郎のＤＮＡが色濃く受け継がれるサワダ自動車と、「シンギュラリティ（人工知能が人類全体の知性の集積を凌駕すること）は近いうちに訪れる」と公言して人工知能（ＡＩ）の研究に膨大なカネを流し込む宋のワールドビジョン、相性が悪いはずはない。

それは、一年前に「ドライバーの心を察知するＡＩ」を搭載した自動車の開発を両者の共同出資によって始めたことからも明らかである。今回の宋の発表は、両者の蜜月を改めてうかがわせることとなった。

しかし、安本には宋の会見で引っかかることがあった。おそらく会場にいた記者の誰もが気になっていたはずだ。菅沼もそこに気づいていたため、彼は質疑の最後に宋に尋ねた。

「こういう場では共同会見をするのが通常かと思いますが、この場にはサワダ自動車の方がいません。何か事情があるのでしょうか」

宋はニヤリと笑った。

「船に乗ってくれる人を探しに行っているんですよ。詳しくはお話しできませんが、じきに戻ってくるでしょう」菅沼はぽかんとした顔をした。宋が何を言っているのかわからなかったのだ。他社の記者が畳み掛ける。

「このプロジェクトに関するリクルーティングということでしょうか?」

「否定も肯定もしません。しかしサワダさんは水面下で重要なことをやっています。いずれ明らかになるでしょう」

宋はそう言い残し、壇上を照らす照明に額を光らせながら歩き去っていった。

第五章　大老の危機感　二〇一八年　一月

年が明けた二〇一八年元旦。まだ街路樹の下土に霜が硬く残る午前八時。名古屋市内の古びた寺に、黒塗りの高級車が次々と乗りつける。

『ゼウス』の高級モデル「LS」が立て続けに一一台、『クイーン』が五台、最後に最高級車『キング』。どのクルマも鏡面のように磨き上げられている。オール・トヨトミの大名行列である。

降りてきたのは、トヨトミの専務以上の幹部たち。海外支社に常駐する者を除いた総勢一七人が相乗りすることもなく乗りつけたのだから、さして広くもない寺の車寄せは黒塗りがひしめきあい、ぱらぱらと集まりつつあった初詣の参拝客らは、すわヤクザの総会かと目を見張り、互いに顔を見合わせる。

境内からは八十歳に届こうかという鶴のように痩せた住職と若い僧侶が姿を現した。

若い僧侶が一同の先に立って、寺の裏手にある高台まで案内する。高台には、豊臣家代々の墓がある。

正月の恒例行事とはいえ、この急勾配を登るのはたいへんだ。

豊臣統一は、高台へ続く険しい石段を、若い僧侶を追って息を喘《あえ》がせながら登っていく。ラリーに出るためふだんから身体を鍛えてはいるが、やはり寄る年波には抗《あらが》えない。後ろには自分より歳若い幹部たちが付き従っているが、誰も彼も長年の不摂生がたたって身体が重そうである。統一は苦笑する。なんだ、林さんがいちばん元気じゃないか。

一行のなかで最年長、御年七十一歳の副社長・林公平は、息を切らせつつも軽い足取りで、先行の者を追い抜きながら墓石に囲まれた階段をさっさと上がってゆく。学生時代、陸上競技で鍛えた脚は健在のようだ。おまえら若いのにだらしねえな、と叱咤された年少の専務連中は気恥ずかしそうだ。このままだとおれも追い抜かれてしまう。統一は先を急いだ。

元日の朝だが、市内の片隅にあるさして大きくもない寺である。境内に参拝する者はいたが、墓所には人気《ひとけ》がなかった。階段脇の水銀灯にはまだ明かりが灯っている。風はなく、ところどころに植えられたクスノキやシラカシといった常緑樹の葉はそよともしない。

　豊臣家の墓所は高台の頂上にあるが、ごくふつうの墓石をしつらえた、質素な墓である。名古屋という土地柄と「豊臣」と石に刻まれた家名で、もしかするとトヨトミ自動車とゆかりのある家の墓かと思うものはいるかもしれないが、遠目から見ればそうとはわからない。

　どの墓も手入れが行き届き、墓前の切り花は慌ただしい年末年始にもかかわらずきちんと新しいものに差し替えられ、夜の寒さに花弁はやや勢いを失ってはいるが、その色はまだ十分に鮮やかである。

　額に滲んだ汗をハンカチで拭い、白い息を吐きながら小声で談笑する面々のなかで、社長、水は私が、と専務の笠原辰男が、花立ての水を汲みに行こうとした。統一はそれを制し、手桶を取ったが、一瞬、笠原の近くにいた幹部たちのまわりに鼻白んだ空気が漂う。

　この墓参り、豊臣家が元旦に社員を呼び出して行っていた旧弊を、あの武田剛平が仕事始めの一月四日に改めたのだが、年の瀬の十二月三十日、統一の叔父で父・新太郎の弟にあたる豊臣芳夫《とよとみよしお》が鬼籍に入った。八十八歳、長い闘病の末の死だった。

　短い任期だったとはいえ、芳夫もトヨトミの社長経験者である。正月三が日が明けたらすぐに密葬、正月七日の後で本葬がある。それもあって、統一はこの墓参りを元旦に繰り上げたのだった。

　中止することは頭になかった。今年は生きるか死ぬか、勝負の年だ。トヨトミの歴史であり、豊臣家本家の血統を証立てる墓参で、幹部全員の気持ちをひとつにしたかった。遠方から馳せ参じる役員も含めて、異を唱えるものは誰もいなかった。

　統一が墓前に立つと、役員の面々はそれを囲むようにまわりに集まった。朝の墓所に玉砂利を踏む男たちの足音と衣擦《きぬず》れの音が、わずかに乱れた。統一が振り向くと、副社長の一人、寺内春人《てらうちはると》と、同じく副社長で技術開発担当の照市茂彦が互いにむっとして顔を見合わせていた。立ち位置をめぐってちょっとした衝突があったらしかった。

墓前だぞ、何をやっているんだ、林が穏やかな声で二人をたしなめた。

鍛冶屋から身を起こし『豊臣製鋼所』を創業した、始祖・豊臣太助《とよとみたすけ》に、その長男で『トヨトミ自動車』初代社長の豊臣勝一郎《とよとみかついちろう》。トヨトミを作り上げた男たちが眠る墓。あまりにも偉大な泉下《せんか》に眠る人々の前で、統一はすでに始まっている、トヨトミの存亡をかけた戦いに必ず勝ち抜くことを誓った。引き連れてきた幹部の面々も、同じことを祈っているはずだった。

　いい歳をして、自分の出世しか頭にないのか。

林公平は腹立たしかった。墓参りを終え、石段を下りて寺の門前で写真を撮影しようと一同が集まったときのこと。運転手のひとりがカメラマンとなり、山門をバックに撮影する算段だった。

当然、最前列の真ん中は統一。そしてその隣に若いころから統一を支えてきた副社長の自分が来る。ここまでは誰にも異論はない。しかし、後が決まらない。誰も彼も、統一の覚えをよくしようと、まず林と反対側の統一の隣に行きたがり、互いに牽制した。そして後列もしかり。墓前でも気になっていたが、役員連中は団結していない。口ではトヨトミに命を捧げるようなことをぺらぺらとしゃべるが、その実、誰も彼も、考えているのは自分のことばかりだ。

副社長の一人で、情報セキュリティ部門と新規事業部門、そしてトヨトミの自動車量産技術の神髄であるトヨトミシステムを担当する寺内は、社員時代から統一の部下だったとあって、統一を支えるのは自分しかいないと信じて疑わないようだ。若いころから統一の手足となって泥にまみれてきたという自負は次期トヨトミ社長への色気へと変わり、寺内はそれを隠そうともしない。口の悪い番記者からは、〝プロ経営者〟ならぬ〝プロ部下〟と揶揄《やゆ》される始末だ。

林は寺内が気に入らない。

こいつは本社裏手の役員専用駐車場の一角に、恥ずかしげもなく「寺内副社長専用スペース」と貼り札を掲げて悦に入っている、権力に酔いしれる大馬鹿者だ。一度もまともにカネを稼いだこともないのに、カネ遣いは荒い。ＥＶ開発や自動運転、コネクテッドの研究開発など、これから投資費用がいくらかかるかわからない折も折。林自身が倹約を呼びかけているそばから、自身がプレジデントを務める、トヨトミのモータースポーツを手掛ける趣味としか思えないような子会社に湯水のようにカネを注ぎ込むのを見ると、頭の血管が切れそうになる。統一と寺内は、長年の上司と部下というだけでなく、モータースポーツやクルージングといった趣味を同じくする遊び仲間でもある。寺内はそれをいいことに放蕩三昧《ほうとうざんまい》をやっているのだ。

「本業」をしっかりやってくれればまだいいのだが、どうにも意識の低さが目立つ。自分のフェイスブックのページに、視察した場所や会った人間をてらいなく載せてしまうのである。

自分が痛い目を見るだけでなく、会社に迷惑をかけるタイプの馬鹿者だ。こんな男が情報セキュリティ部門の長だというのは外から見ればお笑い種だが、内部の人間にとっては洒落にもならない。新工場の建設予定地を視察したことを、公表前に写真入りでフェイスブックに載せる役員がどこにいるのか。「歩くインサイダー情報」と陰口を叩かれていることが統一にバレてからはおとなしくなったが、目が内側にしか向いていない者ほど始末に負えないものはない。

常務以上の役員の面々は、統一の顔色ばかりうかがっている。向田邦久の更迭《こうてつ》人事が連中の不安を煽ったのは確かだが、実はもうひとつ原因がある。ほかでもない林自身にかかわる事件である。

周囲を公私にわたって親しい人物ばかりで固める息子・統一の人事に、かねがね懸念を抱いていた豊臣新太郎が、ある役員に命じて統一の携帯電話の使用履歴を調べさせた。まだ林が副社長になる前、相談役だったころの話である。

その発着信履歴は林の携帯電話番号で埋め尽くされていた。何かあると、とるものもとりあえず林に電話してくるのだから、当然そうなる。報告を受けた新太郎は「〝友だち〟の意見ばかりを聞いているとまわりが見えなくなるぞ」とクギを刺したらしいが、これに統一は激怒した。新太郎に、ではない。新太郎に密通した役員にである。血眼になって犯人捜しをし、その役員を特定すると即座に関連会社に飛ばした。新太郎には「そんなにうるさいことを言うのなら、僕は辞めますから次の社長を連れてきてください」と言い放ち、以降距離を置くようになったと聞いている。

この人事をめぐる二つの事件以降、役員たちが統一と考えが合うときは諸手を挙げて賛成し、考えを異にするときは口をつぐむ傾向はいっそう強くなった。少しでも統一の意に添わぬことをすれば、容赦なく閑職に飛ばされる。そうなったら最後、二度と要職に返り咲くことができない。

統一のやり方に不満を持っている役員は少なくないだろう。役員会議の後、所管セクションの近い者同士が数人で寄り集まって話し込む場面が、ここ数ヵ月散見されるようになった。

かつて統一の上司だったころ、お追従《ついしょう》を言う人間は嫌いだと言っているのを聞いたことがあるが、今やっていることはまさにごますり、おべっか使いだけを信用し、意見する者を排除する恐怖政治ではないか。

思い出す顔がある。昨年秋に会食した内閣総理大臣、岸部慎介である。もともとは統一と岸部の二人で会食する予定だったが、一週間前になって急に統一が同席してくれと言ってきた。理由を聞いてもはぐらかすばかりだったが、会食の席での二人を見ると閃《ひらめ》くものがあった。なるほど、統一と岸部はよく似ている。だからこそ統一は岸部が苦手なのだろう。

互いに親の七光りと言われ続け、プライドが高い一方で複雑な屈折も抱えている。元来、お坊ちゃんでお人好しだから、自分に従順な者にはとことん良くしてやり、便宜を図ってやるが、意見されると猫かわいがりされて育ったプライドが顔を出す。意見した者に激怒して閑職に飛ばすのが統一なら、耳を塞いで聞こえないふりをしつつ、周りに始末させるのが岸部といったところか。

トヨトミでは、たとえ統一の懐《ふところ》に入った者も、ひとたび心証を損ねれば未来はない。今のトヨトミでは、統一を除いて誰の地位も安泰ではない。林自身も含めてである。

役員たちはみな、統一に素っ首を刎《は》ねられるのではないかと疑心暗鬼になっていた。

いちばん怖いのは役員同士の密告であるのは想像に難くない。意見の対立する人間が自分の悪評を統一に吹き込むことを恐れてか、役員会議では対立を避けるために互いに表情を読みあう奇妙な空気が蔓延《まんえん》し、活発な議論が飛び交う場ではなくなっている。自分の身の上を案じる危機感が、トヨトミの行く末を憂う危機感をはるかに上回っているのである。

次の三月期の決算の最終利益は過去最高、おそらく三兆円を超える。しかし、社内のこの有り様が決算書に記されることはない。決算書の数字だけを見る間抜けな投資家は、現状のトヨトミが抱える問題に気がつかない。

林から見れば、決算の数字にしたところで、これはひとえにアメリカの法人減税と円安で海外販売が好調なうえ、サワダやヤマトなど国内のライバル企業が勝手にコケてくれているおかげである。トヨトミの実力で勝ち取ったものではないし、統一の経営が優れているわけでもない。そして、アメリカが海外企業に甘いのはおそらく昨年までで、今年はまちがいなく何か仕掛けてくる。

運動不足と年の瀬まで詰めた激務で不健康にたるんだ身体を折り曲げて、役員たちは再びそれぞれのクルマに乗り込みはじめた。林も後に続く。日が高くなっていたが、冬の陽射しは林のクイーンの黒塗りのボンネットを冷たく光らせるのみだった。

一年前にアメリカ大統領に就任したバーナード・トライブは曲者だ。相手の鼻先にいきなりパンチを食らわせ、ひるんだところに付け込んでくる。「ケンカ・ディール」の天才である。

大統領就任直後、トライブはツイッターを通じてトヨトミに強烈な圧力を加えてきた。いわく、〈トヨトミは『フローラ』（トヨトミの大衆向け車種）の工場をメキシコに建設しようとしている。許せない。アメリカに建設しないと多額の関税を課す〉

トヨトミに限らず、アメリカにクルマを輸出するメーカーにとって、消費地に近く、NAFTA（北米自由貿易協定）によってアメリカ向け輸出に関税がかからないメキシコは、至便な生産拠点となっている。トライブはこのツイートで、トヨトミが貿易協定を利用してアメリカのマーケットで荒稼ぎしている現実を批判すると同時に、貿易協定そのものからの離脱をほのめかしたのだった。

もちろん、北米市場でのトヨトミのビジネスはルールに則《のっと》ったもので、非難されるいわれはない。しかし、いきなりの先制パンチにトヨトミは面食らった。くだんのツイートは日本時間の深夜。夜が明けると同時に、慌てた統一から電話があった。

「トライブはとんでもない奴だ、何をやってくるかわからない。高い関税をかけられたら収益を直撃する。何か対策はないだろうか」

「心配はありませんよ」

落ち着き払った声を作って続ける。

「大統領就任直後のトライブは、自分の影響力を見せつけたいだけです。もともと政策が内向きで、アメリカ国内の支持者しか見ていない男だ。選挙戦であれだけ吹いた手前、アメリカ人に〝強い大統領像〟を見せつけておきたいんでしょう」

統一は、やや平静を取り戻したようだった。

「だからといって無視ってわけにもいくまい」

やれやれだ、朝っぱらから。このお坊ちゃんはおれがいないと何も決められないのだ。自らの多大な影響力の快さが半分、うんざりした気持ちが半分。

「トライブは〝アメリカにひざまずく世界のトヨトミ〟を支持者に見せられればそれでいいんです。ツイートを真に受けてメキシコ工場をお蔵入りにすることはありません。本気で関税をかけてトヨトミにアメリカから逃げられたらどうなるかくらい向こうもわかっています」

統一の様子を探るように、いったん話すのをやめた。ごくり、と唾を呑む音。

「年度末に発表予定だったアメリカでの一兆円投資計画を、予定を早めて今週にも発表してください。あちらさんの目には、ツイートに慌てふためいて投資を決めたように映るはずです」

トヨトミは、ケンタッキー州とルイジアナ州の両工場に、五年間で百億ドルにも及ぶ大規模な追加投資を計画していた。決定したのは二〇一五年の年末。林はすでに決まっていたこの投資を、トライブのツイートに怖気《おじけ》づいて急遽《きゅうきょ》決めたものと偽装することを提案したのだ。

統一は黙ったままだった。何をもたもた考えているんだ。こちらの懐を痛めずにことを回避するにはこの方法しかないだろう。本当にメキシコ工場を諦めるなどというのは愚の骨頂だ。リコール問題でアメリカの公聴会に呼ばれて吊るし上げられた経験をいまだに引きずっているのか。放っておくと本当に撤回しかねない。

「トライブには面従腹背を決め込みましょう。どのみち再選はありえない。任期を終えるか、辞めるか弾劾されるか、それまでの辛抱だ」

統一がトヨトミのトップに上り詰めてから、重要な決断に迷って電話をしてきたことが何度あったことか。今ではもう、押し黙ったままの統一が電話の向こうでうなずいたことまでわかる。

よし、わかった、と統一は言った。

「アメリカへの投資計画を、時期を繰り上げて発表する。一兆円なら内部留保から出せる。資金調達を受ける必要はないが、それでも今週というわけにはいかない。来週明けすぐに発表しよう」

林は安堵した。それでいいんだ、おれの言うとおりにやれば。

「くれぐれもマスコミに嗅《か》ぎつけられないようにしてください。それと、発表は東京証券市場が開いている取引時間を外したほうがいい。むやみに市場を刺激するのは得策ではありません」

「わかった。ツイートを見たマスコミには、お仕着せのことを言っておく」

結果的に、林の授けた妙案は見事に奏功した。トライブは、トヨトミの投資計画が発表されると即座にツイート。〈トヨトミの決断に感謝する〉と持ち上げてみせた。

早々にアメリカにひれ伏したトヨトミに、業界各社は「弱腰すぎる」「自動車メーカーの盟主として毅然とした態度が欲しかった」「言いがかりに屈した」など非難轟々《ごうごう》だったが、メキシコ・グアナファトの新工場は、わずかな生産規模の縮小のみで生き残った。

しかし、アメリカでのビジネスがこのままで済むとは思えない。もとより自動車産業というものは、莫大な額の運転資金を注ぎ込み、一円の為替変動で数百億からの利益が吹っ飛ぶ商売である。ひとつの決断ミスが引き起こす窮地の重大さに、林は身震いを禁じえない。

トヨトミ幹部の仕事は寿命を縮ませる。林自身、過労で倒れたり心身を壊して退職したり、病気で早世した役員を何人も見てきた。「ストレスと過労で血尿が出たら一人前だ」と嘯《うそぶ》いた上司が、その一週間後に本当に血尿を出して入院したこともある。自分もいずれはそうなるのかもしれないが、それでもいい。そもそもこの歳だ。身体を壊したとしても、トヨトミのせいとばかりはいえまい。しかし、寿命を縮ませるような思いでやっている幹部は、いったい今何人いるのだろうか？

林は、墓参りで繰り広げられた情景を再び思い出し、暗鬱《あんうつ》な気持ちになった。殿様のご機嫌を損ねて島流しになるのを恐れた結果、誰も彼もが役職目当てで統一に擦り寄るイエスマンになってしまった。それに統一は気づいているのだろうか？「感性が合う理想のチームができた」などと思っていなければいいが……。

統一と意見が対立し、閑職に送られた役員の中には、トヨトミの長期的なビジョンを理解したうえでものを言える者が何人かいた。向田邦久などはその一人だったが、アメリカでのロビー活動をめぐって統一との方針が食い違い、子会社のトラックメーカー・立川自動車に異動させられた。

向田は立川自動車では副社長だが、社長の吉川卓はもともとトヨトミで向田の部下だった人物である。つまり統一は向田を元部下の下につけたわけだ。

統一の逆鱗に触れただけではない。寺内の影がちらつくキナ臭い人事だ。トヨトミの生産技術部で向田とかかわりのあった役職者は軒並み他部署に飛ばされ、「生産技術部」自体も寺内が所管する「トヨトミシステム本部」と統合されてしまった。「坊主憎けりゃ袈裟まで憎い」の大粛清である。カネを使わず、現場で「カイゼン」の知恵を絞って生産性向上を目指すトヨトミシステムにとって、自分たちの提案を〝上から目線〟で冷笑し、「そんな細々とした工夫をしなくても、今はこういうハイテクな工作機械があるんですよ。これを買って生産ラインに入れれば解決しますよね」と突っ返してくるエリート集団の生産技術部は目の上のたんこぶだった。おおかた向田の異動にかこつけて、寺内が統一に生産技術部とトヨトミシステムの統合と、向田の息のかかった者の排除を進言したのだろう。

組織のガンとして浮かぶ顔は寺内だけではない。

笠原辰男。統一の側近として金魚のフンのように出世してきた寺内は、能力が高くないからまだいい。笠原は弁が立ち頭が切れる分、性質《たち》が悪い。

以前、林は向田の人事の真意を統一に訊《き》いたことがある。

「人事は笠原に任せていますが、もちろんおかしなところは口を出しています。いろんな意見、異論があるのは大いにけっこう。しかし大枠の戦略のところで社内対立があると、舵取りが停滞します。今は停滞しているときじゃないでしょう」

トヨトミの役員人事は、笠原が原案を作る。統一は「誰それを引き上げろ、はずせ」といった指示を出すことはなく、意に染まないところがあれば拒否権を発動する。

となると、笠原は巧みに各役員への統一の評価を読み取り、原案に反映させるようになる。笠原はそうした忖度ができる人間である。その結果、今の役員は部下や秘書として統一に長年仕えてきた人間や、豊臣家を支えてきた血筋の二世、三世ばかりになってしまった。

しかし、林の目はごまかせない。

笠原は、統一の意に沿った人事案を作ることを隠れ蓑《みの》に、自分の出世でライバルとなりうる人間を巧妙にトヨトミから追い出している。

実際、近年関連会社に異動していった部長以上の役職者は、笠原と入社年次が近いか、能力や実績が拮抗《きっこう》する人間が多い。実績という点では向田邦久がまさにそうだったし、その前年にトヨトミ自動車から『東海紡績』というトヨトミ車のシートベルトなどを作る企業へと転出した福岡太一という専務は、笠原と年齢も一歳違いで実績も甲乙つけがたかった。〝トヨトミのエース〟と呼ばれ、将来を嘱望されてきた河原井義人もそうだ。何事もなければ副社長までは上がれるはずだったカミソリのような切れ者が、グループ内の辺境も辺境、マフラーの製造会社に島流しである。

統一と向田の確執は、笠原にとっては願ったり叶ったりだったろう。もちろんきっちりと人事に反映させ、同時に寺内の思惑も汲んで恩を売る。あるいは寺内と笠原の間には、何らかの協力関係ができているのかもしれない。

林を乗せたクルマは豊臣市に入った。本社まではもうすぐだ。

社長の覚えがいいことを利用して無駄遣いを繰り返す〝お小姓《こしょう》〟に、私情を交えて人事権を振るう〝側用人《そばようにん》〟。こういう人間が統一にまとわりついている限り、トヨトミという組織は〝君側《くんそく》の奸臣《かんしん》〟を抱えたままだ。無害な人間だが、長い付き合いだからというだけで側に置いている藤井勇作も、社長秘書としてはまったくの能力不足。しかるべき人間に替えたほうがいい。

彼らを統一からひきはがさなければならない。統一が頼るのはおれだけでいい。おれの意見を聞き、おれの忠告にしたがっていればいいのだ。

＊　＊

年が明けても、森敦志は決断を下せずにいた。宋正二と山下俊樹の提案は、ワールドビジョンとサワダ自動車が共同開発を進めるレベル5の完全自動運転車用のモーター製作に設計から携わってほしいというものだった。

「ウチは小型で出力の高いモーターを作ることはできますが、自動運転のEV車に搭載するとなると手掛けるのは初めてです。お役に立てるかどうか」

森が言うと、正二はゆっくりと首を振った。

「いえ、それでも高性能モーターは大前提なのです。ご存じのとおり、完全自動運転はAIなしには成立しません。AIは半導体の塊で、半導体は電子部品です。どうしても消費電力がかさんでしまう。省電力でも出力が落ちないモーターがあれば……」

山下には、また違う種類の熱意があるようだった。

「私はサワダの人間です。いまやサワダの四輪事業は過剰設備と開発のコスト高にあえぎ、赤字転落待ったなしの状況です。トヨトミはおろかヤマト自動車にもマツモト自動車にも水をあけられてしまっています。私は創業者の沢田宗太郎に憧れて入社しました。しかし、サワダの企業風土は経営状態の悪化で失われつつあります。私はそれが悔しくてなりません。ワールドビジョンさんとのプロジェクトを、なんとかサワダ再興の足がかりにしたいのです」

ひと呼吸おいて、山下はきっぱりと言う。

「宋社長は口だけの人間ではありません。どうか存分に研究開発に打ち込んでください。ワールドビジョン・ドライブの自動運転技術開発には、資金もデータもワールドビジョンから惜しみなく投入されています」

聞けば、自動運転技術開発は、埼玉にあるサワダの研究所で行われているという。

この話を引き受けたら、当分のあいだ森は製作所の職人を引き連れて埼玉に入り浸《びた》りだ。トヨトミとの取引が終了したとはいえ、他社との仕事は山積み。共同開発中のモーターもある。正直、あまり気乗りがしなかった。

しかし、職人たちに経験を積ませたい気持ちもあった。とくに川田裕司だ。巻き線の工場ということで、職人たちの向上心の行きつく先はどうしてもこの技術に特化したものになり、職人としてはいいが、「技術者」としては視野が狭くなりやすい。それはそれで悪いことではないが、巻き線はあくまでもモーター製造のいち工程である。

川田は製品が作られる流れの全体を見渡せる数少ない職人だ。あいつはまだまだ伸びしろがあるな、森はつぶやいた。

巻き線の技術は腕利き揃いの職人の中でも一番。加えて独学で身につけた磁性物理と電気工学の知識は今や並の工学部の学生では太刀打ちできないほどだろう。いや、自分の出た国立大学の大学院にもあれほどの人材はいたかどうか。膨大な知識はもちろん、それを実地の技術開発に結びつける発想力と感性がすばらしい。もじもじしながら親に連れられて製作所にやってきた引きこもりの少年は、ダイヤの原石だったわけだ。

川田だけは、ここで単なる職人として終わらせてはいけない。もっと広い世界で活躍できる奴だ。だとすれば、今回の話は願ったり叶ったりではないか。

一月四日。朝一番で社員らと初詣に行き、午後からは工場を稼動させた。応接室まで鉄芯に巻いたコイルを成形するプレス機の音が聞こえてくる。返事をするなら今日だ。ずるずると返事を引き延ばしても仕方がない。

森は膝を拳でひとつ叩いた勢いで立ち上がり、サンダルをひっかけて外の空気を浴びた。曇天。冷たく湿った空気が心地よかった。作業着の胸ポケットから携帯電話を取り出した。

＊　＊

ヒノキの心地よい匂いが鼻をくすぐる。すぐに眼鏡が湯気でくもる。ぬるめの湯を張った巨大な浴槽に、ざぶんと音を立てて浸《つ》かり、息を大きくひとつ吐き出した。レンズを指の腹で拭き、ガラス張りの浴室から深夜の目黒の町並みを眺める。日付が変わっても輝きを失うことはないネオンの海の中を、目黒通りを走るクルマの灯りが、いくつも繋がって泳いでいく。とくに渋谷方面は煌々《こうこう》と明るく、ときおり電車がこちらに向かってくるのが見える。

地上二五階。4ＬＤＫの豪奢な間取りとたっぷり六畳分の浴室を備えた、豊臣統一の東京の「隠れ家」である。

からり、と引き戸を開く音がして、胸と下腹をタオルで隠した女が入ってくる。やはりヒノキ作りの桶で浴槽の湯をすくい、身体を流すと、内海加奈子は統一にぴったりと寄り添う位置に入ってきた。ほっそりとした華奢な手で肩を揉まれると、いやあ、つかれたよ、と思わず弱音が漏れる。

加奈子の肌は陶器のように白く、レースクイーンとして日差しの照りつけるサーキットに立っていた面影はない。引退してから六年。当時と比べるとやや肉がついたのが、かえって好ましい。むっちりとした乳房が湯に透けて見える。三十五歳、今が女盛りというやつか。

「お疲れ様」

こちらを振り向いてそう言うと、手ですくった湯を肩にかけてくれる。

「本当に、疲れることばかりだ」

自然と本心が口からこぼれだす。こんなことを言えるのはこの場所だけだった。弱みはここでしか見せないと決めていた。他の場所では、絶対に見せないと。

ここに来てくれなくても、と言った加奈子が思わず噴き出す。

「あなたが何をしているか、新聞を見ていればわかるのがいいわね」

妻の清美と比較することは不誠実だとはわかっているが、加奈子のあっけらかんとした明るさにこれまで何度救われてきたことか。

財閥系銀行の頭取令嬢である清美は頭の回転が速く、すべてにおいてソツなくこなす。統一が仕事で家を空けることが多いなか、ほとんど一人で息子と娘、二人の子どもを育て上げ、家事はもちろん、贈答品の見定めや、わがまま揃いの豊臣一族との付き合いにいたるまで非の打ち所がない。皇室に繋がる大財閥の出身で、調度品から親戚縁者まで格式にこだわり、ものの値付け、人の格付けが大好きな統一の母・麗子《れいこ》も、清美だけは大のお気に入りだ。

一方で、その隙のなさが統一には息苦しかった。帰るべき家が名古屋の自宅なのはわかっている。しかし、帰りたい家はちがった。

東京に来るたびに加奈子に買ってやったこのマンションを訪ねていることを、清美はもしかしたら気づいているのかもしれない。いや、きっと気づいている。まれにある夫婦同伴の晩餐会つきの海外出張に、ここ数年清美は来たがらなくなった。やむなく同行しても、晩餐会以外の時間は別行動。統一とは別の宿舎に泊まることもある。

眼鏡を額にかけ、掌ですくった湯でごしごし顔をこする。加奈子は背中に下ろしていた髪をアップにして束ね、手首に巻いていた髪留めのゴムでまとめた。白いうなじの毛が、汗ばんだ首筋にはりついているのを指ではがしてやる。

「またむずかしい顔してるわね。見なくてもわかる」

加奈子はこちらに向き直り、統一の眉間を指でもみほぐす。

レースクイーンを引退した後、加奈子が立ち上げたキャラクターグッズのデザイン会社「きゃらら」に、統一は自身を模したキャラクター《ヒデヨシ》のデザインを発注した。といっても、加奈子自身がデザインをするのではなく、加奈子の会社に報酬を振り込んだのち、デザインは別のフリーデザイナーに依頼する。加奈子の会社は実質的にはトンネル会社である。この会社に継続的に仕事を発注する方法で、統一は加奈子の生活のサポートをしていた。

「大丈夫、いっちゃんならできるっ。トヨトミはうまくいきます」

他の人間に言われたら、何を根拠にそんなことを言っているのかと腹立たしく思いそうなものだが、自分より三十近くも若い加奈子に無邪気にそう言われると、本当にできる気になってくる。心の底に自信という小さな種火が再び灯る。

どうやら不安を見透かされてしまったようだ。社内では強がっているが、内心は押し寄せる不安で、眠れない日々が続く。

それにしても、勝負の年を迎えたとたん、愛人宅で優雅に風呂か。統一は苦笑する。EVバブルは膨れに膨れ、どこまで膨れるのか、いつ破裂するのか見当もつかない。トヨトミは取り返しがつかないほど出遅れたという者もいれば、いや、必ず巻き返してくるという者もいる。気にするな、外野には言わせておけ。手は打ってある。収穫の時を逃さぬように注意していればいい。

実際、年が明けてすぐに統一は動いていた。

ＥＶ向けの電池開発を行う新会社を、電機メーカー大手の「ソニックエイド」と合弁で設立。現在すべてのＥＶで使われているリチウムイオン電池よりもパワーと持続性に優れる、固体電解質を使った新型電池の実用化を二〇二〇年までに達成すると宣言した。

加えて、世界最大のEV市場、中国への参入である。現地企業の「河東汽車」と合弁で、中国市場にEVを投入すると発表。矢継ぎ早に繰り出されたトヨトミからの発表に〈EVで出遅れたトヨトミの逆襲が本格化〉とマスコミは騒ぎ立てた。

自分の頭を整理するつもりで、これらの取り組みを加奈子にかいつまんで話して聞かせると、加奈子は驚いた顔で「それ、全部いっちゃんがやってるの？」と言った。

いや、やっているのは林さんかな、と深く考えることなく答えた。加奈子は目を丸くする。「すごいね。いっちゃんじゃなくて、その人が社長みたい」

どきりとした。社長みたい、か。社長の仕事って何だったっけ？

取材に出ていた記者の渡辺泰介から、デスクにへばりついて上がってきた記事原稿を校正に回そうとしていた安本明に突然の電話があった。

「『美濃沢バルブ』がトヨトミを見限りました」

上気した声が耳朶《じだ》を刺す。なんだって？

心配していたことが現実になった。鍛造や鋳物に強い美濃沢バルブは、トヨトミへのエンジンバルブ納入を主な収入源にしていた古くからのサプライヤー企業である。その比率は実に三五パーセント。排ガスを出さないEVにエンジンバルブは必要ない。

つまり、トヨトミがEVに参入し、本格的に量産するようになれば、それは経営に大きなダメージとなる。

「今年度で取引終了です。親豊会も脱退して来期以降は航空宇宙産業と工作機械向け部品を強化して生き残りをはかると」

「バカな！　自棄《やけ》になったとしか思えない……」

そうは言ったが、英断だという気もしていた。

ガソリン車はもちろん、ハイブリッド車が減っていけば、エンジンバルブの需要は先細りだ。対処は早いほうがいい。ガソリン車に固執した挙げ句に本格的なEVシフトが起こり、徐々に需要が減ってから活路を探るのではあまりにも遅すぎる。座して死を待つのは愚の骨頂だろう。

「この先まだ離反する会社は出るはずです。どこもトヨトミに知られないようにこっそり動いてる。親豊会という鉄の紐帯《ちゅうたい》を誇るトヨトミサプライヤーのケイレツ、これが〝蟻の一穴〟になるんでしょうか……それとも」

渡辺の声の後ろで、北風がごうっと吹き抜ける。

「ウラは取れているんだろうな？」

「美濃沢の社内役員二人と社外取締役が認めました。まちがいないですよ」

むっとして渡辺が返す。何を今さら、といった剣幕だ。書きたい、書かせろといった気迫が、電話口からビンビンと伝わってくる。もちろん、その気持ちは安本も同じだ。ならば、一日でも早く。

「それ、すぐまとめろ。明日の朝刊に間に合わせるんだ、いいな！」

了解！　と渡辺が喚き、電話が切れる。

久しぶりに血が騒いだ。〝トヨトミ鉄のピラミッド〟ケイレツ、崩壊の危機だ。これを書けば、当然トヨトミの広報の機嫌は悪くなる。広報の現場からクレームがくるか、いやそれとも、下手したら広報担当の役員が怒鳴り込んできて、広告引き上げか？　しかし、と安本は思った。これは日本経済に大変動が起きる最初の一歩かもしれない。

豊臣統一は、かねがね自動車のＥＶシフトによって不要になる系列サプライヤーが出るのではないかという疑念に対して、判で押したように「トヨトミはこれからもサプライヤーのみなさまと歩んでいく」と繰り返していた。しかし、それは欺瞞《ぎまん》だ。サプライヤーは見抜いている。

〝不沈艦トヨトミ〟で何かが起きている。

ブンヤがこれを書かずにどうする。誰に何と言われても書いてやる。

第六章　反乱　二〇一八年　一月

六本木。

　高速エレベーターがぐっと加速して、聴覚がくぐもる。東京など何年ぶりだろう。故郷の伊賀に戻ってから東京はすっかり遠い場所になった。

　東京ミッドタウンのリッツ・カールトンホテル。入り口がわからず手間取ってしまい、約束の時間に遅れそうだ。かつて東京で働いていた、そのころの土地勘では通用しないほど東京は変わっていて、面食らった。垢抜けないネイビーのブレザーと膝の抜けたスラックス姿で右往左往する中年男は、まわりからはきっと滑稽に見えただろう。森敦志は額に季節はずれの汗を浮かべながら、携帯電話で時間を確認する。

　山下俊樹も交え一度会って話をしたいと宋正二に伝えると、すぐにランチの誘いがあった。ご足労をおかけして申し訳ないが会わせたい人間がいるからと指定された場所が、都内のこのホテルである。

約束の十二時半まではあと三分。エレベーターは六〇階のラウンジまで直通。よかった、間に合いそうだ。唾を呑み込むと耳の中がぱちっとはじけ、まわりの音が生き生きと蘇った。エレベーターの壁面はまばゆい金色。線唐草模様が肉合《ししあ》い彫りされ、オレンジピールのアロマオイルで香りづけされているようだ。

最上階の六〇階で降りると、フロアはしんと静まり返り、背後で扉の閉まる音がゴトリと響く。「トロイメライ」を奏でるピアノの音がかすかに聞こえる。

ランチタイムだというのに話し声ひとつしない。そんなはずはない。森は、足音を忍ばせるようにエレベーターホールを抜けて、ラウンジに出た。左手にはバーカウンターがあったが、曇りなく透き通ったワイングラスが逆さに並べられているだけで、中にはやはり誰もいない。

全面ガラス張りの巨大な金魚鉢のような空間の外に東京の遠景が広がっている。冬の澄んだ光が、磨き上げられた白亜の床に映えてまぶしかった。

誰もいないなんておかしい。もしかしたら今日は休業日で、正二はそれを知らないのかもしれない。帰ろうか。いや、とりあえず一階まで戻ろう。何か事情があって遅れているのかもしれない。そう思って踵《きびす》を返す。

「森さん、こっちです」と自分を呼ぶ声がする。

山下が手を振りながら、小走りでやってきた。お越しいただきありがとうございます、と握手を求めてくる。

待っていましたよ、とうれしそうにラウンジの奥に案内する。

ラウンジは入り口から見えた感じよりずっと広かった。カウンターの前を横切ると豪奢なグランドピアノが見え、イブニングドレス姿のピアニストが鍵盤を叩きながらこちらに笑みを送ってくる。さっきから聞こえていたピアノが生演奏だったことに、森は驚いた。

「今回のプロジェクト、一番のキーパーソンに会うんだから、借り切ろうって言うんですよ」

どうりで誰もいないわけだ。しかし、自分ごときにそこまでするか？　宋正二が言い出したんだろうか？

驚きを通り越して呆れている森に、小柄な体躯に精力が漲《みなぎ》っているといった印象の初老の男が歩み寄って、手を差し出す。正二に似ているが、違う。何度も見たことのある顔だ。テレビでも新聞でも。

「遠路はるばるようこそおいでくださいました」

ワールドビジョン・グループ社長兼会長の宋正一。

世界にその名を轟かす大経営者であり、身の丈をはるかに超える買収を繰り返しても恬《てん》として動じない、胆力と度胸の男。

宋が、にこにこと握手を求めてきた。ダークグレーのスーツに白のシャツ、赤一色のネクタイ。見覚えのあるお馴染みの出で立ちである。

「今日は弟の正二の代わりに、私が参りました」

そう言うと、自分の冗談に自分で声を立てて笑い、さあ、と言って森に座るように促す。

「堅苦しいのは好かんのです。メシを食いながらざっくばらんにやりましょう」

その言葉どおり、宋はテーブルに置かれたおしぼりで広い額を、禿げ上がった頭のほうまでごしごしと拭いた。

相手は稀代の名経営者とはいえ、自分も会社を取り仕切る経営者の端くれである。宋の前で緊張してしまうのがうらめしい。しかし、このまま黙っていては余計に硬くなりそうだった。

「なぜ、私どもに声をかけたんですか?」

料理を待つ間に尋ねる。

二つの意味合いを込めたつもりだった。一つは文字どおりの意味。なぜ巻き線とモーターの試作協力を細々と続けているだけの片田舎の零細工場にこんな大きな話を持ち込んできたのか。自動車用のモーターの試作なら得意分野だが、完全自動運転となると、当然ながらこれまで手がけたことがない未知の領域である。森製作所を訪ねてきた宋正二は電力消費の少ないモーターが必要だと言っていたが、これまでに培った技術が自動運転車で役に立つのかどうかわからない。

そしてもう一つ。こちらの意味合いのほうが重要だ。トヨトミとの付き合いが切れてから、森と川田裕司が中心となって取り組んでいる研究開発がある。

現在自動車用モーターで主流になっている「インサーター方式」という、モーターコアに巻き線とウェッジ（絶縁物）を同時に挿入する技術に代わる新たな技術の開発である。実現すれば、モーターの出力の大幅増が期待できるこの研究が実を結び始めていた。宋に投げかけた質問は、ワールドビジョンが森製作所に声をかけたのはこの研究をどこかで嗅ぎつけたからではないかとカマをかける意味合いもあったのである。

宋がこちらを見つめる。品定めするのとは違う、まるで青年が意中の恋人を見つめるような。一秒、二秒、三秒……。

森さん！　と宋は突然大声を出し、テーブルをがつんと叩く。

「世界一の船だ。中途半端な覚悟の船員ならいらんぞ。こっちはあんたこそと思って声をかけとる。われわれの船に乗る気はあるんですか、ないんですか！」

身が引き締まる。温和な顔だった宋が、今度はすごい迫力で迫ってくる。怒っているわけじゃない、おれを心から引き入れたいんだ。

「森製作所の評判は聞いとります。すごい技術だ。とくにコイルの巻き線はどこにも真似ができない。ウチのプロジェクトは最高の技術を持った会社だけが必要なんです。金儲けなら他の人間でもできるが」

そう言うと、森のほうにぐっと身を乗り出す。絹無垢のテーブルクロスに皺が寄り、冷水のグラスが倒れそうになるが、おかまいなしだ。

「しかし、未来はあんたとじゃないと作れない」

眼の力が強い。射すくめられそうだ。森は無意識にうなずいていた。

「一緒に新しい社会を作りましょう。未来を作れるのは誰も持っていない技術を持っている会社だけだ。あんたは請け負った製品を納入して代金をもらって終わりの男じゃない。最高のモーターを作ろうと精進する志があると見込んどる。船に乗ってくれ」

宋は柔和な表情に戻った。前菜のスープをずずっとすすり、うまいなこれ、とつぶやく。尊敬する人物は坂本龍馬だと何かの記事で読んだことがある。この熱意、この迫力。坂本龍馬もこんな人間だったんじゃないだろうか。

研究を知っているかどうかは宋の返事からうかがい知ることはできなかった。しかし、森は宋が「志」を錦の御旗《みはた》にしていること、いや、少なくとも技術を買い叩くような人間でないことはわかった。それでも、森は宋を問い質《ただ》さずにはいられない。心の奥底には、トヨトミから受けた屈辱的な仕打ちがわだかまっている。

一介の技術者がおこがましいかもしれませんが、と意を決して語りかけた。

「未来を作るのはいつだって実業だ。あなたは優秀な投資家だが投資なんてものは私からすれば虚業でしかない。私にはあなたが欲しい技術を手当たり次第買収する強欲な買収屋に見える。私たちは技術屋だ。私にとって技術は魂です。それで食っている以上、志だなんだと言われても軽々に売る気にはなれません。まして技術を教えたとたんに内製されるような仕打ちはごめんだ」

一瞬の沈黙。視線は宋を捉えたままだが、隣の山下の顔が強張るのがわかる。すみません、と声を荒らげたことを詫びてから続けた。

「しかし、大企業の中にはそういう会社もあるのです。信用して手の内を見せたのに、仁義にもとるやり方でそれを自分のものにしてしまうような会社が」

唐突に宋は笑い出した。天井を見上げたかと思えば今度は腹を抱える、まさに呵呵《かか》大笑、笑いに笑う宋を、森はあっけに取られて見守った。

あんたの言うとおりだ、森さん、と目尻の涙を袖で拭いながら言った。

「私は実業はからきしダメ。どれがどれだけ売れるなんてことを考えるのも好きじゃない。世の中の風を読んで需要を探るのも、実はさっぱりです」

どう返していいかわからない。宋はいかにも痛快といった様子である。

「しかしだ、だからこそまだ風が届かない遠くが見渡せる。世の中の動向じゃなく、自分がかくあってほしいと思う世の中を作るのが私のやり方だ。だから買収です。実業をちまちまやっていては先にくたばってしまう。それをカネに任せた買収屋と呼ぶか、世界を変える一大事業に身を投じる義士と呼ぶかはお任せしますよ」

宋はそう言うと、さあ食べましょう、せっかくの料理が冷めてしまう、と食事にとりかかり、分厚いフィレ・ステーキにかぶりついた。食べ始めると、森のことなど目に入らぬかのように旺盛に食べる。

腹の底をさらけ出すことを厭《いと》わず、相手の腹を探ることもしないあけっぴろげな人間。宋の人間性をそう判断しつつあった森だったが、その野望が、自分が考えているよりもはるかに壮大であることに気づかされたのは、山下が手洗いに立ったときである。

「ここだけの話ですが……」

ひとしきり食べると、宋は言う。

「ライドシェアの分野でも一緒にできる相手を探しているんです。うちは海外のライドシェア企業にあちこち出資しているが、ぜひ日本でもやりたい。そちらでも森さんのお力添えをお願いしたいと考えています」

「完全自動運転車開発と並行してライドシェアですか？」

ええ、と宋はうなずく。

「自動運転車だけでは、社会は大して変わりません。ご存じかどうかわからないがアメリカのボストンやピッツバーグといった地方都市では、自治体が自動車メーカーやIT企業と組んで都市計画にライドシェアを組み込む取り組みがすでに始まっています。クルマを個々人が所有するのではなく、シェアすることによって都市の中心部に乗り入れるクルマの数が減りますから、慢性的な渋滞を緩和できる。クルマの台数が減ればやたらとスペースを食う駐車場は不要になりますから、その土地をオフィスビルやマンションにすることもできる」

魅力的な計画だ、と森は直感する。それ以外に用途がないパーキングよりも、オフィスビルでも建てたほうがよほど生産的だろう。

「その計画を知ったときに思ったのですが、都市計画の観点から見れば、ライドシェアと自動運転は同時に進むか、あるいはライドシェアが先に浸透しないと困るわけです。完全自動運転のクルマが先に普及すれば、それを個人が所有するようになります。結果、都市中心部の渋滞はいっそうひどくなり、ドーナツ化がさらに進む。渋滞がどれだけひどくなろうがドライバーへの負担は少ないでしょう。自動運転中に車内で何ができるかという法整備の問題はともかく、運転から解放されて、寝ているか、車内にパソコンを持ち込んで仕事をしていればいいわけですから。となると土地も家賃も安い郊外に家を買って、都市に通勤する流れは加速する。自動運転はこの世から交通事故をなくすかもしれません。しかし、それだけでは技術のムダ遣いだと私は思う」

ものを作るのではなく、未来を作る。やりたい、やってみたい。そう思うのと同時に、森は立ち上がり、宋に握手を求めていた。仕事の受注など、どうでもよかった。宋の計画に加われることが、誇らしかった。

宋が森の手を握りしめて言う。

「やりましょう。自動車業界も〝大量に作ってしまったから売るしかない〟というビジネスは終わりだ。ライドシェアと自動運転で世の中のクルマを減らして、必要なぶんだけ作らせる時代を作りましょう」

一瞬、背筋がぞくりとした。

宋の計画は自動車メーカーを潰す。いや、潰そうとしている？

＊　＊

二月某日の夕刻。豊臣市のトヨトミ本社にはすっかり夜の帳《とばり》が下りている。空は灰色に凝《こご》り、雪に変わりそうな雨を、煌々と灯る巨大自動車会社の明かりが浮き上がらせている。

午後六時。豊臣統一は名古屋市内での地元財界関係者との会食のために正面玄関に下りた。世界のトヨトミの社長たるものスーツは最低百万円のものを、というのは、身なりにうるさい母・麗子の口癖だが、統一はいつも「ニューヨーカー」でオーダーした一〇万円ほどのスーツを着ている。一〇万円だろうが一〇〇万円だろうが、尾張の冬の風は脚が凍えるほど冷たい。

統一の頭上に傘を掲げ、ロータリーで待機していたトヨトミの最高級車キングの後部座席のドアを開こうとした秘書の藤井勇作が、危ない！　と叫び、咄嗟《とっさ》に統一をエントランスのほうに突き飛ばした。統一はバランスを崩し転倒、尻餅をつき、腰を硬い地面にしたたか打ちつけた。

ロータリーの向こう側、正門の脇に建つトヨトミ自動車初代社長・豊臣勝一郎の銅像の陰に潜んでいた何者かが走り出て、キングの前に立ちはだかった。雨と汗で濡れた額が、ヘッドライトに照らされて青白く光っている。そしてもうひとつ光っているのは、男が手にしている刃物だった。

突然のことで、周囲は凍りついたように動かない。玄関から聞こえる受付嬢たちの悲鳴と周囲のざわめき。エントランスを通りかかった社員は何事かと足を止める。守衛が駆け寄ろうとすると、男は刃物を自分の喉元に突きつけ、来るなと叫んだ。安物の古びたダウンジャケットにへたったGパン。歳は三十代半ばだろう。刃物は真新しい出刃包丁だった。

「豊臣統一ってのはあんたか？」

そう言って、男は刃先を統一に向ける。

ロータリーに降った雨がスーツの尻に染みて冷たかった。耳の後ろが脈打ち、心臓は早鐘のようだ。声が出なかった。

「あんたか？　これまでさんざん無茶を呑ませた挙げ句、いらなくなった下請けを早々に切ろうとしている人でなしのボンボン経営者ってのは」

男が統一に一歩近づくと、うおっと周囲がざわめく。息を呑む音と、やめろという叫びにもならないかすれた声。しかし、駆け寄って助けようとする者は誰もいなかった。警備員も、やめなさい、警察を呼ぶぞ、すぐに来るぞと叫ぶばかりで、のっけから腰が引けている。

何をやっているんだ、早く助けろ、そいつを取り押さえろと統一は祈る。

男は統一の目の前にしゃがみこんだ。その距離は一メートルほど。こちらに向けたままの刃先までは三〇センチもないだろう。片手でダウンジャケットの前を開け、着古して黄ばんだシャツをたくし上げると、あらわになった自分の腹に包丁の切っ先を突きつけた。あばらの浮き出た、生っ白い貧相な腹だった。

「百年に一度の事態に備えて原価低減だと！　これだけ絞ってまだ絞る気か。そのくせ、クルマが電気になったらおれたちなんぞさっさとお払い箱だろう。いい加減にしろ！　うちの親父は気が変になってしまった。いずれ自殺者が出るぞ！　おまえらは孫請けひ孫請けの人間なんぞ顔も知らないだろうがな！」

包丁を持つ手に力が入る。脅しではない。男の腹の皮膚が裂け、斜めに降る雨が流れる血を薄めていく。

サプライヤー企業の人間の家族だろうか。それも三次請け、四次請けの。

雨にみぞれが混じりはじめていた。統一は雨粒で曇った眼鏡のレンズを拭きたかったが、男が何をするかわからず、尻餅をついたまま身動きがとれなかった。誰か。助けに飛び込んでくる奴がなぜいない？　ふだん揉み手で擦りよって、おべっかを使う連中はどこに行ったんだ？

今月、トヨトミはサプライヤー各社からなる親豊会の「グローバル仕入先総会」でコストカットのさらなる徹底を宣言し、部品価格の押し下げを懇請していた。統一は海外出張を口実に会合に出席しなかった。その代わりに、副社長の寺内春人が演壇に上がり、その要請を口にした。

当然、サプライヤーサイドは不満たらたらだ。こんな重大なことを社長自らなぜ頭を下げない？

もともと「乾いた雑巾をなお絞る」と言われるほどのコストカットで知られるトヨトミである。二〇一五年ごろから部品や車体の共通化によってコストを押し下げるT

WMA（トヨトミ・ワールド・マニュファクチャリング・アーキテクト）と呼ばれる新しい設計手法を掲げ生産コスト二〇パーセント減を目指していたが、期待していたほどの効果はなく、その皺寄せが部品価格の値下げ要望なのだから納得できるはずもない。おまけに社長本人は姿を見せず、〝陣笠〟のような寺内から告げられるのだからなおさらだ。

トヨトミサイドからの要望は、前年度下期の水準から一パーセント未満を目安に各社個別交渉。しかし、トヨトミはここ一年、半期ごとに同じ下げ幅で価格交渉の要望を出していた。

たかだか一パーセントではない。二次請け三次請けの業者にはトヨトミの要望に応えたため、すでに赤字ギリギリになっている企業も多い。しかし、値下げを渋れば取引を打ち切られるだろう。最初から選択肢はないのである。まして、トヨトミは各サプライヤーが提供する部品の原価をすべて把握している。サプライヤーが価格決定で主導権を握る余地はない。

「これじゃあ、社員の生活を守れない」「年に二回ずつ、真綿で首を絞めるように下げてくる」

親豊会の会合に参加したサプライヤー企業の経営者たちからの反応のウラには自動車の電動化への恐れがあった。

ガソリンエンジン関連の部品を納めているサプライヤーではなおさらである。エグゾーストマニホールド、センターマフラー……。どんなに要望に応じてトヨトミに尽くしたところで、ＥＶ車の量産が始まったら用なしだ。今のうちに新たな活路を模索している企業にしても、トヨトミへの恨み節は抑えようもなく噴出した。

そうした声は、統一の耳にも入っていた。サプライヤーからの不満の声についてメディアに問われれば、「そんなこと、どこの誰が言ったんですか？」と問い返した。実名を出して不満を表明できる人間などいないことを見越しての発言だ。

そのうえで、統一は「ＥＶシフトや自動運転によってメーカーとサプライヤーの絆はむしろ強まる」と繰り返した。これらの次世代技術はまだ各社ほぼ横一線。決定的な技術を持つメーカーは出てきていない。一歩先んじるためにも、技術力のあるサプライヤー側からの提案は歓迎する、と。

男は血走った目をこちらから逸らそうとしない。その目はこう言っているようだった。

「その子供騙しのような説明を今おれの前でできるか？　トヨトミのケイレツピラミッドの最下層にいるおれに？　おまえが言う〝サプライヤーとの絆〟はしょせん一次請けの、トヨトミに負けず劣らずの巨大企業との絆だろう。二次請け三次請けのおれたちのことなど、使えなくなれば捨てるまで。便所のちり紙ほどにも思っていないだろう」

みぞれ混じりの雨がシャツに染みる。警備員が警察に通報したのだろう。遠くから、かすかにサイレンの音が聞こえた。

馬鹿な。なぜおれが下請けすべての面倒を見なければいけないんだ。そんなことをやったらうちだって潰れてしまう。そうなったら、連結四〇万人に迫る従業員が路頭に迷うことになる。大きな船を守るには、ときに小さな犠牲に目をつむらなければいけないこともある。

下請けを徹底して守ろうとした親父の新太郎と自分を比べる声があるのは知っていた。だが、それが可能だった時代はもう終わったのだ。

統一は後ろめたさを感じていた。それならば、なぜ、さして大事でもない海外出張を無理やり入れたりせずに、親豊会の総会に堂々と出席して説明しなかったんだ？おまえはネジやバルブで細々と生計を立てる町工場の親父たちと顔を合わせたくなかったんだろう？

「そんなことしたって、取引量が増えるわけじゃない。下手な脅しで動く会社じゃないよ」

背後で声がした。男の目がそちらに注がれるのを見て、統一も振り向く。社屋から出てきた林がゆっくりとこちらに近づいてくる。

「社名は聞かないでおく。警察が来たらそうはいかないぞ。今のうちにやめておくのが賢明だ。一分あげる。よく考えなさい」

林の手には缶コーヒーが握られていた。それを見せてから、それ、いくよ、と男のほうにひょいと投げると、男の目はそれを追いかけた。

「この野郎っ！」

藤井が飛びかかる。それが合図だったように警備員二人が続いて、男の上に折り重なった。男は不意をつかれ、刃物を振り回す間もなかった。すぐに包丁が取り除かれ、組み伏せられる。あっけない幕切れだった。駆けつけたパトカーに押し込められる寸前、男は統一に何か叫んだが、あたりの喧騒にその声は掻き消された。

「何をやっているんだ、おまえはっ」

パトカーが正門から出ていくやいなや、林の怒号がエントランスに響く。藤井が身を硬くして立ち尽くしている。

「社長秘書だろうがっ。おまえの目はどこについているんだっ！」

申し訳ございませんっ、と藤井は顔色を失い、平謝りする。今にも泣きだしそうだ。

「おれじゃないだろう。謝る相手は社長だろう！」

言葉もなく立ち尽くす藤井を、もういいっ、タオルを持ってこい、社長が風邪をひくだろうと林が一喝すると、藤井は慌てて社内に駆け込んでいった。

災難でしたね、と林が差し伸べた手を摑み、統一は立ち上がった。

「唇が青い。チアノーゼかな。社長室に戻って着替えましょう。会食はキャンセルしておきます」

何もできず、尻餅をついたままだったのが何とも情けない。おれもあの暴漢に何か言ってやればよかった。おれにはおれの正義とやるべきことがあると、逆上した男を喝破してやればよかった。後悔と憤懣《ふんまん》がないまぜになり、荒ぶる心が今ごろになって統一の身体の芯に押し寄せる。

「いや、いいよ。会食は行く。こんなことでキャンセルできるか」

言葉遣いがぶっきらぼうになる。われながら子どもっぽい。駄々っ子のようだ。しかし、どこのサプライヤーだ。怒りに任せて、取引を打ち切ってやろうと思った。

「堂島機械工業という、インジェクターの部品製造会社の社長の息子です」

林は、統一の考えていることがわかっているかのように、飄々《ひょうひょう》と言った。

「知っていたのか?」

林は軽く首を振って微笑を浮かべるだけだ。

質問に答える代わりに、「まあ、当分胸のなかにしまっておきましょう。県警にも、発表を控えるように言っておきます。今サプライヤー相手にことを荒だてるのは得策じゃない」と言った。

「もちろん、そのつもりだったさ」

何から何までお見通しってわけだ。

雨をたっぷり吸ったスーツがじっとりと身体に貼りついて気持ちが悪い。額についた前髪を、力任せにかき上げた。

「着替えるぞ。藤井に準備をさせろ」と社屋に向かって踵を返すと、林が「その藤井ですが」と囁いた。

「今の件だけを見て申し上げているわけではありません。今はどの企業も社長秘書は経営戦略にも通じている。献身的に仕えるだけの召使秘書をこのままおいておいていいものか……」

藤井がしっかりしていれば、社員の前でこんなみっともない目にあわずに済んだ。暴漢への怒り、暴漢に対して何も言い返せなかった自分への怒り。それが、藤井への怒りに変わりつつあった。

「勝手にしろっ」

今も雨粒を落とし続けている暗い空に向かって、吠えるように言った。

第七章　屈辱　二〇一八年　二月

「走り高跳びで言えば、バーは越えた。ただ、きれいに飛び越えたわけではない。バーはまだ揺れている……」

二〇一八年二月六日。薄曇りの東京。トヨトミ自動車の第三四半期《クオーター》決算の発表会見が行われた。

冒頭の決算説明で演壇に上がった副社長の林公平は、前年度決算の評価を問われ、こう答えた。四月から十二月の第一から第三四半期《クオーター》累計純利益は連結で二兆円超えである。なのに、この辛《から》い自己採点。渡辺泰介の周辺は、記者たちの感嘆とも驚嘆ともつかない声でさんざめく。

「おじいちゃん、会見慣れしてきたね」

隣のベテラン記者が渡辺の肩を自分の肩で小突いて言った。

日商新聞名古屋支社トヨトミ自動車担当キャップ・多野木《たのき》聡《さとし》。通称、古ダヌキ。小柄だがラグビー選手のようながっしりとした体軀の上に乗っかっている大ぶりな禿げ頭が、猫背のせいで重そうである。耳に挟んでいるのはペン、ではなくタバコ。無精ひげや両サイドに残った髪には白いものが交じっている。六十を目前に控えた今でもけっして社内の派閥にはなびかない、一匹狼の職人気質。松本清張の小説に出てきそうな、「昭和型」の新聞記者である。

トヨトミ本社の担当ということで、ふだんの根城《ねじろ》は名古屋だが、決算発表など大きな会見があるときは東京に出てくる。部数減にあえぐ新聞社に持ち場を離れた取材への経費を出す余裕があるのかどうかあやしいものだが、たとえ自腹を切ることになっても必要な取材はやり遂げる。それが多野木という男である。

不思議と渡辺は、この多野木とウマが合った。東京に異動になる前の名古屋支社時代、建設業界担当が長く自動車業界の知識が少なかった渡辺に、業界やトヨトミのイロハを叩き込んだのは多野木である。なぜこの「古ダヌキ」の異名を持つ老獪《ろうかい》なベテラン記者が、自分を気に入ったのかはわからない。

多野木の徹底的な秘密主義は社内で問題になるほど。「この情報共有の時代にネタの囲い込みは組織効率を下げる」と上層部からも苦言が飛んでいた。自分が摑んだネタはけっして他人に明かさない男が、渡辺に対しては、口が滑ったふりをしてその一端を漏らしてくれることがあった。

仕事の合間に喫煙所に行って多野木に話しかけたおかげで自分の取材がはかどり、助かったことが何度もある。もっとも、興が乗ると三十分は放してくれないから、うっとうしいことこのうえないのだが。

会見慣れ、か。たしかにそうかもしれない。渡辺は、演壇に視線を戻す。もとより、林は裏から組織を動かすバックヤードの大物であり、生粋の〝寝業師《ねわざし》〟だ。けっして人前に出るタイプではない。しかし、副社長就任から約一年。決算会見は五度目というこでじつに堂々としたものだ。おそらくは会場の誰よりも年長だが、軽妙な言い回しはそれを感じさせない。

「ええ、たいしたものです」

渡辺は多野木に言う。地位が人を作るというのはあるんだな、と感心する一方、実力者ではあるが〝御庭番《おにわばん》〟の林が表に出てきている現状は、トヨトミの人材不足の表れでもあるのではないか、と勘繰りたくもなる。

「おれは尾張電子に出る前から林さんを知っているが、そこの副会長に上りつめ、同時にトヨトミの相談役になり、今度は副社長で正式にカムバック。すっかり役職も板についた。オデュッセウスも顔負けの帰還劇だよ。歳を取るごとに役職が若返ってるじゃない。七十五になったら部長か課長になるんじゃないの」

多野木が軽口を叩く。腕一本でどこでも食っていける多野木だけにトヨトミにも遠慮がない。豊富な人脈を駆使してトヨトミの内部情報を暴き立てる記事を書くこともある――トヨトミの機嫌を損ねたくない上層部からストップがかかり、ボツになることが多い――し、ときには口さがないことも平気で言う。それでも、トヨトミ関係者との人脈が途切れることがないのは、その批判が、トヨトミにとって有益だとみる内部の情報提供者たちに信頼されているからだろう。

とはいえ、口さがないということでいえば、多野木だけにあらず。トヨトミ担当記者同士が酒を酌み交わせば出るわ出るわ、辛口のネタの数々。トヨトミ社内の権力抗争を皮肉ることもあれば、どの幹部がどこそこの飲み屋のママの尻を追いかけているといった記事にできない「下ネタ」で盛り上がることも多々ある。だが、多野木聡と違うのは、彼らは提灯記事しか書けない、あるいは書くべきことを書かないことだ。

「しかし、数奇な人生だよな」

林に向けてシャッター音が鳴り響く中、多野木がポツリと言った。

「数奇？」

「林さんの人生さ。林さんは賭けに勝ったんだ。統一さんが社長になるタマだなんて、あの強面《こわもて》の武田剛平から三代続いたサラリーマン社長時代には誰も思わなかった。ウチの社内でもそうだったし、トヨトミ内の評価もそうだった。とてもじゃないが社長の器じゃない、せいぜい部長止まりだと言っていたトヨトミ役員をおれは何人も知っている」

まあ、今も社長の器とは思わないけどね。渡辺は統一宅での朝回りのことを思い出して、心の中でつぶやく。

「人がいいだけの世間知らずなお坊ちゃんさ。そんな統一さんがヒラのときから、あの人は世話してきた。いつか偉くなるという大穴の万馬券に賭けて、惣領息子の教育を買って出たのさ。いくら相手が創業本家の長男だからって、なかなかできることじゃない。統一さんが営業部でフローラを売っていたころの上司が林さんだったんだが、営業下手でセールスの成績は〝下の下〟、ほとんど使えない部類だったそうだから、林さんはたいへんだっただろう。大勢の前で何度面罵したかわからないと本人から聞いたことがある。あまりに怒鳴るものだから周囲の人間は林が出世コースから弾き出されると思ったらしいが、かえって信頼してしまうあたり、統一さんは〝筋金入りのお坊ちゃん〟なんだろう」

多野木がこちらを見て茶化すように笑う。

「しかし、その賭けが今まさに実を結んだってわけだ。万馬券ゲットだ。こんな立身出世の物語はお伽話にもないぞ」

林は旧帝大を卒業したエリートではない。福井の寒村で育ち、東大を目指したが、数学が苦手だったせいで二浪しても合格せず、当時二期校だった和歌山の国立大学に進んだと聞いている。そのキャリアからいえばたしかに異例の立身出世である。

「めでたし、めでたし、で終わればいいですけどね」

演壇では、林への質疑応答が続いていた。

「どうかな、おれにはどうも引っかかる」

「何がです？」

「報告会の構成だよ。林さんの独擅場だ。見ろよ、これじゃ統一さんは添え物でしかない」

この日の決算報告は二部構成。第一部は決算報告。第二部で社長の豊臣統一が出てきて、今期以降のトヨトミのビジョンを語るということになっていた。

そのとき、ＮＨＫの記者が挙手し、質問に立った。

「今回から決算報告が二部に分かれました。この理由についてお聞かせ願えればと思います」

タイムリーな質問だ。聞こう。多野木が身を乗り出すと、パイプ椅子が小さく軋《きし》んだ。シャッター音がいっそう激しくなる。

「せっかくみなさんおいでくださっていますし」と言い、一同を見渡す。「私の方針でもありますが、この場ではまずトヨトミがやったことをきちんとお伝えしたい。それは私の役目です。そして」

林は穏やかな表情で、もう一度会場を見回す。

「もうひとつ、やりたいこと、これからやっていくこともご理解いただきたい。こちらは社長のお話を聞いていただくのが一番。こちらは大きな話になります。私の小さな話と混在するのは良くない。これが決算報告を二部制にした理由です」

そのおかげで、こっちは二時間も拘束されるってわけだ。

「どう思う?」

多野木が皮肉っぽく笑いながら聞く。

「一応納得する説明だと思いますけど」

「対マスコミ、対株主にはこれでいい。統一さんの顔も立てた。しかし、おれにはこの会社の実質的な社長は自分であると宣言しているように見える」

二部で予定されている統一の登壇の際にも林は同席する。となると、林だけが通しで演壇に居続けるわけだ。発表を取り仕切っているのも林である。

「地味な人ですからね。自分をメディアにアピールしたいんじゃないですか」

強烈な個性を持つ面々が揃っていた歴代トヨトミの幹部たちと比べると、林は一見して人の印象に残るようなタイプではない。豊臣統一に同行して参加した総理大臣・岸部慎介との会食では、最初から最後まで岸部は林が誰だかわかっていなかったとか。

「それもある」

多野木が含みのある言い方をした。

「それも?」

あくまでも推測だ、と前置きした上で、渡辺に顔を近づけ耳打ちした。

「おそらく、今トヨトミ幹部同士はうまくいっていない。あからさまに諍《いさか》うことはないだろうが、少なくとも何らかの権力闘争が起きているんじゃないか。今のトヨトミの役員人事は相当に恣意的だ。〝お友だち経営〟と言われているのは知っているな？」

多野木の口元に耳を寄せたまま、うなずく。

「統一さんは自分に従順な人間は徹底的に重用するが、意見が合わなかったり、批判的な人間は許さない。結果、統一さんの周りには〝お友だち〟しか残らない。口うるさい豊臣家の分家の連中も、古参の年長役員も、あらかた〝粛清〟は済んだ。人事部は自分たちに危害が及ぶから、必死になって統一さんの意向を忖度して、気に食わない人間を放り出す。そんな上司たちに嫌気がさしたんだろう。トヨトミ人事部では、この一年で中堅社員が一〇人以上辞めている」

いくらトヨトミ内部に情報源を持つ多野木の話とはいえ、にわかには信じられなかった。これが、日本が世界に誇るグローバル企業の真の姿だってのか？

「リーマン・ショックを乗り越えて世界一の自動車企業になったトヨトミに、天下の東大生が国家公務員総合職試験合格を蹴ってまで就職するってのがトヨトミの自慢だったが、入ってみたら根回しと忖度が横行する時代錯誤に愛想を尽かして、彼らの多くが転職を始めた」

驚いて多野木から顔を離し、寝不足でいつも充血してギョロついた目を見つめた。

「次に起こることは簡単だ」

耳に直接吹き込まれる多野木の声色には、明らかに呆れと蔑《さげす》みが滲《にじ》んでいた。

「常務以上の役員連中は競い合うように統一さんの機嫌を伺い、取り入ろうとする。統一さんはラリーが大好きだからね、トヨトミの役員になった人間は必ずC級ドライバーズライセンスを取るんだが、少しでも心証を良くしようと誰よりも早く取ることに心血を注ぐ奴もいるし、専務の笠原さんなどは、マイカーのナンバーと自宅マンションのルームナンバーをトヨトミの創立記念日の『一一〇七』に揃えて、統一さんに〝トヨトミ愛〟をアピールしている。あさはかと言ってしまえばそれまでだが、まあサラリーマンの悲しい性だ。馬鹿げたことに、今のトヨトミはそういう露骨な点数稼ぎが評価されてしまう」

驚いたか、と多野木が言う。驚きなど、とうに通り越していた。

「まともな役員がいないこともないが、どんなに正論でも統一さんに盾突けば首が危ういから口をつぐむ。裸の王様が舵を取る巨大な船の出来上がりだ」

自分に意見する者を許さない船長と、誰も間違いを正さない船員。そんな船の行き先など、馬鹿でもわかる。

「今度は〝お友だち〟同士の蹴落としあいが始まるってわけですか？」

察しがいい、と言う代わりに、多野木が背中を拳で叩く。

「ああ。林さんは役柄的に〝大老〟と呼ばれることもあるが、未熟な天皇の面倒を見るって意味では〝摂政〟というほうが近い。統一さんからすれば何でも話せる爺やだ。だけど、一度機嫌を損ねたら自分もどうなるかわからない。つけこもうとしている役員はたくさんいるさ。まして林さんには役員定年を過ぎた高齢者だっていう弱みがある。寝首をかかれたくなければ公衆の面前に出るに限る、ってな」

飄々とした口調で、こともなげに言う。すごい話だ。まるでどこかの独裁者の国じゃないか。

「だからああして目立って、自分を印象づけようとしている、と考えると筋は通りますね。トヨトミのキーマンは自分だと」

「まあな。しかし、それで出たがりのお坊ちゃん社長がヘソを曲げなければいいが」

そう言った後、多野木は一瞬口ごもり、何か逡巡した。おまえだから教えてやるけど、絶対誰にも漏らすな、とクギを刺す。

「おれのところに情報が入ってる。副社長の寺内さんと林さんはうまくいっていない。

林さんは統一さんの確固たる信頼を得ている〝爺や〟だが、寺内さんは統一さんが役員になる前から部下として尽くしに尽くしてきた〝お小姓〟さ。もともとは実直な技術者だったが、ＩＴ関連の新規事業を担当するようになると、カネを稼いでくる能力がまったくないことがバレてしまった。今じゃ社内で『担当したプロジェクトで一円も稼いだことがない』と揶揄されるほどだが、これと見込んだ人間に仕えて一緒に引き上げてもらう能力は天下一品だ。言ってみれば〝プロ部下〟だ」

多野木は空咳をひとつ吐いて続ける。

「爺やは、稼げないくせに殿様に取り入ってムダ遣いばかりする小姓が気に入らないし、小姓はそんな爺やが煙たくてしかたがない。トヨトミの役員は今、林派と寺内派で真っ二つさ。情けない話だが、役員連中はどっちについたものか困り果ててそこら中で井戸端会議を開いているって話。それをほくそ笑んで見ているのが、人事を一手に握る笠原さんだ。共倒れしてくれればもうけもの。統一さんの後の社長の座が自分のところに転がり込んでくるかもしれない」

爺やと小姓が争っているのを脇で見物して、漁夫の利を得ようとする小役人か。

「しかし、統一さんは何をしているんですか。百年に一度の競争を一致団結して戦っていくと言っているくせに。社内で戦争している場合じゃないでしょう」

こんなときこそ、必要なのは強烈なリーダーシップじゃないのか。

周囲の記者らがいっせいに立ち上がる。第一部が終わったようだ。演壇を見ると、もう林はいなかった。決算発表は二十分間の休憩に入る。多野木はひそひそ話をやめ、大きく伸びをして、ヤニで黄ばんだ歯を剝き出してあくびをする。「さあな」と、あまり関心がなさそうだ。

「こんなくだらんことがまかり通っている会社など言語道断。未来はない、と元社長の武田剛平あたりは言うところだが、話はそう単純じゃない。サラリーマン社長ならたしかに言語道断だ。しかし、今の社長は創業一族の御曹司。おれはこれでいいんじゃないかという気もする」

「なぜ？」

「内部でゴタゴタしているといっても、今のトヨトミでいちばん頼りになるのは林さんだ。統一さんからの信頼度は他の役員連中とは一線を画して、ほとんど経営を任せてる。トヨトミはＥＶや自動運転、コネクテッドの研究開発に向けて組織を効率化しているところだが、それを仕切っているのも林さんだし、最近は人事にも口を出しているときくぜ。長く統一さんの秘書をやっていた藤井勇作さんが最近、アグリバイオ部という農業分野の部署に異動になったんだが、どうやら林さんの逆鱗に触れたらしい。藤井さんはわざわざ統一さんの家の隣にマンションを買って、いつどんなときでもお仕えできるよう万全を期していたのに、今じゃ麦わら帽子をかぶって宮崎のサツマイモ畑で野良仕事だ」

多野木はそこで一度言葉を切り、痰の絡んだ湿っぽい咳をする。

組織の効率化か。トヨトミはあまりに巨大な図体ゆえに、グループ内での無駄がどうしても生じる。複数の場所で同じ仕事が重複し、そうなると複数の場所で行われている同じ開発のそれぞれに資金が投下されるということが起こる。

資金面だけではなく、グループの生産性でも、トヨトミはその規模ゆえの問題を抱えていた。現に、ガソリンエンジン車の変速機を製造するあるサプライヤーが、新製品をトヨトミに売り込んだところ断られたため、別の自動車メーカーに持ち込んだ。その変速機が評判となったためにトヨトミ側担当者がサプライヤーに苦情を言ったところ、「昔売りに行ったけどいらないって言ったじゃないですか」と返されてすごすご引き下がるという〝珍事件〟も起きている。

「あとは林さんの話したとおり。この後、統一さんが出てきて、トヨトミのビジョンを話すだろうが、どうせEVだのコネクテッドだの自動運転だのという話だろう。そんなもの、ちょっと業界を知っていれば誰でも話せるようなことさ」

それでも大トヨトミの御曹司社長が話せば、誰もがありがたがるってわけか。大した新興宗教だ。

「言葉は悪いが、統一さんの価値はそこにある、いや、そこにしかない。経営はまわりの人間にやらせて、パンダに徹してもらったほうがいい。適材適所だ」

適材適所は、つねづね統一自身が組織論として口にしていることである。社内きっての皮肉屋、多野木の面目躍如だ。

「実務なら代わりはいくらでもいる。しかし、見世物パンダとして統一さんより価値のある人間はいないってことですか、それっていくらなんでも……」

いくらなんでも、悲しすぎやしないか。それが豊臣本家嫡男の役割って。

「効率的な統治じゃないか」

悪びれもしない。

渡辺の頭に浮かぶのは、一九九〇年代後半にトヨトミ内部を震撼させた、持ち株会社化構想である。時の社長、武田剛平が社内に極秘研究会を設立し、トヨトミ自動車の「所有と経営の分離」を成し遂げようとした。つまり、創業一族である豊臣家を経営から引き剝がし、いわば「天皇」のような企業の象徴の位置に据え置こうとしたのである。

これに激怒したのが時の会長、統一の父である豊臣新太郎である。自らその能力を高く買って自分の後継に指名した武田に謀反を起こされたのだから当然だ。ここで生まれた二人の確執によって、武田剛平は社長の座を退《しりぞ》き、同時にトヨトミの持ち株会社化もお流れとなった。

せっかく持ち株会社化を潰して豊臣家が「お飾り」を拒否し、三代続いたサラリーマン社長から政権を奪還したのに、統一さんはお飾りになってしまった。それを本人はわかっているのだろうか？

「林さんは切れ者だ」

多野木の目に、こちらを射すくめるような光が宿る。

「尾張電子にいたころから時間をかけて地ならしして、統一さんを飼いならし、統一さんは自分と意見の合わない人間を次々と外に放り出すようになった」

一瞬、頭が混乱する。統一が邪魔な人間を排除するのは、林の思惑どおりってことなのか？

「極めつきは分家の人間だ。なかには問題のある人物もいるが、〝トヨトミ中興の祖〟といわれた史郎《しろう》さんや、去年の暮れに亡くなったばかりの芳夫さんといった社長経験者に限らず、豊臣家の分家には優秀な人間が多い。本家筋の勝一郎さんや新太郎さんが社長をやっていたときに、経営のチェック機能を果たしていたのは分家の人間さ。勝一郎さんも新太郎さんも煩わしかったろうが、健全な批判の有用性をわかっていたから何も言わなかった。ところが、統一さんはそうじゃない。批判されることに耐えられない。だから分家の連中を遠ざけたくてしかたないし、そもそも分家を軽視している」

そのとき、多野木の顔がふっとゆるむ。

「先月、芳夫さんの告別式があってな。多少面識があったからおれも参列したんだが、統一さんは途中何度もあくびを噛み殺していたよ。先輩社長の弔いだってのになあ。しかも、自分の叔父だぞ。おれは見ていないが、献花のときに、白い菊の花をひょいとほうり投げたのを見たという奴もいた。まあ、分家筋が言ってたことだから、タメにする話かもしれないが、統一さんの冷たい態度を分家がどう思っているかが伝わってくるじゃないか。だからますます統一さんは、分家に口出しされるのが嫌になるんだろう。告別式の司会者が弔電を祝電と読み間違えるとんでもないミスをやらかしたんだが、何から何まで暗示的だよ」

こういうところに人間の本性が出るな、と渡辺は思う。口さがない多野木の話だが、いかにもありそうな話ではある。ところでな、と多野木は続けた。

「分家の人間がいちばん反対したのが林さんを副社長にした人事だ。もともと林さんは本家分家問わず豊臣家の面々からの評価は低かった。新太郎さんもあの人事には大反対だったと聞いた」

「博芳《ひろよし》さんの件もありましたからね」

実は、林と豊臣家の分家の間には因縁がある。豊臣芳夫の息子で統一のいとこにあたる人物に、豊臣博芳という、分家の中でも抜きん出て優秀な人物がいる。大学卒業後、豊臣家と繫がりの深い財閥系の総合商社「三京物産」に入社。堪能な語学力を生かしてアメリカで精密機器の輸出事業を成功させるなど、将来を嘱望されていたが、かつてアメリカの金融機関で働いていた統一がトヨトミに入社したように、彼も三十八歳の春に一族のもとに戻る決断を下した。二〇〇一年のことである。

表立って口に出されることはなかったが、ビジネスマンとしての能力でいえば、この博芳、統一より二ランクも三ランクも上、そもそもの頭の出来が違うというのが一族の一致した評価だった。博芳をどこに入れるかで、豊臣一族で侃《かん》侃《かん》諤《がく》諤《がく》の議論が交わされたのち、彼はグループにとって極めて重要な位置づけにある尾張電子に入社することとなった。

その後も順調に出世街道を歩み、入社から七年で常務に昇進。社長の座が視野に入り始めた博芳のキャリアに暗雲がただよいはじめたのは二〇〇九年、統一がトヨトミ自動車の社長に就任したころである。女性関係の醜聞や経費の不正流用など、博芳にまつわるよからぬ噂が尾張電子社内に出回るようになった。

「博芳さんには何度か会ったことがあるが、実直を絵にかいたような人物。そういう不正をする人間には思えなかったよ」と多野木が言う。

真偽不明の悪評の出どころではないかとささやかれたのが、当時尾張電子で副社長を務めていた林公平である。トヨトミ・グループのトップの座に就いた統一にとって、分家の秀才である博芳は目の上のたんこぶである。自分の立場をいずれ脅かす可能性があるばかりか、息子の豊臣翔太《しょうた》に社長の座を継承する際の障害にもなりかねない。それを危惧した統一が、子飼いの林を使い、博芳の追い出し工作を図ったのでは、という憶測は今でもよく記者の間で話題になる。そして、林にとっても、切れ者の博芳は自分の立場を脅かす存在であった。二人の利害は一致する。

「噂の出どころが林さんだったのかは今となってはわからん。ただ、林さんが博芳さんにパワーハラスメントをはたらいていたって証言はいくつもある。カネ回りを握っているのをいいことに、博芳さんの出張交通費の経費申請を難癖つけて通さなかったりとかな」

結局、博芳は精神面に不調をきたし、東京にある尾張電子の子会社『尾張電子セールス』に出向、今ではそこの顧問となっている。とてもではないが、一族きっての逸才が落ち着く場所とはいえない。東京に家族を残し、名古屋に単身赴任していた博芳に対して林が言い放った「博芳くん、顔色が悪いな。東京に戻ってカミさんの手作りのメシを食ったら良くなるんじゃないか」というひと言を知った豊臣分家の面々は、あたかも温情を示すかのような装いで実際は引導を渡す、林という人間の狡猾《こうかつ》さがよくわかったと激怒したという。

「統一さんにとって邪魔な人間は、トヨトミ自動車に返り咲こうとしていた林さんにとっても邪魔な人間だ。だとすると、統一さんへの反対分子を一掃し、口うるさい豊臣の分家を遠ざけることで利益を得たのは、実は林さんだと思わないか？　邪魔者が消えた今となっては、自分が操縦する統一さんを使って、好きなようにトヨトミを切り回せるわけだから」

言葉がない。なんて顔してんだよ、と多野木が笑う。

「まあ、与太話だと思え。さすがにおれも確証があって言っているわけじゃない。本当に裏で糸を引いているのが林さんだったらすごいけどな」

そう言い残すと、多野木は席を立ち、ふらりとどこかに行ってしまった。

残された渡辺は長身を折りたたむように前かがみにパイプ椅子にかけながら、身じろぎもできなかった。頭の中では今聞いたばかりの話がぐるぐる渦を巻いている。これがトヨトミで統一さんの上司だったころから、林が密かに描いていた絵だったとしたら……。もしそうだとしたらすさまじい執念である。寒気がする。しかし、現にあらゆるものが林の手の中に入りつつあるのだ。

第二部でも、豊臣統一から全幅の信頼を受けた、実権を握る副社長・林公平を印象づける一幕があった。

多野木の予見したとおり、演壇に上がった豊臣統一のプレゼンテーションは、ＥＶ

シフトや自動運転、コネクテッドなど、自動車業界を取り巻く新しい潮流にいかに対処していくかという、何度も繰り返し聞かされた話の焼き直しである。

　発表後の質疑応答では、報道陣の一人からトヨトミ首脳陣に、ＥＶのコア・セクターであるモーターについての技術的な質問が飛んだ。まずそれに答えようとしたのは統一だったが、必要な用語が思い出せなかったのか口ごもった。その間、二秒ほど。それを見守っていた林が厳かな口調で助け舟を出す。

「ではここは〝元・官房長官〟からお答えさせていただきます」

　元・官房長官と呼ばれたのは、統一をはさんで林の逆側に座っていた、先進技術開発部門のトップである副社長の照市茂彦である。技術畑のトップということで、質問への回答はスムーズに行われたが、記者らをざわつかせたのはその回答ではなく、林が照市のことを「元・官房長官」と呼んだことだった。

　かつてはキングの開発にも携わったエース・エンジニアであり、トヨトミの頼みの綱である北米市場での陣頭指揮を任されてきた照市は、ただの技術バカではなく、マネジメントにも長《た》け人望も厚い。歴史的に技術者へのリスペクトが強いトヨトミのなかでも「豊臣新太郎以来のエンジニア畑からの社長」になるのではないかと目され、「ポスト豊臣統一」の有力候補とも噂されてきた人物である。

　だが、状況は一変する。技術屋の照市は、林が副社長に就任して以降はどんどん存在感が薄れていった。本社の個室はなくなり、技術管理棟に引っ込んで、研究開発に専念。社内政治からはじき出されたとも、嫌気がさして自ら距離を置いたともいわれていた。

かつては上司と部下、統一が社長に就任してからは相談役、そして今は副社長として、統一の信頼と自身の権勢を築くべく統一に取り入ってきた林の「元・官房長官」の一言は、林から照市への勝利宣言ではないかと噂された。つまり、「今の官房長官は自分である」ということである。照市が、林の〝軽口〟に顔色一つ変えることなく記者の質問に答えたことが、その噂が真実であることを裏付けるようであった。

「老いてなお盛ん、か。大した権力欲だ。恐れ入ったよ。官房長官ってのは控えめな言い方だと思うよ。実際は陰の社長なんだから」

多野木はそう捨て台詞を残して、名古屋に帰っていった。

＊
＊

白と黒のクルマが、静かに周回コースを走っている。時速六〇キロほど。「白」は速度を一定に保ち、「黒」は直線に入ると時速九〇キロまで上げ、逆にカーブでは大きく速度を落とし二〇キロほどになる。どちらのクルマもボディーの形状はプロメテウスのものだが、ナンバープレートはついていない。

一周約三キロの周回コースの内側には距離が短くカーブのきつい周回路がもう一本。さらにはコーナリング性能テストに使うスキッドパッドと呼ばれる旋回コース、蛇行路、急坂コースなどが揃った、静岡県裾野市にあるトヨトミ自動車の先進技術開発テストコースである。

コース脇の四階建ピットビルの最上階の管制室。タブレットを片手に走行データを取る電池生産技術開発部主査の岩波一宣《いわなみかずのぶ》、先進技術開発担当副社長の照市茂彦、サプライヤー企業数社の担当者、そしてトヨトミ社長の豊臣統一が、固唾《かたず》を呑んで二台のクルマを見守っている。なかでも額に汗を滲ませ、祈るように見つめているのは岩波と、電機大手ソニックエイドの担当者である。この日、トヨトミがかねてから開発を進めてきた、固体電解質を使った新型電池を搭載したＥＶ車両の初めての走行テストが行われていた。

「窓を」

統一が言うと、傍らに控えていた秘書の北岡良平《きたおかりょうへい》が室内両隅の滑り出し窓のレバーを回し、風を入れる。二台のクルマの走行音は、敷地のすぐ脇を走る東名高速道路の騒音に掻き消され、ここからは聞こえない。

北岡はトヨトミ本社の玄関前で起きた暴漢事件で更迭された藤井勇作の後任として統一の秘書となった。実は北岡は日商新聞からトヨトミに出向してきている元・トヨトミ担当の記者だ。この「交流人事」の発案者は林公平である。

「ふだんから取材をしていただいているマスメディアの方にもっとトヨトミのことを知ってほしい」というトヨトミ側の言い分を信じたわけでもないだろうが、日商新聞は名古屋支社のトヨトミ自動車担当デスクで、かねてから統一お気に入りの記者・北岡を送り込んできた。

企業取材をする記者を対象企業に出向させるなど言語道断、新聞ジャーナリズムの自殺行為だと、日商の社内で強い反発があったと聞いているが、林が面会した日商新聞会長の「ツルの一声」でこの交流人事は断行されたという。

北岡は日商にいたころから、こちらの発表をそのまま書いてくれる御しやすい記者で、朝回りでも警戒することなく話をすることができた。今日の新型電池のテストは企業秘密のなかでもトップクラスの企業秘密だが、いまや「身内」となった北岡から外に漏れることはない。

「五〇周！」

岩波が声を張り上げて伝える。安堵と不安がない交ぜになった、うわずった声である。室内の大型モニターには周回コースの数ヵ所に据え付けられた定点カメラからの映像が映し出されている。今のところ両車両に変化はない。

これで一五〇キロ。順調だ。今日の目標は四〇〇キロ。無事到達できるとしたら、あと四時間である。

まったく厄介なことだ。自動車のEVシフトなど来ないに越したことはない。そもそも、EVだ、環境だ、と騒ぎだしたのは、アメリカでも欧州でもない、共産主義の仮面をかぶったまま資本主義の牙を剝く虎となった中国だ。ガソリンエンジン車では百年かかっても欧米や日本に追いつけないとみた〝中国共産党の総本山〟である中南海《ちゅうなんかい》の高官に、中国の市場占有を狙うヤマト自動車のカール・ゴンザレス会長が、ならばゲームチェンジして電気自動車で勝負に出ては、と囁いたことから始まったことだ。

来るぞ来るぞとマスコミは煽るが、今のところEVシフトの波は本格的には来ていない。世界の自動車販売台数に占めるEV車の割合を見ても、まだわずか数パーセントである。いずれ必ず来るのだろうが、いつ来るかわからない。まるで大地震か津波のようだ。そのおかげで現在の主力であるガソリンエンジン車にEVに、とあちこちに目を配って開発を進めなければならない。

しかし、「EVシフトはまだ先」とタカをくくって受身になることほどリスキーなことはない。EVシフトの波に対応するのではなく、トヨトミこそがEVシフトを引き起こすトリガーになるべきなのだ。

もとよりハイブリッド車でのノウハウを持つトヨトミにとって、ガソリンエンジンでなくモーターで駆動するパワートレインの開発はさして難しいことではない。それだけに、最大の課題であるバッテリーをいかに強力で持続力のあるものにするかに、この数年間心血を注いできた。一にも二にも電池。電池で主導権を取れればEVで勝てるというのは、トヨトミ首脳に限らず、世界中の自動車メーカーが考えていることである。それゆえ、西で新素材の研究が始まったと聞けばトヨトミの担当者はすかさず研究者に会いに行き、東で航続距離が延びたと聞けば様子を探りにいく。関係者の眠れぬ日々は続く。

「五五周。いい感じです」

今度は照市が周回数を告げる。

「最後まで見られないのが残念だよ」

このまま見ていたいが、午後一番でアメリカ出張が入っている。中部国際空港セントレアから社用機でサンノゼへ。行き先はシリコンバレーである。交渉が大詰めを迎えている「G・VID」の買収で、前線で条件折衝をしているトヨトミ自動車北米社長のジム・ライスを助太刀するためである。

「G・VID」は画像処理用の半導体の設計で世界最先端の技術を持つベンチャー企業。ここの技術をモノにすることで、処理速度の速いシミュレーションのソフトウエアを作ることができ、トヨトミが喉から手が出るほど欲してきたMBD（モデルベース開発）を本格的に導入できることになる。ライスには、カネはいくら積んでもいいと伝えていた。この買収だけは、どれほどの犠牲を払っても成功させなければならなかった。

途中で立ち去らなければならないのは残念だが、空の上で朗報を聞けばいい。

トヨトミにとって、ＥＶ開発の「切り札」がこの日テストしていた新型電池である。

現在ＥＶで使われているのは、電解質に液体が使われているタイプのバッテリーだが、電解液には液漏れのリスクや劣化の問題がつきまとう。さらには設計上のバリエーションが著しく限られる、大衆車価格での販売を想定すると航続時間が短くなる、充電に時間がかかるなど、いくつかの欠点がある。

今回の新型電池は、この電解質に液体ではなく固体を使う、「全固体電池」と呼ばれるものだ。これにより既存の電池が抱えていた「液漏れリスク」や「設計の自由度」「充電時間」の問題は解決することになるが、固体電解質の素材も量産技術もいまだ確立していない。

安全かつ小さな容量で大きな出力を得られる素材を見定め、いかに低コストで大量生産するシステムを構築していくかが、トヨトミの目下の課題である。

全固体電池を開発しているのはトヨトミだけではない。いち早くこの電池の高出力化、量産化を成し遂げた場合に得られる果実はあまりに魅力的だ。自社製品がＥＶ車載電池のスタンダードになれば、世界中の自動車メーカーが採用するのだから。

この究極の先行者利益を狙って、国内外問わず全固体電池開発に乗り出す企業は後を絶たない。

とにかく、一日でも早く全固体電池の実用化を。この開発競争で負ければ、少なくとも十年はバッテリー開発での技術的優位を失うことになる。統一はつねづね技術開発担当の照市や素材調達担当の役員に発破をかけてきた。

しかし、不安材料がある。現在、車載バッテリー生産では中国メーカーの台頭がいちじるしい。とくに、福安新時代能源科技（ＦＮＴＬ）は二〇一一年の設立以降、中国政府の優遇措置もあってまたたく間に販売シェアを伸ばし、二〇一七年には日本企業のソニックエイドを抜いて電池出荷量で世界一に躍り出た。車載電池企業が一〇〇社以上乱立する中国の中でも頭二つほど抜けた存在である。

そのＦＮＴＬもまた新たな電池として全固体電池開発を進めている。メインテーマはトヨトミと同じ、安全で出力の高い素材の見定めと、量産技術の確立である。このＦＮＴＬ製全固体電池が実用化に向けた最終テストに入ったという情報が現地のトヨトミスタッフから伝えられたのは、先週のことだった。

「六〇周です」

サーキットサイドに詰めた技術陣が吐く白い息が見える。みなナッパ服にヘルメットという出で立ちである。厳寒の二月、それも午前だというのに、誰も寒そうにして

ているようだ。

いるものはいない。統一自らがテストを視察するということで、いつもより熱を帯び

「頼む、このまま行ってくれ」

祈るように手を合わせているのは、モーターの出力制御システムを供給する尾張電子の担当者である。バッテリーのテストが自社のモーター部品の不具合で不発に終わったら目も当てられない。祈りたくなるのも当然だ。

強力なバッテリーが不可欠なのは間違いないが、高出力のバッテリーを積んだからいいクルマになるというわけではない。部品点数が三万点を超える内燃機関のガソリンエンジン車とくらべて構造が単純化されるため、「おもちゃのミニ四駆と同じ」などといわれるが、とんでもない。出力系統の制御、バッテリーの劣化防止、構造の単純さゆえのドライバビリティの差別化など、課題の数は無限にあるといっていい。

「七〇周！　二一〇キロです」

岩波が再び叫ぶ。

社長、そろそろ、と北岡が耳打ちする。

腕時計で時間を見る。十二時少し前。しかし、もう少し見ていたい。

「もう五分だけ見よう」

北岡は管制室の時計にちらりと目をやり、うなずいた。そのとき、照市が窓に歩み

寄って目を凝らした。

「し、白が……！」

その声に、管制室の空気が一変する。走行中の二台のうち「白」の挙動が明らかにおかしい。ややスピードを落としてカーブを曲がり、ピットビル脇を通る直線に入っても速度が上がらず、逆に弱々しく減速しはじめた。そしてそのまま直線の途中でストップ。テスト・ドライバーはしばらくシートの足元や計器を繰り返し確認していたようだが、やがて車外に出てこちらに黄色い旗を振った。コース脇に控えていた技術者たちが駆け寄っていく。

「こっちもダメだ」

モニターで黒を追っていた技術陣の一人が喚《わめ》く。泣き出しそうな声だ。すぐに黒も止まってしまう。落胆の重苦しい空気が管制室に沈殿する。トヨトミの技術陣もサプライヤーから来た担当者も、新車種開発の産みの苦しみを知り尽くした面々である。はじめから目覚ましい結果を期待するほど楽天家ではない。しかし、事前の見込みを大きく下回る結果はやはりこたえるのだろう。腕を組んだまま険しい顔でサーキットを見つめる者、管制室中央で、計測器やＰＣ端末が置かれた大きなデスクに向かい、椅子に腰かけて気まずそうにハンカチで額を拭う者、思い思いに内心の焦りや落胆を消化しようとしている。

誰も彼も、息を呑んで統一の反応を注視している。みんな、次はこんな結果にならないように、今日の結果を肥やしとしてひとつがんばろうじゃないか、と音頭を取ってこの場を鼓舞する人間はおらず、誰もが統一が何か言うのを待っている。こんなとき、どんな言葉をかければいいか、社長になって十年近く経つが今でもわからない。技術者だった父、新太郎や祖父の勝一郎はどうしていたのだろうか。

みんな、と統一は一同に向き直った。

「残念だったけど、また次がんばりましょう。期待しています。大事なのはバッターボックスに立ち続けること。ホームランを狙った空振り三振はいいじゃないですか」

一同を一人ずつ見回していく。おかしい。みなを勇気づけようと思って言った言葉だったが、ええ、はい、とか小声で答えるのはまだいいほうで、的外れな言葉にどう応じていいのかわからないといった様子でみなきょとんとしている。おれは変なことを言ったか？　そんなことはないはずだ。このフレーズはメディアでも受けがいい。われながらいい喩《たと》えだと思っている。

なぜこいつらは奮い立たないのか。落胆の気持ちを我慢して、精一杯寛大な言葉をかけてやっているのに。なんで、みんな、おれが頓珍漢《とんちんかん》なことを言ったかのような表情を浮かべているのか。どす黒い怒りが湧いてくる。そもそも、失敗したのはおまえたちだろう？

「次、期待しているから」

荒れ狂いそうになる心を抑えてなんとか声を絞り出し、ピットビルを後にしようと踵を返すと、スラックスのポケットの中で携帯電話が震えた。

「G‐VIDが事業売却を白紙に戻したいと言ってきました」

電話の主は、G‐VIDと交渉を進めていたジム・ライスだった。米国自動車ビッグスリーの一角、ウォードで鍛え上げられた交渉能力と政財界への広い人脈、自らクルマを運転してトヨトミディーラーを回るフットワークの軽さを併せ持つ、「北米トヨトミの切り札」である。

自分の顔がみるみる真っ赤に染まっていくのがわかる。いまさら何を言っているんだ、もうほとんど話が決まりかけていたじゃないか。

「バカな！」

周囲の人間がギョッとしてこちらを見る。しかしそんなことを気にしていられなかった。どういうことだ！　説明しろ！　と思わず怒鳴ると、トウイチ、驚かないで聞いてください、と電話口の向こうの声が告げた。

「ジム、何が起きたんだ。説明してくれ」

必死で気持ちを落ち着かせて問う。

ライスは淡々と事実を告げた。買収に競合が現れた。G‐VID首脳はそちらへの事業売却を真剣に考え始めている。買収の条件にはそう差はない。しかし……。

「自動車メーカーはどうせ落ち目だ。倒れる巨人を支える力はわれわれにはない。売却するなら未来ある企業に売りたい、とＣＥＯのフレッド・ジェフリーズは悪びれもせず言ったよ。名前は出さなかったが買収に名乗りを上げたのは航空・宇宙開発関係の企業だと思う」

視界がブラックアウトするほどの怒りを感じた。

自動車メーカーは落ち目だと？　許せない、断じて。

「待ってくれ。私がそちらに飛ぶ。ネゴシエーションの場が明後日セットされていたはずだ」

ライスがため息をつくのがわかった。

「トウイチ、それはリスケだ。Ｇ‐ＶＩＤは、実際はほとんど相手方に傾いている。きびしいかもしれない」

そう言って、電話は切れた。周囲のメンバーは固唾を呑んで見守っている。ぐっと息をこらえ、怒りを圧しとどめようとしたが、できそうになかった。見苦しい姿を見せないために、管制室を後にした。一人になりたかった。

浜名湖沿岸のゆるやかなカーブが心地いい。静岡県道三一〇号線。浜名湖と奥浜名湖に挟まれた半島状の蛇行路を、トヨトミのセダン『シラヌイ』は軽快に走り抜けていく。ハンドルを左右に切るたびに後部座席に座る父・新太郎の呻《うめ》きのような呼吸音が聞こえる。

＊　＊

四月の中旬、週末を名古屋市内の自宅で過ごしていた統一のもとを、ヘルパーに車椅子を押された新太郎が朝早く訪ねてきた。久しぶりにどこかいこうじゃないかと統一を誘う。

同じ敷地内に住んではいるが、邸宅はそれぞれ別である。ふだんは新太郎と顔を合わせることは稀だ。社員時代に住んでいたマンションから役員就任時に移り住むと、会社で毎日顔を合わせていることもあって互いの邸宅を行き来することはあまりなく、社長に就任してからは輪をかけて疎遠になった。

会って話せば、トヨトミの元社長として今の経営について一言言わずにはいられないのはわかっていたし、ましてこちらから訪ねていくと何か悩みがあるのかと勘ぐられそうだった。新太郎のほうもそんな統一の気持ちを察してか、あまり近づいてこない。新太郎が自分の息のかかった役員を通じて統一の携帯電話を調べさせていた一件以降、前にも増して父を遠ざけるようになっていたが、そうなると親族一同が自分の経営手法に不満を持っているように思え、今では本家、分家が一堂に会する一族の集まりにも顔を出していない。

数年前に脳梗塞を患ってからその後の病状を聞くのはもっぱら妻の清美からだったが、車椅子に乗っている分には外出に支障はないようだ。頭ははっきりしているし、食欲も旺盛。ときには酒も飲む。

「このクルマ、アメリカでコケたって？」

フロントミラー越しに後部座席のしゃがれ声の主を見た。ツイード地のジャケットにピンストライプのシャツ。白髪頭にはボルサリーノが乗っている。二月に九十四歳になった父の言葉は聞き取りにくいが、何を言ったのかはすぐにわかる。

出かける段になり、トヨトミ車が全車種そろっている統一宅の車庫から、これがいい、と新太郎が選んだのが、フローラやプロメテウスと並ぶ、トヨトミの世界戦略の肝《きも》となる高級セダン『シラヌイ』だった。

「パワーがあって、コーナリング性能も抜群だ。いいクルマなのになあ」

誰に言うでもなく、新太郎は窓の外の湖のほうを見てつぶやいた。

たしかに、これまで北米で圧倒的に売れてきたシラヌイの人気に、昨年の後半から翳りが見えていた。今年に入っても売り上げ回復の兆しは見えず、北米市場での販売体制の見直しが急務である。

「すぐに立ち直りますよ」

虚勢だ。新太郎もそれをわかっているのか、それ以上のことは言わなかった。

名古屋から高速を使って一時間半。静岡県湖西市。どこに行こうという目的もなく出発してここに来てしまうということは、やはりおれは気弱になっているのかもしれない、と遠くの山並みにわずかに残った桜を見ながら統一は思った。

気弱になっているだけじゃない、おれは自暴自棄にもなりかけている。すべてがうまくいっていない。シラヌイの人気凋落だけではない。遅々として進まないEV開発。フレッド・ジェフリーズの翻意による重要な買収の頓挫。どれも、心に重くのしかかる懸念事項だ。とくに買収の失敗には、シリコンバレーのIT企業が自動車メーカーを軽視しているどころか、淘汰されゆく存在だとみなしている事実を突きつけられた。いいクルマを一円でも安く、というトヨトミ自動車の創業以来の理念を否定された気がした。こんな話を新太郎にしたら激怒するだろう。今度は脳の血管が切れるかもしれない。

しかし、それだけならここまで気持ちが塞ぐことはなかっただろう。もっと辛いことがあった。

内海加奈子が死んだ。

つい先週のことだ。都内の自宅マンションで加奈子がすでに死亡した状態で発見された。事件性はなく、病死。警察が薬物の過剰摂取の可能性を調べていると聞くと「バカなことを言うなっ」と思わず声が出た。数日前から風邪で体調を崩し、寝込んでいたことまでは知っていたからだ。嘔吐物を喉に詰まらせての窒息死だった。統一は全身から力が抜けていくような喪失感に、しばらく動くことができなかった。

「太助爺さんのところは、後でいいな」

「はい、先に食事にしましょう」

元社長として接していいのか、父として接していいのかわからず、妙に丁寧語まじりの返答になってしまった。会話は弾まなかった。

浜名湖を望む静岡県湖西市は、豊臣家発祥の地である。トヨトミ・グループ創始者の豊臣太助が暮らした家は、その裏山とともに「豊臣太助記念館」として保存され、近くには名古屋にあるのとは別に一族の墓もある。

口数少ない新太郎が何を考えているのかわからない。まるで、ハンドルを任せれば息子がここに向かうのがわかっていたかのようだった。

浜名湖の湖畔を反時計回りに走っていた統一は、左手に湖を一望できるポイントに出ると、右手の山の斜面にシラヌイを走らせる。この山の峠の中ほどに、豊臣家が家族行事の際に利用する瀟洒《しょうしゃ》なヴィラがある。

たしかにパワーのあるクルマだ。険しい山道だからといってアクセルを踏み込みすぎると怖いほどスピードが出る。足回りもしっかりしている。公道では能力を持て余している感じすらするが、このゆとりが心地よい。

「何年になった」

ヴィラに入っているフレンチレストランのワインセラーを覗きながら、新太郎が車椅子を押す統一のほうを振り向いて言った。

え？　何年って、社長になって何年ということ？

「九年です」

心がざわつく。どういうことだ。もう十分にやっただろうということだろうか？

「おれは十一年。史郎さんは十五年。まだまだひよっこだ。おい、お兄ちゃん」

新太郎にかかっては高級フレンチのソムリエも居酒屋の店員も同じである。

「ワインをいただこう。ロマネ・コンティの百五十一年ものはあるかい？」

そんなものがあるわけがない。あったとしても、ほとんど〝酢〟になってしまっているはずだ。呆けが始まったのだろうか。ソムリエも新太郎が冗談で言っているのか本気なのかわからず、困惑した顔で申し訳ございません、そんなに古いのは、と口ごもった。

「ふむ、じゃあ一九三六年のワインは？」

目深に被ったボルサリーノの鍔《つば》を引き上げて、下からねめあげる。老人とはいえ、鋭い眼光には迫力がある。

少々お待ちくださいと一度下がったソムリエだったが、すぐに戻ってくると、それならございます、シャトー・ムートン・ロートシルトの八十二年ものが、と言って一本の古びたボトルを差し出した。

「よろしい。開けてもらおうか」

新太郎は満足げにうなずいた。

レストランの大窓からは、浜名湖が一望できる。晴れわたり、遠くに遊覧船とヨットが何隻か。まだ午前とあって、レストランに人気はない。ヴィラのスタッフもあまりに早い来客に当惑しているのがわかる。顔のきく新太郎でなければ入れてもらえなかったかもしれない。

「悪いが、一人で飲《や》らせてもらうよ」

そう言うとグラスを傾け、物思いに耽りながら口をつける。手持ちぶさたになり、外を眺めるしかなかった。

「ワインはいいな。古けりゃ古いほどありがたがってくれる」

誰に言うともなしに、新太郎が言う。

「一九三六年、トヨトミ自動車創業の年のワインですか」

そう言ってふと思い当たる。「百五十一年もののワイン」という突拍子もないリクエストは、もしかしてトヨトミ・グループの始祖・豊臣太助の生まれた年を指していたのではないか。

老人はごろりと喉を鳴らす。

「おまえもどうだ、一口」

トヨトミの社長が飲酒運転などシャレにならない。慌てて断る。

ところが、と新太郎はワイングラスに落としていた視線を上げ、こちらを見据える。

「だが会社は違う。社屋が古いのはいいが、中身が古くなると世間に見捨てられる」

チクリと刺す棘を感じる。話が見えない。

「中身が腐らないために一番いいのは新しい血を入れることと、衝突だ。出自も考えも違う人間同士があぁでもない、こうでもないと侃侃諤諤。すると不思議と組織は古びないんだな」

「トヨトミの文化です。今も生きていますよ」

そう言ったが何の反応もなかった。

そもそもおれに話しているのだろうか。独り言のようでもある。

「親父の勝一郎もそうだったぞ、工員とまったく同じ立場に立って議論した。白熱した工員と怒鳴りあいになったもんだ。ケンカ寸前なんてもんじゃない。ケンカだよ。

ところがなあ、みんな生き生きしているんだ。あれほど言い合った後に笑って酒が飲める。若いころは不思議だったよ」

その手の話は、トヨトミに入社したときから、いや、幼いころから耳にタコができるほど聞いてきた。おれの経営に言いたいことがあるならはっきり言えばいい。

「何が言いたいんです？」

気色ばんだ声になっていた。

「いいか、統一」

ゆっくりと、しかしかすれつつも重厚な声は、統一と新太郎だけの空間を静かに満たすようだ。

「ただでさえトヨトミの一族経営への世間の目はきびしい。崇《あが》め立ててくれるのは結果が出ているうちだ。結果が出なくなったとたん、不振の原因は一族経営にあり、ということになる。わかっているだろうな」

業績が悪いわけではない、と反論したかったができない。トヨトミは業績が悪いわけではない。かといって、今後良くなる見込みもない。

「統一っ！」

九十過ぎの老人とは思えない怒号が飛ぶ。

はいっ、と思わず背筋が伸びる。

「わかっています」

「もうやめておくか」

うってかわり、その声色からはトヨトミの元社長としての威厳が消えていた。子どものころに聞いていた、父の声だ。父は息子がこれ以上社長を続けるのは無理だと言っている。

屈辱に身体が震えるのがわかる。膝の上で拳を握り締める。しっかりしろと叱咤されるなら、まだいい。しかし、同情され、リング脇からタオルを投げ入れられることだけは耐えられない。

「いやですっ」

思わず父の顔を睨みつける。父もまた、子の顔を見据えた。たっぷり三呼吸分、睨み合う父は目に力を保ったまま言う。

「EV開発は低空飛行、自動運転はいつ芽が出るやも知れない種子を蒔いたばかり。このままじゃ、この二つでブレイクスルーが起きたときにトヨトミ自動車の崩壊が始まるぞ。〝ガソリン車時代の帝王〟として、過去の遺物になり、やがて忘れ去られていくだろう。そうなる前に辞めておいたほうが賢明だ。おれはもう長くないだろうが、自分の息子がトヨトミを潰す姿は見たくない。太助じいさんにも親父にも申し訳が立たない」

一瞬、本当に辞めてやろうかという気持ちがよぎった。社長として九年間、それなりにやってきた。リーマン・ショックもリコールも、創業本家出身の自分が矢面《やおもて》に立たなければ乗り切れなかっただろう。もう十分じゃないか。しかし、今このタイミングで辞任したら、トヨトミは大混乱に陥るだろう。進むも地獄、去るも地獄、それなら選ぶべきはどちらだろうか。

「業界の競争はまだどこも決め手に欠きます。たしかにトヨトミは遅れましたが、ギブアップするには早すぎます。それこそ自動車王国アメリカに挑んで追いつき、追い越したトヨトミの精神に反する。やらせてください」

「勝てるのか？」

ぽっ、と腹に力が宿った気がした。勝てる、勝ってみせる。

新太郎の口元がゆるむ。よろしい、と純白のテーブルクロスの上のチーズの皿に目をやり、フォークでひと欠片《かけら》口に運んだ。

「ならば、使用人どもをまとめろ。今の役員どもは私心にまみれておる。誰も彼も忠臣のような顔をして、自分のことしか考えておらん」

思わず新太郎の顔を見据えた。なぜ、現役を退いた新太郎がトヨトミ上層部のことをそこまで知っているのだろうか？

「とくに寺内と笠原、それと林。擦り寄ってくる奴には注意しろ、おまえのような立場の人間に腹蔵なく近づいてくる人間はいない、と子どものころから口を酸っぱくして言ってきたはずだ。おまえはそれだけはわかっていると思っていたが」

「人事は人事部に任せています。問題がある人間は最初から弾いていますし、もし私が問題があると見なしたら人選を変えさせています」

「それがいかん」

新太郎はぴしりと言い放つ。

「おまえには人を見る目がない。徹底的に、ない」

なんだと？

「すべて自分でやるか。もしくはすべて任せるかだ。中途半端に口を出すから部下が勝手に気を回す。忖度人事が横行すれば組織は傾くぞ」

気づけば、さっきから料理にまったく口をつけていない。喉も渇いている、が何も口にする気が起きない。

いいか、統一、と父は噛んで含めるように言った。

「リーダーシップ、いや、あえて言う、独裁には技量と才覚がいる。おまえにはそれはない。耳に痛い意見を受け入れろ。本当に重用すべきはそういう人間だ」

「なぜ社内のことをそこまで知っているんです？」

そう問わずにはいられなかった。

「馬鹿もんっ。何も知らない隠居老人だと思ったか」

言葉とは裏腹に、怒りの色はなかった。一線は退いたが、と言って眼鏡の智《ヨロイ》に手をやる。

「トヨトミのことが頭を離れたことは一日としてない。豊臣家に生まれた以上、人生はトヨトミ自動車とともにある。それ以外の人生はありえん」

これはおれに言っているんだ、と統一は直感した。まだまだ甘い、もっとトヨトミ自動車に命を捧げろと言っている。望むところだ。何だってやってやる。悪魔に魂を売ろうともトヨトミを守りきってみせる。

第八章　元社長、かく語りき　二〇一八年　十月

玄関のほうから、失礼しますという数人の野太い声が、ばらばらと不揃いに聞こえる。応対していた妻の清美がダイニングに入ってきた。

「あなた、みなさんお揃いよ」

そう言うと、自分の仕事は終わりとばかりに、身繕いを解きながら寝室に戻っていく。豊臣統一は左腕に着けたパテックフィリップのカラトラバで時刻を確認する。午前六時五八分。そろそろ行くか。朝回りの時間だ。

玄関の框に立つと見慣れた顔ぶれが揃って頭を下げる。おはようございますという一同の声が物音のない邸内に控えめにこだました。

統一は一同の顔を見回した。読切、朝陽、日商、東海、いつもの面子《メンツ》だ。

「先週のイベントについてお聞きしていいですか？」

「読切新聞」の女性記者が先陣を切る。この記者は朝早くの取材にもきれいにアイシャドーとチークを入れてやってくる。大きく開いた首元には小ぶりなパールが光っている。寝不足で疲れた顔を隠すための化粧かもしれないが、なかなかの美人である。

「いいけど、あまり手厳しいのはナシで頼むよ」

冗談っぽく言うと、記者らからふわりとした軽い笑いが起こる。

「豊臣社長のプレゼンテーション、感動しました。いらっしゃった方々の拍手が熱烈でしたし、手ごたえがあったのではないですか？」

統一は前の週に行われたトヨトミのイベントを思い返す。

「うん、われわれが伝えたいメッセージは伝えられたと思う。あなたは現場にいたの？」

女性記者は少し口ごもった。

「すみません、現場にはいなかったのですが、すぐに動画が上がっていまして、そちらを見させていただきました」

前の週、都内のトヨトミショールームで、人気の大衆車種フローラを改良したスポーツモデルの発表会があった。会場には約二〇〇人が詰めかけ、中継が繋がっている大阪、名古屋、広島、福岡、仙台、札幌の会場にも千人規模の来場者があった。

単なる新車発表会でこれほどの人が集まることはありえない。その日は、統一が自らトヨトミの未来のビジョンを語るということで、トヨトミ車のファンばかりでなく、販売店や自動車関連技術を扱うベンチャー企業の経営陣、そしてメディア関係者がこぞって参加したのだった。

東京の会場と地方都市を中継で繋いだ趣向にも意味がある。この日のメインテーマは「コネクテッド」だったからである。

自動車も家電などと同じように、常時インターネットに接続される時代がまもなくやってくる。そうなると、自動車は単なる移動手段ではなく、事実上「情報端末」になる。これが単にスマートフォンの機能を自動車に搭載しただけのようなものになるか、新しい付加価値を生み出せるかはこちらの腕の見せ所。トヨトミとしても軽視できない未開拓分野である。

豊臣社長、と別の記者が声をかける。こちらは東海新聞の中堅記者。小柄だが筋肉質な体つきで、開襟シャツの下の胸板は分厚い。耳が潰れて変形しているところを見ると、学生時代にラグビーかレスリングでもやっていたのかもしれない。さして近いとはいえない市営地下鉄の駅から歩いてきたのか、短く刈り込んだ髪の生え際には玉の汗が噴き出している。

「IoTが未来の産業に大事な役割を果たすということで、自動車もインターネットに接続され、新しいサービスの可能性が生まれます。トヨトミとしても考えていることがおありかと思いますが、可能な範囲で豊臣社長のアイデアをお聞かせ願えませんか？」

　そんなことここで話せるはずがないだろう。思わず苦笑する。

「どんなことができるかな？　何かあったら教えてほしいくらいだよ」

　逆質問すると、また記者たちから笑いが漏れた。

「ワイパーにセンサーをつけるのはどうですか？」先ほどとは別の女性記者が言った。「すべてのクルマのワイパーにセンサーをつけて、どこを走るクルマのワイパーが動いているかがわかれば、精度の高い天気図が作れます」

　いいね、と統一はその記者に笑みを投げかけながら、内心でひとりごちた。バカを言うな、精度の高い天気図を作ったところで、どうやってカネにする？　ビッグデータを過小評価するつもりはないが、現状の「雨雲レーダー」で十分だろう。外野で騒ぐだけの連中は呑気なものだ。

　社長、最初に質問した読切の記者がまた聞く。

「スピーチの最後のお言葉には、トヨトミの今後の方向性が詰まっているように思えました。一緒にやれそうな企業とは積極的にタッグを組んでいくということでしょうか」

　イベントのスピーチの最後に、統一はこんなことを言った。

「ビジネスのあり方やリーダーシップのあり方は変わってきている。ドイツを見てください。自動車業界にしても、ただ技術競争をするだけでなく、競争するところと共同で研究開発をして成果をシェアするところは分けて、国として技術が停滞しないようにしています。私は日本もドイツのやり方を学ぶべきだと思う。トヨトミも含めた〝オールジャパン〟で世界と戦っていくという姿勢が必要だと思う。そのためには、先陣を切って〝この指とまれ〟と仲間を募れるリーダーが必要です。だから私はこう言いたい。私たちと一緒に自動車の未来を作っていこうという方、この指とーまれ！」

トヨトミだけでは世界の競合に太刀打ちできない時代がやってきていることは、肌で感じている。世界屈指の経営体力を誇るトヨトミですら、開発にかけられるカネはシリコンバレーのIT企業の半分程度である。組織の効率化。シナジーの低い提携の解消。少しでも開発費に資金が回るよう、できることはやっている。

しかし、まだ足りない。仲間がほしい。カネと技術があり、志をともにしてくれる仲間が。こちらから秋波を送っていると思われてもかまわない。大企業のプライドに固執していては、トヨトミは数年のうちに叩き潰される。

「アメリカがついにやるみたいですね」

別の記者がほんの雑談といった調子で言い、話題を変えた。

「関税か」

「ええ、今週末の六日から。二五パーセントの追加関税です。三四〇億ドル相当の中国製品に課すとか」

「その話をする気はないよ。こっちへの影響がどれほどあるのか聞かれても、答えようがない」

記者たちにかすかに緊張が走る。和やかな雰囲気に流されてうっかり話すわけにはいかない。この話題はデリケートすぎる。

アメリカ大統領、バーナード・トライブが米通商拡大法二三二条を適用させる形で、中国製品を標的にする追加関税措置を取る大統領令に署名したのは三月二十二日のことだった。発令の理由は「中国はアメリカの知的財産を不当に盗んでいる」というもの。当然、中国は猛反発。直後の四月二日にはアメリカからの輸入品に追加関税を課すことを発表し、反撃したが、アメリカの主張にはそれなりに正当性がある。

そのひとつに、中国で昨年施行された「国家情報法」がある。条文の中で中国のあらゆる組織と個人に、国家の諜報活動への協力を義務付けているのだから、座視できるはずもない。今やＩＴや半導体分野など、アメリカの高度な機密情報を扱う企業に勤める中国人は多い。この法律は彼らすべてを「スパイ」へと変えるものだとアメリカは認識している。彼らが中国国籍を持つ以上、本人にその気はなくとも、この法律をもって当局に情報提供を求められたら断ることができないのだ。

劉敦兵《リュウ・ドンビン》国家主席が「一帯一路」を掲げる中国の通商分野での覇権主義にかねてから嫌悪感を示していたトライブだったが、ついに行動に移したわけだ。にわかに降ってわいたかのような貿易戦争の兆しに産業界は戦々恐々としていた。もちろん、アメリカを主戦場とし、中国マーケットの強化を狙うトヨトミも例外ではない。今回の実行措置によって、「戦争」は現実のものとなる。

ひとつだけお聞かせください、と記者は食い下がる。

「社長は四月に北京モーターショーに出席されて、北京市長と会合を持ったと聞いています。その場でこの関税についての話は出ましたか」

「覚えていないな」

そう言って、記者をひとにらみする。

出た。当たり前だ。出ないわけがない。

しかし、この話はここで終わりだ。これ以上は聞くな。強い陽射しが差し込む玄関に冷たく張りつめた空気が流れる。記者たちが唾を呑み込む音がした。

中国は関税を使ったアメリカの恫喝《どうかつ》に相当神経質になっている。それが北京市長の馬春秋《マー・チェンチウ》と会談した統一の印象だった。

バーナード・トライブの恫喝に屈し、譲歩しては、中国首脳は国内外での体面を失う。しかし、関税の掛け合いが続けば、高い成長率に翳りが見えはじめた自国経済がさらに勢いを失うことは必至である。手打ちができるなら早くしたほうがいい。北京は〝中国共産党の総本山〟中南海のお膝元ということで、共産党政府高官とも近い馬は、民間企業を通じてアメリカとの交渉チャンネルを得る方法を明らかに探っていた。

記者には話せない事実がある。米中の貿易戦争は、トヨトミに思わぬ商機をもたらしていた。関税の掛け合いが長期化すれば分が悪いと踏んだのか、中国は五月ごろから日本に急接近。味方に取り込もうと猛烈なアプローチを続けていた。

嚆矢《こうし》となったのは五月の中国首相・陳周雷《チェン・ジョウレイ》の訪日だ。以降、マクロ経済政策等の立案、調整を行う中国国家発展改革委員会の副主任が二人、頻繁に来日しては首相官邸を訪れ、中国でのさまざまなプロジェクトへの参加を日本に打診していた。

そのひとつが「雄安新区」である。

中国は、北京から南西百キロほどの位置にある雄安に二兆元（約三二兆円）を注ぎ込んで巨大な人工都市を作ろうとしている。完成は二〇二〇年代前半とされているが、行政機能は整備されつつあるようだ。

この雄安新区、経済特区であるのはもちろんだが、最大の特色は「スマートシティ」であることだ。中国によるＡＩ実験の国家プロジェクト「オデッセイ計画」のメイン会場となっており、スーパーマーケットは無人、町を走る自家用車も無人運転という触れ込みである。次世代技術の集合体としての人工都市ということで、中国の肝煎りプロジェクトとなっている。中国はここにトヨトミを引き入れることを狙い、あらゆるルートを使って接触してきていた。

アメリカでの売り上げに翳りが見えている今、トヨトミにとって中国市場をいかに強化するかが喫緊の課題である。なんといっても人口一四億人、成長速度は衰えているとはいえ依然世界一の有望市場だ。ここにトヨトミはDF（ドイチェファーレン）らドイツ勢やヤマト自動車、サワダ自動車などの日本勢の後塵を拝し、強固な販売網を築けていない。「雄安新区」は、ライバルを蹴散らす足がかりになりうる。というよりも、中国が足がかりとして「雄安新区」をお膳立てし、手招きしてくれているのだ。

中国市場での劣勢を挽回すべくトヨトミは、二〇二〇年代前半までに中国国内での生産能力を、現状の約二倍となる二〇〇万台に拡大する目標を掲げていた。中国の威信をかけたこのプロジェクトにいち早く手を挙げれば、「毛沢東超え」の野望に燃える劉国家主席も好意的に評価し、現地での事業拡大のための行政手続きがスムーズに運ぶことになる。中国は法治国家ではない。人治国家なのだから。ならばこの〝据え膳〟に飛びつけばいいかというと、話はそこまで単純ではない。

「関税の掛け合いはまさにチキン・レースです」

それまで黙ってメモを取っていた記者が、場を和ませるように冗談っぽく言った。

「どっちが先に折れますかね？　社長のお考えをお聞きしたいです」

　この記者はことの本質が見えていない。関税の掛け合いをプロレスか何かと間違えているヘボ記者だ。これは単なる通商摩擦ではない。もっと規模が大きく、もっと根が深く、もっと未来への影響が大きい問題だ。

「そんなことを僕に聞かれても困るな。答えなどわかるわけがない」

　この手の質問に正面から答えるつもりはない。中国とアメリカ、どちらの名前を出してもダメだ。アメリカと答えれば、トヨトミがアメリカを見限って中国に接近するのではと思われ、中国と答えれば、今度は「アメリカに尻尾を振るトヨトミ」が印象づけられてしまう。ここに、中国の誘いに乗ることの難しさが集約されている。

　苦い記憶が頭をもたげる。ツイッターで「メキシコに工場を作るな、アメリカに作れ」とどやされ、右往左往した一年前の冬である。自動車は米国経済の根強いシンボルであり、安くて性能のいい日本車はかつての日米貿易摩擦の最大の「悪者」である。国内外に〝仮想敵〟を作り上げて支持を伸ばしたバーナード・トライブは、米国市場を食い荒らす悪しき日本の自動車メーカーの代表として、トヨトミを悪役に仕立て上げているところがある。

　不動産転がしで成り上がっただけのバブル成金が。実業家の意地を甘く見るなよ！

　当時の怒りが蘇り、記者に見えないように下を向き、思い切り顔をしかめ、口に出さずに罵った。

ただでさえ輸入自動車への追加関税をことあるごとにちらつかせているトライブだ。このタイミングで安易に中国に接近しようものならどんな嫌がらせをしてくるかわかったものではない。しかし、アメリカの目を気にして中国市場をみすみす諦めるのは論外である。

難しい連立方程式だった。米中双方と蜜月関係を築けるような明快な解は、おそらく存在しない。事実、アメリカの機嫌を損ねるのを恐れた外務省と経済産業省は中国からのアプローチにすっかり及び腰だ。交渉の窓口に困った中国高官は、やむなく首相官邸詣でに赴いているとも聞く。

うまくバランスを取りながら双方の間に張られた細いロープの上を軽業師のように渡っていくしかない。こういうときに社長の力量が試される。おれは何手先まで読めるだろうか。いや、百手先であろうとも、読みきらなければならない。

脳裏にひとりの男の名前が浮かぶ。バーナード・トライブにも、中国共産党中枢にもパイプを持つ男。本心を言えば頼りたくない相手だが、自分勝手な好き嫌いやプライドで意固地になっている場合ではない。生き残りのためにはどんなに嫌いな相手とでも破顔一笑、手を組んでやる。

「そろそろ勘弁してくれ。時間だ」

そう告げると、記者らは各々礼を言い、玄関からぞろぞろと出て行った。邸宅のなかに再び静寂が戻る。自分に言い聞かせるようにうなずく。大丈夫だ。手は打ってある。

伊勢湾の東の水平線にくっきりと丸い雲が湧き出るように浮かんでいる。「若雲《わかぐも》」という、古くから伝わるこの地域の雨の前兆である。

風はなく、海は凪いでいるが冷え込む夕刻。しかし、森製作所の工場はむせ返るような熱気に包まれている。薪ストーブの上で松阪牛が炙《あぶ》られ、牡蠣や伊勢海老が焼かれ、社員たちに振る舞われる。肉を焼いているのは社長の森敦志。妻の昌江は一人ひとりに声をかけながら、酒を注《つ》いで回っている。

みな肉をほおばりながらも、喜びを抑えることができず「やったな」「これですごいモーターができる」「イノベーションが起きるぞ」と互いを讃《たた》えあっている。森はそんな社員たちの姿を誇らしい思いで見つめるが、喜んでばかりもいられない。

肉が行き渡ると、みんな、と声をかける。

「みんなのがんばりのおかげで新しい技術を開発できた。実験はこれからだが、これまでの巻き線を使っても出力は一・五倍くらいにはなるだろう」

工員らの手前、感情を出すのは控えているが、踊り出したいくらいうれしい。ずっと追い求めてきた理想のモーターが作れる。そのための技術がようやくできたのだ。

この技術を使った新型モーターの名前は、もう決まっている。

「匠」。仕事減にあえぎ、泥水をすすっていた時期に、苦肉の策として製造・販売していたキムチと同じ名前である。川田、と声をかける。

「よくやったな」

そう言うと、川田は恥ずかしそうに顔を伏せた。ワールドビジョンとのプロジェクトのキック・オフは二〇一九年十二月。年が明けたらすぐに実験だ。うまくいけばワールドビジョンとのプロジェクトへのいい手土産になる。

＊　＊

午前九時に中部国際空港セントレアを飛び立った全日空機は、高度を上げながら上空を旋回し、西に向かう。細かく震えながら雲をくぐり抜ける機体が、エコノミークラスの座席に座る林公平の背中をゆすった。

「悪かったな。ビジネスクラスのほうがよかったろう」

林がそう言うと、「北京までは四時間弱ですから。林さんがいいのであれば」と傍らの笠原辰男は表情を変えずに言った。エコノミーだろうとビジネスだろうと目的地は一緒、座席の広さにカネをかけるのは無駄だ、というのが林の考えだ。社内に倹約を呼びかけている手前、自分だけビジネスクラスに乗るわけにもいくまい。

北京着が現地時間で十一時五十分。そこから現地トヨトミの社員が用意した車で雄安新区に向かう。トヨトミが目論む中国の「オデッセイ計画」への参画の下見である。現地にトヨトミの生産拠点を作ることを考えて、今年度から副社長に就任し、同時に中国市場での販売と拠点づくりの責任者となった笠原に同行することにした。

シートベルト着用の表示が消えると、機内のあちこちから金具を外す音が聞こえた。そのちょっとした喧噪にまぎれるように切り出す。

「五年だな。五年で、中国に確固たる拠点を作れ」

笠原がこちらを見て、ええ、そのつもりです、と答えた。

「おれも必要とされたらあと五年はがんばるつもりだ。老骨に鞭打ってな」

笠原を中国担当に据え、副社長に昇進させることを統一に進言したのは林だ。その一方、中国に専念させることを口実に、管理部門を一手に握っていた立場から現場の最前線に置いた。

人事を自分の出世のために使う笠原をそのままにしておいては、いつこちらに牙を剝くかわからないからだ。頭が切れるこの策士とは協調し、取り込み、必要な人間だと思わせたほうがいい、という計算があった。せっかく戻ってきたトヨトミだ。あと五年と言ったが、あと十年は第一線でやりたい思いがある。

「トヨトミの命運がかかった一大プロジェクトだ。中国で成功すれば、おれも晴れて推薦できる」

「推薦？」

笠原の表情が探るような、いぶかしむようなものに変わった。

「わかっているだろう。副社長まで上りつめたんだ。おれはおまえしかいないと思っている」

相手の額が赤らんでいく。笠原が考えていることが手に取るようにわかる。おれがどの程度統一からの信任を得ているのかを計算しているのだ。つまり、手を組むべき相手なのかどうかを。

「ここから先は独り言だ、答えなくてもいい。その気があるなら黙ってうなずけ」

それから低く、うめくような声を作る。

「おれと一緒にトヨトミを切り回す気はあるか？」

ひと呼吸、ふた呼吸。沈黙を航行音が満たしていく。笠原の顎がかすかに上下した。

「悪くないですね。林さんとならうまくやれそうだ」

大げさに噴き出してみせ、相手のこわばった肩を叩き、もみほぐす。

「それでいい。まあ、今こんなことを話しても、取らぬ狸《たぬき》のなんとやらだ。ともかくしっかりやってくれ。後方支援はまかせておけよ」

笠原はにこりともせず「ええ、何としても中国を取ります。敵はサワダやヤマトの日本勢だけじゃない。本丸はドイツ勢です。なんとしても彼らのシェアを奪いたい。死ぬ気でやりますよ」と力のこもった目で応じた。

小田急線経堂駅の改札を通り、高架下のタクシー乗り場に出ると、上を走る快速急行の通過音が周囲の音をかき消した。午後四時。夕暮れに差し掛かり、襟元に入り込む風は秋のそれである。人気《ひとけ》の少ない時間帯。タクシーは列をなしていた。安本明は先頭の一台に乗り込み、行き先を入力したスマートフォンの画面をのぞきこむ。「『ビダラルガ経堂』までお願いします」そう伝えると、タクシーは静かに走り出した。

あまり来たことのない土地だ。どことなく違和感があるのは、車窓を流れていく景色が見慣れないことだけが理由ではない。

こんなところであの男に会う日がくるとは。

トヨトミ自動車元社長・武田剛平。思えば武田と会うのはほとんどが豊臣市内の彼の自宅だった。

会うといっても、こちらが夜遅くに押しかける格好である。名古屋支社勤務だったころは社用を終えて帰宅する武田のクルマを待ちかまえて「夜討ち」したこともあれば、自宅で寛ぐ武田を突然訪ねたこともある。トヨトミ歴代社長のなかでも異彩を放つ強面《こわもて》で知られた武田に冷徹な目で射すくめられ、ときには怒鳴りつけられた。それでも、最後はこちらを受け入れ、話を聞いてくれる度量もあった。

誠実な男だと思っているわけではない。ときにマスコミを欺く狡猾《こうかつ》さと冷酷さも持ち合わせていた。安本自身、武田が鼻先にぶら下げた「餌」に飛びついて書いたスクープ記事が、実は大きな事案を成功させるための〝撒き餌〟のようなもので、その結果、肝心の大ネタを他紙に抜かれる大失態を犯したことがある。そのせいで転勤の憂き目にも遭った。しかし、武田にはコケにされ騙《だま》されても、なぜか憎めない不思議な魅力があった。善とも悪とも違う、そういったものとは別の次元で生きている人間のように思えた。

そんな得体の知れない存在を現社長の豊臣統一は恐れ、遠ざけた。武田の後、二代続いたサラリーマン社長から豊臣家が政権を奪還し、統一が社長に就任すると、トヨトミを名実ともにグローバル企業にまで押し上げた武田の事績はもちろん、トヨトミの歴史を示すあらゆる資料から可能な限り彼の名前を削り取った。

その武田にどうしても聞きたいことがある。

とっくの昔に引退した彼にこんなことを聞いても大した答えは返ってこないかもしれない。いや、そもそも武田に聞きに行くこと自体、筋違いというものだろう。しかし、それでも武田の意見を聞きたかった。一週間前の不可解なトヨトミの発表が何を意味するのか。

タクシーが止まった場所を見て、また不思議な感じがした。駅前の至便な住宅地から少し離れた、大きな公園がぽつぽつと点在するエリアにある高級介護付き老人ホームである。家を出る前に少し調べたところでは、充実したパーソナルスペース、調理スタッフは高級料亭で腕をふるっていた料理人、もちろん看護職員・介護職員は二十四時間常駐で、入居者一人あたりの介護職員の数が全国トップクラスというのが売りらしい。そのぶん入居金も月額費用も高く、一般サラリーマンの家庭ではまず捻出できない額である。

武田は数年前、妻の敏子に認知症の症状があらわれ始めると、自身も糖尿を患っていたこともあって豊臣市の自宅から娘夫婦が暮らす東京に移り住んだそうだが、安本の知る武田の印象は、老人ホームという場所とどうにも結びつかなかった。

事前に電話でアポイントをとっていた。断られることを覚悟していたが、この時間であれば、ということで許しをもらえた。

受付で名前を伝えると、部屋の番号を告げられた。それにしても、高級マンションと見まごう建物である。六階でエレベーターを降りると、広々としたリラクゼーションスペースがあり、三人掛けの革張りのソファーが三つ、コの字形に配され、中央にはウォールナットの円卓。その上のリサ・ラーソンの花瓶にいけられた色とりどりの花が、間接照明のやさしい光に映えている。

武田の自宅には何度も行ったことがあるが、堅牢な鉄門こそあれ、家屋はいたってふつうの和風二階家だった。暮らしぶりも質素そのもの。しかしそれでもトヨトミ自動車の元社長である。必要とあらば高級老人ホームに入るくらいわけもないのだろう。

大理石の床を歩き、教えられた部屋のドアフォンを鳴らした。しばらく間があってから「安本君か」と、低くひび割れた声で応答があり、機械音とともにカギが解かれた。

会うのは何年ぶりか。幾分、緊張しているのを自覚していた。岩から鑿《のみ》で削り出したような武骨な威容と巨体、カミソリのような切れ味の頭を持ち、勉強不足で的外れの質問をする記者、勘の悪い記者を鼻で笑い、どやしつけ、不快感を隠そうともしない。武田は相手を惧《おそ》れさせずにはおかない男だった。

靴を脱いであがった先に八畳ほどの応接間があり、白を基調とした室内は窓から入る夕日に赤く染まっている。テーブルの奥側のソファーにかけた男が「おう、隠居したじじいに何の用だ！」と胴間声を響かせた。

もちろんこんな老人ホームに入れられるはずもないのだが、自身も親の介護が気になる年齢とあって、思わず部屋の隅々まで眺めまわしてしまう。応接間にはテレビと観葉植物の鉢がいくつか、三〇〇冊は入るであろう大きな本棚、壁にかかっているエゴン・シーレはレプリカだろうか。部屋は豪華だが、調度品はいたって簡素である。

泥染めの大島紬を着た大柄な老人はソファーに腰かけ、テーブルの向かい側に視線を向けてこちらが座るのを促している。テーブルにはフレイザーの『金枝篇』が伏せてあり、ふちには杖が立てかけられている。思わず身体が硬くなる。あいかわらずだ。昔と何も変わっていない。

十二月で八十六歳になるはずだが、鋭い眼光は最後に会った三年前から、いや現役社長だったころから変わっていない。学生時代に柔道で鍛えた逞しい身体はずいぶん痩せてしまったが、それでも人を圧倒する鋼のようなオーラはあいかわらずだ。

武田の向かいに座り、頭を下げる。

「仕事中だろう。わざわざこんなところまでいったい何の用だ。取材なら受けんぞ。こっちは相談役も退いた身だ」

トヨトミ自動車は七月一日付で、社長・副社長など重役経験があり「相談役」「顧問」といった肩書きを与えられたOB五〇人以上の契約をいっせいに解除した。元社長の御子柴宏ら社外取締役が認めた一部をのぞいてトヨトミから放逐。これに追随するように、グループ会社の尾張電子と豊臣製鋼所も顧問・相談役制度を廃止した。

日本企業固有のしきたりと言われる顧問・相談役制度には、外国人投資家らから「会社法に規定がないため、権限や報酬に透明性がない」といった批判が強く、東京証券取引所からも、人数と条件を開示するよう要請されている。実際にトヨトミの相談役や顧問には、活動の実態がない「ご隠居」も少なくない。

だから、この措置にはコーポレート・ガバナンス上の正当性が確かにあるわけだが、それでもトヨトミが行った「大量粛清」のインパクトは大きく、「社長の豊臣統一とその取り巻きによる、コーポレート・ガバナンスを隠れ蓑にした有力ＯＢの排除、とくに社長が極度に恐れ、嫌っている武田剛平の排除ではないか」などと憶測を呼んだ。無理もない。

これに先駆けて昨年秋に相談役や顧問についての人事制度が変わり、厳格化されるという〝地固め〟があり、ＯＢからは懸念の声があがっていた。彼らの頭には関連会社の尾張電子の副会長からトヨトミ本体の副社長へと、超異例の立身出世を遂げた林公平の存在がある。

本来引退する年齢の林公平が代表権つきの副社長になり、そのとたんに同じような年齢の重役経験者の処遇を厳しくするようなルール変更が行われたのだ。誰だって「謀略」を疑いたくなる。自分の権勢を確固たるものにするべく、恥も外聞もなく〝敵性分子〟の弾圧を始めたのだと。

まして林はトヨトミでは部長止まりで、以降は関連会社に出ている。だからこそ「謀略説」は信憑性を持つ。トヨトミ本体で社長・副社長を経験した格上のＯＢは煙たいに違いないのだから。

「このたびは、何と言ったらいいか」

言葉を濁すと、馬鹿もんっと怒号が浴びせられる。

「勘違いするな。老い先短い年寄りにトヨトミの肩書きなんぞ邪魔なだけだ。顧問の役職なんぞくれと言った覚えはない。誰が言い出したのか知らんが外してくれてせいせいしたよ」

不敵な笑みを浮かべ、ソファーに片膝を立てた。

「今日は取材じゃありません。個人的にお話をうかがいたいことがありまして」

武田の目が怪訝《けげん》な光を帯びる。

「何だ。退屈な話じゃないだろうな」

そう言いつつも、大きな身体を少しだけ乗り出してくる。

「トヨトミとワールドビジョンの提携の話です」

単刀直入に切り出す。

「知っている。だが、それがどうした？　いまどき不思議な話ではあるまい」

武田は厳かな表情をいささかも崩さない。

「何か腑に落ちないんです」

十月四日。自動車業界に、いや産業界に激震が走った。日本の〝自動車業界の雄〟

トヨトミが、同じく日本の〝ITの雄〟ワールドビジョンと提携し、モビリティ・サービスに関する新会社設立を発表したのだ。

　株式時価総額国内第一位と二位、ともに純利益一兆円を超える企業同士の強力タッグに国内は色めき立ち、海外でも大きく報道された。〈史上最強の提携〉と景気よく報じる媒体もある。しかし、安本は妙な胸のざわつきが収まらなかった。

　新会社「WTテクノロジー」は資本金二〇億円。出資比率はトヨトミが四九パーセントに対して、ワールドビジョンが五一パーセント。トヨトミがほんの少しワールドビジョン側に遠慮したような割合である。

　肝心の業務内容だが、トヨトミが今年一月に発表したモビリティ・サービス向けの自動運転車「Tキャリア」を利用し、ワールドビジョンが持つビッグデータの解析力とあわせて、次世代の移動サービスを開発していく、というもの。将来的にはAI（人工知能）が利用者の需要を予測して配車する「地域連携型オンデマンド交通」や「企業向けシャトルバス」を展開するという。簡単にいえば、利用者が移動しようと思ったら、すでにクルマが家のすぐ外で待機していて、運転手なしで目的地まで連れて行ってくれたり、循環型のライドシェアが、利用者の需要から地域の中でどの順路を回るのが最適かを、AIによって導き出す時代を創出しようというわけだ。

　トヨトミとワールドビジョンは、企業風土も経営哲学も、水と油ほど違う。《トヨトミシステム》を掲げ、既存の手法を少しずつ磨き上げていくことを得意とするトヨトミに対して、ワールドビジョンはＭ＆Ａによって未来を買い集め、イノベーションを推進してきた「スピード」と「機動力」の企業。経営者からして創業家の三代目である豊臣統一と、裸一貫からのし上がってきた宋正一である。両社が組んだとしても、うまくいくのかという疑問は当然だろう。

　しかし、安本の違和感はそういったものではなかった。それを初めて感じたのは「ＷＴテクノロジー」の業務内容を知ったときだった。雲を掴むような話だと思った。

　トヨトミの「Ｔキャリア」からして開発中の代物だ。ＥＶ車であり自動運転車だということだが、ＥＶ車開発を宣言した昨年以降、トヨトミはまだ一台もＥＶを発売していない。もちろん自動運転車もである。

　一月、ラスベガスで行われた展示会でトヨトミが「Ｔキャリア」を発表したとき、プレゼンテーションの演壇に上がった統一から語られたのは単なる「コンセプト」であり、将来の可能性だった。統一の背後のスクリーンには、近未来的な箱形のデザインのクルマが走るアニメーションが映し出され、ときに移動型飲食店となり、ときに小型のカジノとなり、ときに乗り合いバスとなる未来図が華やかに演出された。しかし、現実には「Ｔキャリア」が実際に走っているのを見た者はだれ一人いない。

「理由はわかります。もちろん、統一さんが自らワールドビジョンに出向いて提携を持ちかけた、その必然性も」

武田を見据える。眼光は今も変わらず鋭い。

「単なるクルマの製造会社から、移動サービスそのものを扱う会社への転換は、トヨトミが一昨年から言っていることだ。国内屈指のＩＴ技術を持つワールドビジョンと組むのは自然だろう。何がおかしい？」

何だ、そんなことかというように武田が言う。必死に食い下がる。

「提携の売り物のＴキャリアはまだ開発途上、まったく未知数です。そんな状態で提携をデカデカと発表するのは、先走りすぎではないでしょうか？　両社が組んでも何ができるかわからないし、今発表することに何のメリットがあるというんでしょう」

トヨトミが合弁会社を作る際は必ず保有株数でマジョリティをとるはずなのに、今回は、ワールドビジョンが五一パーセント、と、たったの二パーセントの差だが過半数を握っているのにも違和感を覚えるのだ。少なくとも、それは自分が知る「石橋を叩いて叩いて物事を進める」トヨトミのやり方とは違う、という言葉は呑み込んだ。

「会見は見た」

痰が絡み、ひび割れた声が続ける。

「ワールドビジョンはトヨトミのクルマ作りの技術がほしかった。それは本当だろう。ペン一本から自動車までがすべてインターネットに繋がるＩｏＴの時代がすぐにやってくる。ワールドビジョンはその時代の覇者になることを狙っている。クルマはIoTの極北と位置づけているワールドビジョンだが自分でクルマを作るわけにもいかない。いくらIT技術があってもクルマがなければ広がるサービスも広がらないこともわかっている。そこでトヨトミの技術が必要ってわけだ」

「では、トヨトミは？」

そうだ、トヨトミにはワールドビジョンと組むメリットが薄い。自動運転を見据え、AIを鍛えるために必要なビッグデータとその解析技術がほしいなら、可能かどうかはさておきワールドビジョンよりもアメリカのグーゴルとがっぷり組んだほうがいい。世界のインターネット検索を牛耳るグーゴルは、ワールドビジョンとは持っている情報量のケタが違う。解析をするのも、世界の大学から札びらで頰をひっぱたいて集めた若き天才たちである。

「どう思う？」

武田の頰の染みが波立つ。

「トヨトミに提携のメリットがないとは言いません。しかし、ワールドビジョンほど大きなうまみはないのではないでしょうか」

何かこの提携はおかしいと確信したのは、十月四日の提携の発表会見の後に行われた、豊臣統一と宋正一のトークセッションの場面である。司会者はもちろん、統一と噂になっている例の女性アナウンサーだった。余談だが、司会をしたその足でキャスターをつとめている経済ニュースに出演すると、番組自体がトヨトミの宣伝じみてくる。さすがにテレビ局上層部に呼び出しをくらい、番組内ではそのニュースを読まないよう注意を受けた。報道する側とされる側には一定の距離があるべき、という局側の言い分は至極まっとうなものだが、アナウンサーはこれが不服だったのか、番組を降板してしまった。

さて、そのトークセッションの席での一コマなのだが、統一は自身がワールドビジョンに出向いて提携を持ちかけたと語っていた。そして、「裸一貫から今のワールドビジョンを築き上げた宋さんのど根性、負けん気に憧れていた。こうして一緒にビジネスをやることで、私にとって太助、勝一郎といった豊臣一族の創業者たちに迫れるヒントが得られるのではないかと思う」と手放しで持ち上げたのだ。

それの何がおかしいのか、自分でもよくわからない。武田の前で言葉を探す。

「豊臣社長は本当に宋会長に憧れているのでしょうか?」

返事なし。低レベルな質問には答えないということだろうか。

私にはそうは思えないんです、と言葉を重ねる。

「かたや裸一貫から一大グループを作り上げた成り上がり、かたや銀の匙《さじ》をくわえて生まれてきた御曹司。御曹司が成り上がりに憧れるわけがない、か」

そうです、と武田を見る。眉間が狭《せば》まっている。多少なりとも興味を惹いたということだろうか。

「あのお坊ちゃんが宋を尊敬しているかどうかなど、どうでもいいことだ。だが、君はなかなか鼻が利く」

褒められているのだろうか。

「読みは浅いがな」ぴしりと言い放つ。

「トヨトミが打った手は最良だ」

最良？　ワールドビジョンとの、あの漠然とした提携が最良だっていうのか？

「なぜです？　私にはどこが最良なのか……」

武田はわずかに逡巡した。どこから話したものかと考えているようだ。

「デジュール・スタンダードという言葉を知っているな？」

うなずく。「デジュール・スタンダード」とは、工業製品などにおいて、国や省庁など公的機関が性能や製造方法、生産のための技術などを定めた規格のことである。市場競争の結果として事実上の標準となった規格を指す「デファクト・スタンダード」の対極となる概念である。つまり、市場競争が先にあるのがデファクト・スタンダード、公的機関のお墨付きが先にくるのがデジュール・スタンダードである。

「公が作った基準にもとづいて市場競争が行われるならフェアなように思えるが、とんでもない。公が基準を作る前に取り入って自社に有利な規格を作らせ、他社、他国の競争優位を崩してしまえばいい。それがデジュール・スタンダードの裏のルールだ。他国のんびり規格ができるまで待っているようなバカは生き残れない」

話が見えない。それがトヨトミ＝ワールドビジョンの提携とどう関わるんだろうか。わからんか、と言うと、武田は和服の懐に入れていた手を出し、指先でテーブルをコツコツと叩く。

「ロビイングの時代なんだよ。トヨトミはそれを狙っているんだ」

かすかな閃きがある。

「宋の人脈ですか？」

ふん、と鼻を鳴らす。

「アメリカ大統領に就任したバーナード・トライブに最初に会った日本人は宋だ。総理大臣の岸部慎介よりも早かった。ふつうならありえない。なぜそれができたか」

言葉を切り、試すようにこちらを見る。

バーナード・トライブが米大統領選挙で勝利したばかりの二〇一六年十二月六日。宋正一はトライブの所有するニューヨークの「トライブ・タワー」に日本政財界の誰よりも早く駆けつけ、総額五〇〇億ドルの投資とアメリカでの雇用創出を確約。国内の雇用増を訴えて当選したトライブは上機嫌で「彼は偉大な人物だ」と持ち上げた。

この電光石火の早業《はやわざ》には驚きの声が集まる一方で、なぜ宋はこんなことができたのかという謎も残った。

「宋にはトライブに繋がる何らかのパイプがあったのは間違いない。それも極太のパイプがな。たとえばユダヤ人脈だ」

宋正一とユダヤ？　聞いたことがない。

「アメリカにブラック・ファイアーという投資ファンドがある。創業者の名前はレヴィ・ワイツマン」

「ワイツマン、ユダヤ人ですね」

トライブのユダヤ・コミュニティとの繋がりの深さはよく知られている。武田が口をへし曲げるようにして笑い、ゆっくりとうなずく。

「このワイツマンがキーパーソンだ。こいつがやっていることを考えるとすべて説明がつく。まずトライブの最大の支援者で、莫大な額の政治献金をしている」

「宋はそのワイツマンと何らかの形で繋がっていた」

「間に入ったのはジャッキー・ワンだ」

ジャッキー・ワン。中国のIT大手「アラジン・グループ（中国語表記は阿羅刃集団）」を一代で築き上げた、辣腕経営者だ。

頭の中で何かが繋がる。ジャッキー・ワンをいち早く見出したのは宋だ。二〇〇〇年、約二〇社の新興ＩＴ企業経営者と面談した宋は、ワンと五分ほど話しただけで、前年に創業したばかりで実績も何もないアラジンに、日本円で二〇億円もの投資を決めた。「目つきが違った。匂いを感じた」と語った逸話が残っている。

「アラジンのワンからワイツマンへ。ワイツマンからトライブへ繋がったということですか？」

宋の人脈構築力と先見の明に慄然とする。アラジンに投資した二〇億円はいまや四兆円にも五兆円にもなっていると聞く。飽くことを知らない買収は、人を嗅ぎ分ける嗅覚と、キーパーソンと見込んだ人間と繋がる能力があってのものだ。常人にはとうてい真似できない。

「気づいたのはそれだけか？　ブンヤのクセに鈍い奴だ」

鼻で笑われる。ほかに何が？　これまでに聞いた話を反芻する。

「ワイツマンは中国の蓮華大学に多額の寄付をしている。蓮華大学ってのは、国家主席の劉敦兵をはじめ中国共産党幹部の人材供給源になっている名門中の名門。ワイツマンは党の中枢ともツーカーってわけだ。トライブと繋がったことで、宋は米中両国にパイプを繋げたことになる」

あっ、と声が出そうになる。

貿易戦争。声が上ずる。そうか、そういうことだったのか。

「トヨトミは米中貿易戦争の間で板ばさみになるのを避けるために、双方にパイプを持つ宋に頼った。宋にとっては欲しかった自動車の開発ノウハウが向こうから転がり込んできたわけだから、渡りに船です。トヨトミにとっては輸入自動車への追加関税というカードを持っているアメリカの機嫌を損ねずに中国市場に出るために、双方に人脈を持つ宋は欠かせなかった」

そう思うがね、おれは、と武田は面白くもなさそうに言い、杖を手に立ち上がり、ゆっくりとした足どりで扉の奥に消えた。

それにしても引退して久しい武田の変わらぬ情報力と記憶力、分析力に舌を巻いた。思えば、現役時代の武田は重要な人物であろうとそうでなかろうと一度会った人間の名前は絶対に忘れず、再会が何年後だろうと必ず名前を呼びかけて挨拶ができたと聞いたことがある。はなから人間の出来が違う。宋も怪物なら、武田もまた常人離れした傑物である。こういう顧問・相談役なら解任せず置いておいて損はないのではないかと思うのだが……。

武田が紅茶のカップを載せた盆を手に戻ってくる。一瞬、扉の奥が見えた。

「あの、奥様は?」

夜討ち取材で武田の家を訪れると、応対してくれたのはいつも妻の敏子だった。武田が取材を受けたがらず追い返そうとするとうまくとりなしてくれ、どうしてもだめなときは申し訳なさそうに頭を下げてくれた。一度、運よく家に上げてもらえたときは、当時東京から単身赴任していた安本を気づかい、夕食の残りものでよければ、と惣菜を出してくれたこともあった。認知症はどの程度進んでいるのだろう。もうおれのことは覚えていないだろうな。

定期検査の日でな、と武田は言い、ぶっきらぼうな手つきでカップをよこす。

「午後から病院だ。だからこの時間にしてもらった。ところで……」

紅茶を一口、小さく音をたててすする。

「君の言うように、あのプライドの高い御曹司のお坊ちゃんが叩き上げの苦労人に本心から憧れるとはおれには思えんね」

武田は苦笑する。安本はトヨトミとワールドビジョンの提携に感じた違和感の正体がわかった気がした。提携の内容うんぬんではなく、豊臣統一は今すぐに宋と組む必要があったのだ。たとえ内心で毛嫌いしている相手を、諸手を挙げて褒め讃えてでも。

思い出す場面がある。

あの日のトークセッションでの一幕である。司会者の女性アナウンサーが、宋に統一の印象を尋ねた。「時価総額一位の企業を率いていらっしゃる豊臣社長について」と水を向けると、統一が突然横から「宋さんのところは二位ですからね」と割り込んだ。

武田の言葉を聞いた後では、あの発言が「一緒にしてくれるな」という統一のプライドの表れだったようにも思える。いや、推測の域を出ないのだが……。

「統一さんはメキシコ工場のことでトライブに攻撃されてから、すっかりトライブ恐怖症になってしまったと聞きますが、そのために喫緊の必要がない提携までするとは、少し怯《おび》えすぎではないでしょうか」

いや、と武田は即座に否定した。

「統一さんもわかってきたんだよ。ロビイングを胡散臭いダーティビジネスだと毛嫌いしていたころはケツの青い甘ちゃんだと思っていたが、十年近くやれば少しは成長するもんだ。地位が人を作るというのは本当かもしれん」

武田の顔がほころんだように見えたのは気のせいだろうか。

苦肉の策かもしれないがな、と独り言のように言う。

「おれでも同じことをしたかもしれない。投資で財を蓄えただけの成金を褒めちぎってな。口先でおだてるのと頭を下げるのはタダだ。いや、おれなら……」

そう言いかけて大きく咳《せ》き込んだ。苦しそうに背中を丸め、卓を片手で摑む。思わず大丈夫ですかと、側に寄ろうとするが、手で制される。「おまえなどに心配されるほど老いぼれちゃいないっ」と武田は息を喘《あえ》がせつつ言い、紅茶を口に含み飲み下す。

武田なら米中両国からどちらの市場を取るか迫られているかのようなこの難局をど

う乗り切っただろう。トヨトミ社長時代、アメリカ政財界へのロビイングをことのほか重視していた武田は、ワシントンに凄腕のロビイストを多数置き、民主共和両党の有力議員への献金や財界への根回し、現地の情報収集をけっして怠らなかった。今なら中国やロシアにもロビイストを置いていただろう。

「武田さんなら、トライブをいち早く抑えていたでしょう」

おべっかではなかった。武田なら、トライブにツイッターで恫喝されるようなことはそもそもなかったはずだ。もしかしたら宋よりも早くトライブに会っていたかもしれない。あるいはトライブが「泡沫候補」と見なされていた選挙期間中から彼の勝利を読み、関係を築いていたか。

「トライブだけ見ていてもアメリカの怖さはわからん。君は勉強不足だ」

褒め言葉など意に介さず武田は言った。勉強不足、知識不足への手厳しさもあいかわらずだ。バツの悪さからカバンの中のメモ帳を探る。もちろん、武田の指摘する「アメリカの怖さ」に関する情報など何も書かれていないのだが。

「去年、ペンタゴン（米国防総省）が取引業者に対してあるお達しを出した。《NIST-SP800》というアメリカが定めたサイバーセキュリティ対策の基準に準拠した情報システムを必ず導入するように、とのことだ。サイバー攻撃の防御のための具体的な手順と方法にまで踏み込んだ詳細な基準さ。ペンタゴンと付き合っている業者は多様だが、例外はない。機密情報を扱っていようがいまいが、この基準には従わなければならない」

「デジュール・スタンダードという言葉に戻りますね」

「まさしく。なぜかわかるか？」

「大統領選でロシアからハッキングを受けたとされるアメリカです。サイバー犯罪にはセンシティブになっているのではないでしょうか」

「まちがってはいない。だが、それは表向きの話だ」

　表向きの話。考えろ、ペンタゴンの通達の本当の意味はなんだ？

「アメリカがサイバーセキュリティに過敏になるのは当然だ。家電でも自動車でも何でもかんでもインターネットに繋がる時代だ。どこからハッキングを受けるか、わかったもんじゃない」

　ＩｏＴの時代である。すべてのモノがインターネットと繋がり、使用履歴や使用傾向がデータとして蓄積されていく。

「じじいの戯言《たわごと》だと思って聞け。すべてがインターネットに繋がるということは、すべてにサイバー犯罪のリスクがあるということだ。オートパイロットで航行している旅客機の制御系統にハッキングをかけて、高度を上げ続けるようにプログラムを書き換えられたらどうなる？」

思わず想像してしまう。高度を下げられなくなった旅客機は成層圏で迷子となり、燃料が切れると同時に墜落する。

「あるいは政府の要人が乗ったクルマを高速道路で制御不能にすることだって理論上できてしまう。極論を言えば兵器になりえるんだよＩｏＴは。産業の世界にとどまらない軍事マターであり、安全保障の問題なのさ。じゃあリスク回避のために何をするか？」

荒唐無稽な話だろうか？　そうは思えなかった。

「セキュリティ基準を一元化して、自国で設けた基準をすべての取引相手に守らせればいい」

「当然そうなる。あとは中国だのロシアだの妙なことを仕掛けてきそうな国の電子機器は極力入れないことだ。表立って禁輸すると角が立つから、関税を上げる。機密情報の国外持ち出しにはもっと強硬だ。とくに中国は軍産一体でアメリカの情報を抜き取りにきている。アメリカのテクノロジー企業から中国企業に転職する人間は少なくないが、怪しげな奴は空港でふん捕まえる」

七月、「ＡＰｈｏｎｅ」「ＡＰａｄ」などのモバイルデバイスで知られるアメリカのアンプル社で自動車の自動走行技術開発に従事していた中国人社員が中国企業に転職するために退職し、帰国しようとした際に、ＦＢＩに機密漏洩《ろうえい》の疑いで逮捕されていた。

「〝蟻の一穴〟からセキュリティは崩れる。だから絶対に穴をあけられてはならない」

サイバー空間の覇権をめぐる、米中の熾烈なせめぎ合いである。

関税の掛け合いの水面下で起きている、まさしく「戦争」だ。

しかし、アメリカの目的はもうひとつある、と武田は言い、ソファーの背もたれに身をゆだねた。ぎい、と金属の軋む音がする。

「これは国家の安全保障の問題というだけじゃない、ビジネスの話でもある。アメリカは安全保障を建前に、自国のセキュリティ基準を国際規格に仕立て上げて自国の製品を売り込みたいわけだ」

先に基準を作ってしまえば莫大な先行者利益を手にできる。アメリカの強さと飽くなき強欲さを改めて垣間見た気分である。

「自動運転車にしてもEVにしてもコンピュータ制御の半導体の塊です。自動車業界にも関わってきますね」

当然、というように、武田が目だけでうなずく。

「トライブに繋がろうと手を打ったまではよかったが、自動車関税を思いとどまらせるだけではダメだ。このアメリカの国家戦略にトヨトミが対応できなきゃアメリカでビジネスをすること自体が不可能になるかもしれない。中国は中国で独自のセキュリティ基準を作り、現地でビジネスをする企業に守らせようとするだろう。両陣営のセキュリティに対応するとコストがハネ上がる。さて、トヨトミ自動車社長はどう立ち回るかな。今や安全保障と通商は一体だということを身体で理解しているか……」

そう言ってから、まあおれにはもう関係のない話だと遠くを見て言った。安本にはその表情は少し寂しそうに見えた。

中国に対するアメリカの警戒感についての武田の見立てが正しかったことを安本が知ったのは、この面談から二ヵ月後のことだった。バンクーバー国際空港で、中国通信機器メーカー大手「ジーファイ（季華科技）」の創業者の娘で副会長兼CFOの楊愛玲《ヤン・アイリン》が、アメリカ司法省の要請を受けたカナダ当局によって逮捕された。容疑は、アメリカがイランに対して科している経済制裁措置への違反。しかし、そんな「建前」を信じる者は少なかった。ジーファイは実質的には中国共産党の管轄下にある半国有企業。しかもその製品にはスパイウェアが埋め込まれ、アメリカを含む全世界の利用者の情報が中国に抜き取られているという疑惑が常について回っていたからである。

第九章　失踪　二〇一九年　十二月

東京都港区。日米の国旗が交互に立てられた駐日アメリカ大使公邸のレセプションルームに大柄な男が夫人を伴って姿を見せると、すかさず壇上近くにいた男たちが懸命に手を叩く。会場はおお、とどよめき、割れんばかりの拍手が巻き起こる。

大柄な男、アメリカ大統領、バーナード・トライブの肩にも届かない背丈の宋正一が、招待客の群れからさっと飛び出して、両手を広げて抱擁を交わす。二人の姿が報道陣のストロボの光で青白く浮き上がる。ひとこと、ふたこと、何か言葉を交わしたようだが、拍手の音にかき消され聞きとることはできない。

まるでご主人様に餌をねだる犬だな。統一はあたりかまわずトライブにしっぽを振る宋を、冷ややかな目で見つめた。新元号「令和」の最初の国賓として来日したトライブの歓迎セレモニーに招待されたのは、トヨトミ自動車の豊臣統一、ワールドビジヨン・グループの宋正一など、日本企業のトップ約三〇人。米大統領選の選挙期間中から吠えまくっていた貿易赤字の是正のために、ついに自ら日本に乗り込んできた今回の訪問である。みな、歓待の笑みを浮かべてはいるが、内心は穏やかではないだろう。北米大陸が主戦場であり、自由貿易の見直しを迫られているメキシコにも生産拠点を持つトヨトミだけに、統一の心のなかも歓迎どころではない。多少の犠牲を払っても、輸出関税を据え置くためにどうすればいいのか、統一の頭の中では、いくつもの想念が浮かんでは消えていく。

「令和という新時代を祝う特別な時期に来日することができ、うれしく思います」

トライブはセレモニーの冒頭から手元のスピーチ原稿にさかんに目を落とす。空々しい祝辞である。

頭の中では、どうやって日本から搾り取るかしか考えていないに違いない。

「貿易交渉では、米日双方の利益に与《くみ》する合意を目指している」

トライブが会場をひと睨みすると、会場からはお追従のような拍手がわく。

「自動車業界は苦難のときですね」

声のほうを振り向くと、傍らに宋が立っている。

まったくですと言い、頭をかいた。

「しかし、あちらの思惑どおりに関税を上げられたのではたまらない。宋さんがトライブに道をつけてくださって助かりました。おかげでまだ交渉の余地はあります」

おせっかいな助言かもしれませんが、と宋はこう言った。

「アメリカと中国がやりあっている状況です。中国市場を狙っているのでしたら、公平にやったほうがいい。中国に工場を作るなら、アメリカへの投資も増やす。そして、トライブの心証を損ねないために、できるならば中国での設備投資を表沙汰にする前に、さもアメリカだけを重視しているように見せかける」

「その点は重々承知しております」

そう言い、軽く咳払いをする。暴君一人の機嫌をとるためにびくびくしなければならない日本、いや、わが身に苦々しい思いがこみ上げる。会場ではまだトライブのスピーチが続いている。

「これまでは、日本にとって相当に有利な条件だったが、今後米日両国はもう少し公平な関係になるだろう」

トライブが不敵な笑みを浮かべる。わかりやすい恫喝である。同時通訳の女性に同情してしまう。アメリカ側の身勝手な理屈をこちらに伝える役回り。アメリカに不利な両国の関係を公平に戻すということは、いったい何をしたいのだろうか？　報復的な関税をかけるのか、それともアメリカにもっと投資し、アメリカ人の雇用機会を作れということなのか。この発言からでは判然としない。

統一は宋に耳打ちする。

「実は先日、北京の蓮華大学で講演をする機会があったのですが、中国に行きアメリカに行かないのでは何を言われるかわかりません。ワシントンの通商会議に出席してスピーチの場を設けました」

すばらしい、やはり豊臣社長はわかっていらっしゃる、と宋は破顔一笑。

「うちもアメリカの通信会社の買収で睨まれていますから、うかうかしていられません。ただ、こうなると、やはり多方面に投資して種を蒔いていくことがリスクヘッジになるのだと痛感します。トヨトミさんとの協業も含めてです」

「ええ。われわれは自動車会社ですので御社ほど多岐にわたってはいませんが、EVや自動運転、ライドシェア、コネクテッドと、あちこち目配りしてやっています」

「目下の課題はEVでしょう。それも航続距離だ」

思わず、宋をまじまじと見る。

「私たちもサワダ自動車さんとEVの自動運転車の研究開発をしていますから、多少のことはわかります。やはり航続距離では苦労しているんです」

「バッテリーでしょう?」

それ見たことか、とばかりに、統一は宋に笑いかける。いくらサワダ自動車と組んだところで、門外漢の投資家が簡単に作れるほど自動車は甘くない。

宋はええ、と答えたあと、思案投げ首の様子である。

「しかし、本当にバッテリーなのでしょうか。私にはそうではないように思えてならんのです」

思わず噴き出してしまう。

「おもしろいことをおっしゃいます。バッテリーでないとしたらどこで航続距離を延ばせるというのです？」

やはり実業には疎い男だ。航続距離を延ばす方法など、バッテリーの改良以外にありはしない。ワンマン経営者の的外れな仮説で、現場がどれだけの遠回りをこうむるか味わえばいい。

会場で拍手が起こる。トライブが前景から去り、今度はアメリカ大使館通商部代表のあいさつが始まる。

わかりません、と宋はあっさり認めた。

「しかし、これ以上バッテリーに改良の余地があるとは私にはどうにも……」

考え込んでしまう。それは、統一も内心思っていたことだった。実際、自動車メーカーのなかには、ヤマト自動車のようにバッテリーの伸びしろに見切りをつけ、関連企業を海外資本に売却してしまっているところもある。トヨトミはまだ自社の研究開発を続けているが、目立った改善はみられていない。

「何か試していることがあるのですか？」

「ええ、ご存じの通り、自動運転車は半導体の塊ですから、電力消費が大きいでしょう。それに耐えうるバッテリーを探していたのですが、どうもいかん。たくさん積めばコストがかかるしスペースを食う。何か別の方法はないかと探っていたのですが、先日ようやく目途が立ったのです」

　そう言い、禿げあがった額を掌でなでる。

目途が立った？　統一は目で問い返す。宋は笑って、ご放念ください、まだ確証を得たわけではないのです、と首を振る。

　宋が考えていることを知りたかった。何かバッテリーではない方法が？　しかし、自動車一筋できたトヨトミである。ＩＴベンチャーの成り上がりに教えてくださいなどと素直に聞けるはずもなかった。そして、宋は聞きたくても聞けない統一の思いをわかっているかのように、慇懃な調子で続けた。

「まあ、トヨトミさんであればいずれすぐにわかることかもしれませんが、われわれはわれわれで地道にやっていくだけです。何かありましたら助言をお願いするかもしれません。その際はどうかご指導ください」

　宋はトヨトミと協業しているという意味では味方だが、完全自動運転車をライドシェアで運用することで、クルマを減らす未来を思い描いているという意味では、クルマを一台でも多く売りたいトヨトミの敵だ。この殊勝な態度を心の底から信用することなどできはしない。

セレモニーが終わり、晩餐会に移っても、統一の複雑な思いは晴れなかった。それは、参加した日本財界の面々もおそらく同じである。

歓待ムードのなかに、トライブへの恐怖と、アメリカへの不信がちらちらと明滅し、統一はその重苦しい雰囲気の中で、前菜を食し、メインディッシュのアメリカ産牛肉のサーロインステーキを口に運んだ。A5ランクの上を行く最高級の格付けだったが、味気ないことこのうえなかった。

＊　＊

「翔太はどうしてる?」

役員専用のエレベーターを待ちながら、統一は傍らにいた副社長の林公平に尋ねた。

それはもう、と林はうなずいて言った。

「がんばっていらっしゃいます。『TRINITY』（トリニティ）での評価も上々ですよ」

「あいつ、ひ弱なところがあるからなあ。工場研修のときみたいにな」

そんなこともありましたね、と林。

「工場で貧血を起こされたのはもう昔の話。今はすっかり逞しくなられて。社長のお若いころによく似てきました」

豊臣統一の息子、翔太は父と同様、城南義塾大学を卒業後、海外留学と外資系証券会社勤務を経たのち、トヨトミ自動車に入社して三年目。名古屋での研修を終えてからは東京本社に配属され、今は昨年立ち上げたトヨトミの自動運転技術開発を担う新会社TRINITYでソフトウエアのエンジニアらを取りまとめる人事部に配属されている。このTRINITY、設立されてしばらくは日本橋に臨時のオフィスを構えていたが、やはり大事な息子の職場、それなりのものを用意しないといけないという統一たっての希望で、今年の四月からは六本木交差点に程近い一等地の四〇階建て高層ビルに新オフィスを借りている。

「あいつも今年で三十三だからね。〝外のメシ〟も食っているんだから、そろそろ一本立ちしてほしいんだが」

もうそんなお歳ですか。林は心底驚いたという顔をする。まったくだ、と統一は苦笑する。最近の三十三歳は幼い。だからこちらもいつまでも子ども扱いしてしまう。

エレベーターに乗り込み、他に誰も乗っていないのを確認すると、統一は言った。

「子どもの成長じゃないが、歳月人を待たずだ。ウチの開発は何をやっているんだ」

一転して語気が強まる。織り込み済みでしたが、と林が渋い顔で応じる。

「やはりバッテリーですな」

トヨトミのＥＶ開発の話である。

「全固体電池はどうなんだ」

「量産化はまだ当面見通しが立たないようです。来年中の量産化はきびしいでしょう。二〇二二年にも間に合うかどうか……」

雁首《がんくび》揃えて何をやっている。いったい何年かかっていると思っているんだ。統一は声には出さずに罵った。

「世界中のメーカーがＥＶを出しているじゃないか。いまだにハイブリッド車頼りだってのがもう時代遅れなのに、この期《ご》に及んでのこのこ他社と性能の変わらないＥＶを出したらいい笑い者だ。何としても走行距離のボトルネックを克服しないと」

今や世界の主要自動車メーカーの中で、ＥＶを発売していないメーカーはほとんどないといっていい。トヨトミも参入の遅れを挽回すべく開発を急いでいたが、バッテリーというボトルネックが分厚い壁となって立ちはだかっていた。トヨトミにとって、たとえＥＶであってもガソリン車やハイブリッド車並みに、一回の充電で走行距離六〇〇キロはないとクルマではない。まして、北米や中国など、広大な国土を持つ市場を股にかけているのだから。

声を荒らげる統一から逃げるように、秘書の北岡良平がエレベーターの角に寄った。

「連中も不眠不休でやっています」

「本当に照市で大丈夫か？」

「私も考えましたが、彼に勝る人間はいません。信じて待つしかないでしょう」

「しかし、今のままではまずい……。発売が遅れれば遅れるほど、ユーザー満足度のハードルは高くなるぞ」

高層階の役員フロアでエレベーターが止まる。

扉が開く直前、林が北岡に聞こえないように囁いた。

「照市の尻を叩きますか」

ああ、のんびりやられちゃかなわんよ、と返す。それなら私が、と林が言った。

「何か考えているのか？」

林はそれには答えず、意味ありげに笑うと早足で去っていった。


一週間後の役員会議。

事業のさまざまなイシューにかかわる方策を出し合うのが会議だが、あっさりと解決策が出るような問題ばかりなら誰も苦労はしない。棚上げせざるを得ない問題、当面はよりよい方向性が出せない問題もあれば、走りながらよりよい方向性を探さなければならない問題もある。

いまのトヨトミの場合、最大の課題は開発中のEVの走行距離である。期待を寄せていた全固体電池はまだまだ道半ば、現行の電池にも革新的な改良はなされていない。そうこうしている間に、主要自動車メーカーばかりか、家電メーカーや半導体メーカーまでもがEV製造に参入し、トヨトミはEVに関しては後《おく》れを取っているどころか完全に取り残されている。

幸か不幸か足元の業績はいい。ここ数年の懸念事項であったアメリカ市場での売り上げ低迷は徐々に解消の兆しを見せはじめ、五月のトライブ大統領訪日時に出席した夕食会でさんざんおだて、ほめそやしたおかげというわけでもないだろうが、かねてからちらつかされていた自動車や自動車部品への追加関税の発動や輸入制限といった事態も避けられている。

それを補うようにアジア、ヨーロッパでの販売が伸び、今月初頭に発表した二〇一九年九月の中間決算では、売上高が一五兆円を突破。純利益も前年の一兆二四二三億円を上回り、一兆四〇一三億円と、一兆五〇〇〇億円をうかがうところまできた。林もさすがに決算発表会の席では「原価低減と組織の効率化の効果が出始めている。だいぶ骨太な組織になってきた。マルはまだつけられないが、楕円形くらいの評価をしてもいいいんじゃないか」と語った。ただ、これはあくまでマスコミ向けの発言である。

二年前と何も変わっていない。それが豊臣統一の現状認識だ。好調な業績の陰に隠れているが、技術での立ち遅れはいずれ致命的な弱点になる。

林はよくやっている。ＥＶや自動運転といった莫大なキャッシュが必要な一方で、回収に時間のかかる開発投資を維持していくためにグループ企業を再編。林はそれを主導した。

象徴的なのは、ＰＣＵ（パワーコントロールユニット）と呼ばれるモーターの回転やトルクを制御する電子部品の工場をトヨトミ本体からトヨトミ車の電装品を作るグループ会社の尾張電子に移管し、開発から生産までを尾張電子が一手に引き受ける体制を整えた点である。ＰＣＵは電動化の核となる部品であり、多くの開発資金を必要とするセクターのひとつだ。

もともと、トヨトミは「自前生産」にこだわりのある会社である。一九九七年の初代プロメテウス発売時、このクルマに搭載する電子部品の開発・生産を自社で行うことにトヨトミは強くこだわった。グループ企業とはいえ、コアになる部品の製造を完全に任せてしまえば、トヨトミの開発力は落ち、部品の品質やコストを見極める能力も残らないとの判断だった。グループ内での受け持ちの最適化、つまり「適材適所」にはリスクも伴うことがわかっていたのだ。

しかし、世界規模での自動車産業の一大再編期に、餅は餅屋で、強い技術力があるところに任すものは任せて、開発スピードを上げなければ生き残れない。この大規模な移管はトヨトミと尾張電子の双方に足場を持つ林だからこそできたことである。

あとはこのグループ再編の効果がいつ出るかということだが、いかんせん見通しが立たない。なまじ業績がいいものだから、役員らもどこかネジがゆるんでいるように思える。統一には四十代、五十代が大多数を占める役員たちが、そこまで必死にやらなくても退職するまでこのまま逃げ切れると考えているように思えて仕方がない。

会議は活発な意見が飛び交う場とはほど遠く、ぬるま湯のような雰囲気で散会しつつあった。発言するのはほとんどが司会役の林、残りは統一。他の役員は二人のやりとりにうなずき、決議事項を承認するだけで、二人に異議を唱える者も、私見を述べる者もいない。

トヨトミは今年一月一日付で人事制度を改変し、五五人いた執行役員を二三人に減らしていた。

この人事制度改変では、常務役員のポストを完全に廃止し、その下の部長職、次長職とまとめて「幹部職」としたのに加え、専務役員以上を「執行役員」とした。トヨトミの常務役員は年収が四〇〇〇万円近くになり、オフィスでは個室、秘書つき、車つき。麴町にある接待施設「トヨトミ麴町倶楽部」では一本数万円する高級ワインを開け放題である。この贅沢三昧では勘違いする人間も出てくる。役職にあぐらをかき、ふんぞり返って、ろくに現場にも出向かない。この改変には、まだ若い息子の翔太に役員昇格の道筋をつける「裏の狙い」こそあれ、こうした「腐ったみかん」を一掃し、若手にチャンスを与えたいのも確かだった。しかし、この会議を見ていれば、改変の効果はまったくなし、と見なさざるをえない。

一般職の女性社員が各役員の前に置かれたマイクとペットボトルの水を片づけはじめ、役員らは配布されたレジュメを秘書に手渡していた。

「諸君。三分私にくれ」

役員らは動きを止め、声の主のほうをいっせいに見る。

林が立ち上がり、一同を見渡した。表情はいつもと変わらず、穏やかだ。

「トヨトミに戻ってきて三年。最後のご奉公だと思ってやっている。幸いにも業績は悪くない。みなさんには感謝しなきゃいかん」

そう言ってにこにこと笑うと、数人の役員の顔がほころんだ。同時に、会議はお開きだというのにまだしゃべるのかと食傷気味の顔もちらほら。全員が年下。中には息子ほどの年齢の役員もいる。

「知ってのとおり、私はトヨトミからグループ企業に出向した。五十一歳のときだ」

隣に座っている統一は、横目でチラリと林を見た。林はマイクを通さず、よく通る声で続けた。

「出向も転勤もサラリーマンの宿命だ。行けと言われれば黙って従うしかない。しかしプライドってものがある。五十を過ぎるまでトヨトミ一筋でやってきたんだ。トヨトミで終わりたいと思っていた。大した出世をしていたわけじゃないがね。そのときは財務の主査だったが」

一度言葉を切り、円形の巨大なテーブルを囲む一同を眺める。

「やはりショックだったよ。関連会社への出向は、自分がどう思っていてもまわりは都落ちだと噂するもんだ。五十一歳だぞ、そんな歳でいきなり知らない場所に放り込まれるんだ。いったい何ができる？　おれのサラリーマン人生もここで終わりだと覚悟した。言葉は悪いが片道切符の流刑の地での最後だと」

静寂の中に唾を呑み込む音が吸い込まれていく。

「人事は順番ではない。真面目に実直に仕事をしていればグループ企業に行ってもトヨトミに返り咲くチャンスはあると社長はおっしゃる。実際私がトヨトミに戻されたのはそのメッセージを伝えるためでもあったんだろう」

統一は林を見上げたが、林はこちらを見ずに話し続けた。

「しかし、はっきり言ってそんなことはめったにあるもんじゃない。私はたまたまそうなっただけだ。もう二度とないかもしれない。自分のキャリアという意味では、君たちは社長のお言葉を忘れたほうがいい」

一同がこちらを見る。林と自分を見比べる者もいる。

なあ、笠原君。そう言って、林は笠原辰男を見た。

笠原辰男。五十六歳。トヨトミの管理部門を掌握する実力者であったが、昨年からは中国での販売戦略の立案も兼務、今年からは北京トヨトミ自動車投資有限会社の会長として、中国市場専任となった。林を尾張電子副会長からトヨトミの副社長に抜擢する人事は、役員人事の原案を作る笠原による発案だった。その案を見たとき、統一は笠原の人事担当者としての能力を確信した。自分もまったく同じことを考えていたからだ。統一はテーブルの下で脚を組みかえる。林に名指しされた笠原は表情を崩さなかった。

「ふつうなら出向になればそのまま終わりってことだ。諸君もトヨトミで役員まで上り詰めたんだ。よもや関連会社で最後を迎えたいとは思うまい」

奇妙に緊迫した空気が議場に流れていた。林は全員に語りかけているようで、明らかに誰か特定の人物に語りかけていた。

林副社長、不意に四十代のある役員が声をあげた。

「誰かが出向になるのでしょうか」

林は黙って首を横に振った。淡々とした口調からは意図がわかりにくい。激励しているのか、鼓舞しようとしているのか、それとも暗に脅しているのか。

「体験した私が言うんだから間違いない。出向ってのはな、基本的には〝負け〟だ。

君らは勝って終われということだ。わざわざ私のような経験をすることはない。今ががんばりどきじゃないか。照市くん」

突如名指しされた副社長の照市茂彦はぎょろりとした目を林に向けた。

「一にも二にもトヨトミはクルマづくりの技術だ。他社のあとを追いかけっぱなしじゃ寝つきが悪いだろう」

ええ、もちろんと言った照市の顔は赤らんでいた。寝つきが悪いどころか、ろくに寝ていませんがね、と皮肉っぽく続けたが笑う者は誰もいなかった。

「私はクビ、ということでしょうか」

声が震える。恐れを含んだ目で統一を見た。そして視線を林から笠原、そして副社長の寺内春人へとめぐらせる。他の役員らは固唾《かたず》を呑んで、表情をこわばらせている。もともと照市は出世への意欲が薄く、嬉々として技術開発を極めようとする研究者気質の人間と見られていた。その恐れは役職を奪われることへの恐れではないように統一には思えた。林は問いかけに答えず、じっと照市のほうを見続けている。本来は副社長同士、上下の関係ではない。しかし、照市は明らかに林に気圧され、額に光る汗を浮かべたまま肩をこわばらせている。

たまらず統一は口を挟んだ。

「存分にやってくださいい照市さん。ＥＶをお任せできる、あなた以上の人はいない」

詰めていた息を吐く苦い音、場の空気に耐えかねてそわそわとテーブルの下で自分の膝や太ももを擦る音がそこかしこで聞こえた。秘書を呼び寄せ、何事か耳打ちしている役員は後ろの予定をずらすよう命じているのだろう。議場を立ち去ろうとする役員は誰もいない。

「こういうときこそ一丸となって技術部門をサポートしなければ」

統一は一同をとりなすように言った。そして内心で、自分がこうすることも林には織り込み済みだったのではないかと思った。

照市さん、と統一は続けた。

「どんなに自動車をめぐる環境が変わってもトヨトミがいいクルマを追い求める企業であることは、未来永劫変わりません。ユーザーが乗りたくなるクルマを作るのが私たち全員の不撓不屈《ふとうふくつ》の精神で取り組むべき使命なんです。あなただけに責任を負わせるつもりはない。航続距離一〇〇〇キロのEV、かならずや、実現できる方法はありますよ」

照市の目に強い光が宿ったように見えた。

そのときふと、バーナード・トライブ訪日歓迎パーティで聞いた、宋正一の言葉が頭の中でフラッシュバックした。

――本当に、バッテリーなのでしょうか――その直感に導かれるように問う。

「思いつきで言いますが、ＥＶの航続距離を延ばすには、バッテリーの改良だけが方策なんでしょうか？」

照市が一瞬怪訝な顔をする。

「たとえば、モーターやインバーターの改良で同じ効果を得ることは？」

「根本的にはエネルギー供給源の改良が本筋でしょう。もちろんモーターやインバーターを改良してより少ないエネルギーで高いアウトプットを得られるような研究も並行してやっていますが」

照市はそう答えたが、思い出したように組んでいた腕をテーブルに置き、秘書に何事か囁いた。

「そういえばモーターの巻き線が得意な会社があったろう。初代プロメテウスで使ってた」

役員の一人が言った。別の役員がすぐに反応する。

「森製作所の森さんだ。ＥＶでもあそこの巻き線を使ってるんだろう」

いや、と照市は言う。

「森さん、いや、森製作所の巻き線は今開発中のプロメテウスでは使っていません」

そうです、と部品調達担当の浅井敬三という役員が後を引き取る。部品調達は製造コストの肝を握る、自動車メーカーの最重要セクション。この役員は一月の人事改変で、購買部の部長から異例の抜擢を受けて執行役員に昇格した四十八歳の若手である。統一が取締役になったころ、調達担当を任され購買部の業務秘書として統一の補佐役を務めたのがこの浅井だった。献身的なはたらきが記憶に残っていたため、引き上げてやった。浅井は言った。

「最新型のプロメテウスから巻き線は尾張電子で内製します。今後、森製作所とうちは取引がなくなります」

「その森製作所と情報交換してみたらどうだろう」と統一が提案すると、待ってください、と浅井が立ち上がった。

「たしかに、初代から三代にわたりプロメテウスに搭載しただけあって、森製作所の巻き線が優れているのはたしかです。ただ、今のトヨトミ以上の技術があるかという と私は疑問です」

反論させているものは、自社の技術へのプライドだろうか。浅井の目は「トヨトミの技術を、いやサプライヤーの技術力を見極めるおれの目を疑うのか」と統一を咎《とが》める色さえ帯びていた。

「そんなのわからないじゃないか」

社長はご存じないかと思いますが、と前置きして浅井は反論する。

「森製作所は社員三〇人の町工場です。そんな会社に技術の上積みなんてありえない。

期待するだけ無駄ってものです」

　こちらから縁を切った相手に教えを請うことに抵抗を感じているのだとしたら、それは慢心からくる無駄なプライドだ。ＥＶ開発は完全に袋小路。すがれるものなら頭を下げてでもすがりたい。

「町工場と見下さず、一度話を聞きに行ってみてくれますか。もし得られるものがあれば儲けものだ」

　しかし、と浅井はなおも食い下がるが、「自社の技術力を過信するのは危険だ」「巻き線の工賃だけで食ってる会社ってのはすごいな」「うちが知らない知識をもしかしたら持っているかもしれない。聞くだけ聞いてみたらいい」といった声が他の役員たちからあがる。その声に新参の役員は抗うことができなかった。浅井は着席し、無駄ですよ。われわれも尾張電子も改良に改良を重ねているんだ。トヨトミ御三家の尾張電子の開発力は群を抜いているなどとぶつぶつ言っている。

　浅井がしぶしぶ納得する形で会議は散会した。今度こそ、という足取りで役員らは遅れた予定を取り戻すべく、秘書をしたがえて引きあげていった。大方が退室し、最後に浅井が背後を通り過ぎようとしたとき、林がぼそりと言った。

「なぜ、森製作所との取引を切った？」

　浅井が立ち止まる。後ろに付き従う秘書を振り返り、先に行くよう目配せする。

「尾張電子の技術力ならば、同水準かそれ以上のモーターを作れることがわかったからです。もちろんコストダウンもできる。外注する必要はありません。尾張電子にいた林さんならおわかりでしょう」

トヨトミ・グループの再編とコストダウンの旗振り役である林はチェアをゆっくりと回し、半身で浅井に対峙する。

「なるほど。森製作所は、親豊会のメンバー企業でもないし、その判断が正しければ、それでいい。しかし……」

林はじっと浅井を見つめる。奇妙な沈黙が三秒、いや五秒は続いたかもしれない。

林は表情をゆるめる。

「いや、何でもない。森製作所には開発部か尾張電子のほうから連絡をさせる」

「私から連絡させてください。森社長とは付き合いが長い」

林が怪訝な顔をする。弱い西日がブラインドを抜けて浅井の頬を照らしていた。こめかみにはじっとりとした汗がにじんでいる。

＊　＊

「消えた？」

日商新聞東京本社。午前八時過ぎ。取材に出ている渡辺泰介からかかってきた電話に思わず大声が出る。オフィスに残っている面々の視線がいっせいにこちらを向く。夕刊当番のため出勤したばかりのデスク・安本明は慌てて周りを見回す。

多野木さんの情報です、と渡辺は前置きした。多野木がとった情報の精度はよく知っている。少なくともガセネタや憶測ではないということだ。

「今日の朝回りに出てこなかったらしいんですよ。事情の説明はナシで記者は門前払い。名古屋支社は大騒ぎになっているって。多野木さんはトヨトミを担当して長いけど、こんなことは初めてだって言っていました」

「急病か」

トヨトミだけではない。巨大企業は、経営者の体調についての情報は株価への影響を考慮してけっして表に出さない。家族のほかごく限られた人間にしか知らされることのないトップ・シークレットである。

「僕も多野木さんに同じことを訊いたんですけど」

渡辺は安本の見方を否定する。

「それにしては邸宅の警備員が慌ただしいんだそうです。敷地内に三京銀行の社員寮があるのを知っていますよね？」

豊臣統一宅の敷地の一角にメガバンクのひとつ、三京銀行の社員寮があるのはトヨトミ担当記者の間ではよく知られた話である。個人宅の敷地内になぜそんなものがあるのかは定かではないが、かつてこの寮に住んでいた銀行員がトヨトミの副社長に抜擢されるという一見不可解な人事が行われたことがある。そのときは、その行員は統一の母、豊臣麗子の資産管理を担当しており、彼女の信頼を得たことがこの抜擢に繋がったのではないかと噂されたが、あくまで噂。真相は藪の中である。

「その寮のほうに警備員が立ち入ったりしているそうです。体調不良でその動きはおかしい。だからこれは多野木さんも半分冗談で言っているんでしょうけど……」

一拍間を置く。唾を呑み込む音。

「失踪《しっそう》したんじゃないかって」

情況が呑み込めない。失踪って、いったい？

「犯罪に巻き込まれたんだろうか。誘拐とか」

「さすがにそれはないでしょう。あれだけの警備です。ただ、だとしたら一人で外出したことになる」

「外出っていったいどこに？」

そんなこと僕に聞かれてもわかりませんよ、とむっとした声が返ってくる。いったい何があったっていうんだろう。週刊誌やタブロイド紙なら大喜びする話だが、と心の中で週刊誌の見出しを想像する。

電話が切れると、椅子の背もたれに身体を預け、天井を見上げる。あれこれと想像をめぐらせてみるが、判断材料が今のところ渡辺の話だけで、うかつな憶測などできるはずもない。ましてプライベートで愛人の噂もあれば家庭の外に子どもがいるという噂もある統一である。最近では三十代も後半になってブレイクした遅咲きの女優がもっぱらのお気に入りだとか。仮に失踪だったとしても、原因がトヨトミの経営上の悩みかどうかもわからない。

堪《こら》え性《しょう》のないお坊ちゃん、何か嫌なことがあってふらりと出かけたのだろうか。馬鹿な、慌ただしい年の瀬の朝に？　もしそうなら職務放棄もいいところだ。そんな子どもみたいなことをするだろうか？

業績好調の一方で次世代技術の開発が遅れに遅れているトヨトミの行く先を懸念する声は、記者から上がってくる懇談メモにしきりと書かれていた。ＥＶ開発、ワールドビジョンとの協業、自動運転。あちこちに手を出すが、どれも目立った成果は得られていない。外から見ても行き詰まっているのがわかる。追い打ちをかけるように、先週とんでもないニュースが飛び込んできた。ＥＶ車のパイオニアとして知られるコスモ・モーターズが低価格の大衆向けＥＶの量産体制を確立したというのだ。

おれが経営者ならとっくに逃げ出しているな、と安本は苦笑する。すべてを投げ出して、どこかに雲隠れしているかもしれない。

しかし、統一はこれまでにリーマン・ショック、アメリカで暴走事故を契機に大問題となったゼウスの大規模リコール、アメリカ議会下院でのほとんど吊るし上げに近い公聴会など、これでもかというぐらいの修羅場をくぐってきてもいる。こんなことで逃げ出すくらいならもうとっくに逃げ出しているだろう。だとしたら……。

さかのぼること二時間。豊臣統一は行き先を誰にも告げず名古屋市内の自宅を出発した。夜明け前。まだ邸宅の周りにマスコミの姿はない。

車庫から選び出したキングのエンジンがかかる音が閑静な住宅街にこだました。裏門に出ると、夜通し邸宅の外周を回っている、警備員二人が乗ったプロメテウスと出くわした。統一はパワーウィンドウを開き、ごくろうさんと声をかけた。

助手席に座る警備員は驚いた顔で一礼すると窓を開け、どちらへ、と尋ねた。口元に人差し指を立ててから、極秘任務だ、すぐに戻るから私が出て行ったことは誰にも言うな、他の警備員にも伏せておくように、と告げるやアクセルを踏んだ。

名古屋高速東山線に入り、まばらに走る長距離トラックの合間を縫うように先へ先へと急いだ。クルマは路側灯が煌々と光る暗い道を、西を目指す。行き先は三重県伊賀市。森製作所である。

トヨトミのＥＶ向けモーターの共同開発を直談判する。これがダメならトヨトミのＥＶ開発は手詰まりだ。自分が宣言した低価格かつ航続距離の長いＥＶの実現への武器はなくなる。

目に見える結果が欲しかった。ＥＶでなくてもいい。自動運転でもカーシェアでもコネクテッドでもかまわない。先端技術分野で実績がないと「トヨトミは遅れた会社」というイメージが定着してしまう。ブランドの失墜は売り上げが減少するよりも性質《たち》が悪い。売り上げは一年で戻すことができるが、一度地に落ちたブランドを元に戻すのには十年かかる。それだけは絶対に避けねばならない。

トヨトミの役員会議から二週間と経たない十二月初旬、事態はもう一刻の猶予もないことをトヨトミ首脳陣に知らしめる出来事が起こった。アメリカのコスモ・モーターズが同社初となる大衆車モデル「コスモ・タイプ３」の量産化をついに実現したのである。

テック企業が群居するシリコンバレーを本拠に、バッテリー式電気自動車とその関連商品を製造・販売するコスモ・モーターズは、二〇〇八年に世界初の完全電動自動車を発売し、ＥＶブームの火付け役として名乗りを上げた。コスモ初の生産車両であるロードスター「シグニチャー・サウザンド」など九万八〇〇〇ドル（約一〇〇〇万円）ほどする高価格のＥＶを次々世に出し話題をさらってきたコスモだったが、唯一の泣き所は大量生産能力がない点であった。また、一台一〇〇〇万円では、どんなにクオリティの高いクルマであっても庶民には手が出ない。これではコスモが目論むＥ

Vの世界的な普及はとうてい望めない。

「排ガスゼロのEVで地球を温暖化から救う」というIT長者の創業者、タイロン・マークスの「夢」に惹き込まれた投資家から膨大な額の資金を引き出してきたベンチャー企業のコスモ・モータースだが、高級モデルを細々と売る商売に落ち着いてしまっては欲の皮のつっぱった金主たちから何を言われるかわからない。潤沢な投資資金と引き換えに絶え間ない成長を義務付けられているマークスは二〇一六年一月、価格を三万五〇〇〇ドル（約三七二万円）程度に抑えた大衆向けEVの生産を打ち出した。大量生産・大量販売によるスケールメリットで、車両価格を押し下げようというわけである。

これまで量産の術を持たなかったコスモがついにEVの大量生産に乗り出した——これはコスモがEVで覇権を獲る前兆だとにわかに色めきたった産業界だったが、冷めた目で見る人々もいた。他ならぬ自動車メーカーの面々である。

自動車の大量生産はそんなに甘いものではない。高品質の部品の調達から生産ラインの整備、維持管理まで、膨大なコストと時間、そしてノウハウの蓄積が必要なことを、百年もの歴史を経て骨身に染みてわかっていたのである。そして、その予想は的中した。コスモは量産ラインで地獄を味わい、「自動車を製造すること」と「自動車を量産すること」の違いを嫌というほど痛感することとなった。

四〇万人以上が日本円で一五万円ほどの予約金を払ってまで予約したコスモ・タイプ3だったが、マークスが掲げた「週五〇〇〇台」という生産台数の目標達成は遅れに遅れた。大量生産に向けた設備の敷設から問題が噴出。従来の「高級モデル少量生産」のためのラインが量産型のコスモ・タイプ3に合わず、急遽、屋外にこの車種を製造するための巨大なテントを設置するというドタバタぶりの写真がネットに流出した。二〇一八年の第三四半期《クオーター》（一月〜三月）になっても、納車まで漕ぎ着けられたのはわずか一五〇〇台という有り様。納車されたクルマにも不具合が続出し、クレームに対処するカスタマー・サポート部門の未熟さをも露呈することとなった。

当然ながらキャッシュ・フローは悪化し、一時期は資金ショートがしきりに噂される事態になったが、そのたびにマークスは口八丁の大風呂敷を広げ資金を調達すると同時に、今年一月には全従業員の七パーセントをリストラした。高コスト体質の改善を目指しつつ量産化の取り組みを続けるうちに生産がようやく軌道に乗り、八月ごろからは安定した品質の「タイプ3」の大量生産をようやく実現させていた。ということはつまり、すったもんだの末、最終的には無謀とも言われたチャレンジに成功、コスモは、これまで自動車産業が百年かけて蓄積してきた量産ノウハウを極めて短時間でものにしたともいえる。

予約者の元にタイプ3が届くと、その評判はたちまちアメリカ中に広がった。

とくに敏感だったのはロサンゼルスやサンフランシスコといった新しもの好きのリベラリストが多くいる米西海岸である。ハリウッド女優がわずか数秒で時速八〇マイル（約一二九キロ）に到達する走行画像をインスタグラムに投稿すると、ガソリンエンジンをはるかに凌ぐ、立ち上がりから高いトルクを発生するモーターの加速性能が話題となる。また若者から世界的な支持を集めるラッパーがスマートフォンでドアを開錠する動画を派手なアクションつきのラップに乗せて公開すれば、またたくまにSNSで拡散された。といっても、彼らにとっては何台も所有するクルマのうちの一台に過ぎなかったのだが。

その人気はアメリカを飛び越えて、中国やヨーロッパにも広がりつつあった。とくにドイツ、フランス、イギリスで注文が殺到。またもやコスモの供給能力を上回ったが、ノウハウを確立したコスモはすぐに増産の体制を整えてこれに対処した。

そして中国では、タイロン・マークスが確約していた上海の生産工場が着工し、予定を早めて二〇二一年には稼動できる目途が立つと、再びコスモ・モーターズは投資家らの注目を集める。世界でEVブームが実体を伴う形で訪れつつあった。

翻ってわがトヨトミはどうか。自社で開発中のEVの航続距離はいっこうに延びず、バッテリー改良の目途も立たない。

だが、トヨトミはコスモにけっして白旗を上げたわけではなかった。社長の豊臣統一だけではない。開発にかかわる照市ら幹部も、航続距離一〇〇〇キロを達成しEVの覇権を握ることをあきらめてはいなかった。

　EVはバッテリーを積めば積むほど航続距離が延びる。ゆえに航続距離を追い求めると単価の高いバッテリーを大量に積む必要があるため、どうしても販売価格は高額になってしまう。コスモ・タイプ3の航続距離は単純走行で四九〇キロ。実走でエアコンなどをつかえば、三〇〇キロがせいぜいだろう。販売価格を落としたら航続距離も大きく落ちた。だから、まだ「イノベーション」は起きていない。価格を抑え、なおかつ航続距離も延ばすという、EVの宿命の二律背反を解決するイノベーションに成功したものはまだ誰もいないのだ。それならば、まだ逆転の目はある。

　クルマが名阪国道に入るころ、東の空が白み始めるのをサイドミラー越しに認めた。やがてオレンジ色の太陽が昇る。朝七時過ぎ。今ごろ、自宅では統一が誰にも行き先を告げずに外出したことで大騒ぎしているだろう。自宅の正門前で中に招き入れられるのを待っている朝回りの記者たちのことを想像して愉快な気持ちになり、思わず顔がほころんだ。また明日話してやろう。

　伊勢の山々の谷間に沿って延びる道をキングが疾走する。実は、森製作所を訪れるのは先週に続き、二度目だった。前回は社用車の後部座席から眺めていた景色も、自らハンドルを握ると様変わりして見える。もうすぐだ。信じられるのは自分だけ。トヨトミを救うのはおれだ。おれがやるしかない。独裁者だか独裁者失格だか知らないが、おれがこの会社のトップだ。

森製作所はモーターで画期的な技術革新を起こした。統一は確信していた。

役員会議の直後、自分から連絡を、という浅井を制し、統一は開発セクションの担当者に連絡させ、森製作所にモーター開発についての意見交換を願い出た。一度はこちらからの申し出で袂《たもと》を分かった相手だが、森製作所は長年プロメテウスのモーターの巻き線を担当していたサプライヤーである。モーターの納入をちらつかせれば断れはしないという目算があった。

しかし、森製作所からの返事はノー。それも、社長の森に繋いでもらうことすらできず、電話に出た事務員からの返答である。何とかなるだろうというのはこちらの思い上がりだったのかもしれないが、このような無下《むげ》な断られ方をするだろうか。トヨトミに入社直後、営業マンとしてフローラを売っていたときのことを思い出した。こういう対応をされるということは、こちらが何か重大な不手際をやってしまったのか。いや、違う。こちらの不実や不義理で信頼を決定的に失ったのではないか。

森製作所の反応に胸騒ぎをおぼえた統一は、すぐさま副社長の林公平とともに、森に会うために伊賀に向かった。

小さな町工場と聞いていたが、実際に来てみると本当にこぢんまりした田舎の工場だった。トヨトミの本社工場を見慣れているからか、工場というよりも資材置き場の倉庫に見えた。

「おんぼろでしょう」

そう言って統一と林を工場内の応接室に通し、ソファーにかけるようすすめる社長の森敦志に、統一は単刀直入に申し入れた。

「トヨトミは今開発中のＥＶで、航続距離が延ばせず、バッテリーの改良以外に方策がないものか模索しています。どうか御社のお知恵をお貸しいただけないでしょうか」

「お電話でも申し上げたとおり、ご協力はできかねます」

森の返事は変わらなかった。

「ワールドビジョンさんと協業されているトヨトミさんですからご存じかもしれませんが、うちは今ワールドビジョンさんとサワダ自動車さんが共同で進めている完全自動運転車開発のプロジェクトに参加しているのです。これまでのお付き合いもありますから率直に申し上げますが、リソースに限りがあってご協力はきびしいといいますか。小さな会社ですので……」

寝耳に水である。隣に座る林を見て、知っていたか？　と目配せを送ったが、林は首を横に振った。同時に、頭に宋正一の顔が浮かんだ。宋が言っていた、ＥＶの航続距離を延ばす、バッテリーの改良以外の方法とは、森製作所のモーターのことだったのではないか。そう考えると、あの発言のつじつまが合う。ならば、目途が立ったというのは……。

ワールドビジョンとの協業をはじめて以来、宋とは何度も打ち合わせの場を持っていた。二人で話していても、サワダ自動車とのプロジェクトの話はよく出るが、森製作所のことはひとことも言っていなかった。教えてくれたっていいではないか、と恨めしく思ったが、ビジネスの世界はこんなものだ。協業しているからといって、すべてを包み隠さず教えてくれるわけではない。トヨトミもワールドビジョンも協業先、出資先が多岐に及ぶ企業である。互いの協業関係をすべて把握しているわけではないのかもしれない。統一は宋に対して芽生えた不信感を抑えるべくそう考えた。

しかし、驚きはこれでは終わらなかった。情報交換だけでも、と説得をこころみた統一と林に、森は信じられない事実を告げた。

「本当ですか、それは……！」

霧の深い朝だった。三重県西部の上野盆地のほとんどを占める伊賀市は夏の暑さも冬の冷え込みもきびしい。加えて、太古は琵琶湖の湖底だったというこの盆地は、秋から初冬にかけて夜明け前に濃霧が発生する。

十二月になると、ようやく朝霧の日は少なくなるが、今日にかぎっては一面雲の中に入ったかのような濃霧に覆われていた。今朝はまた一段とすごいな。毎朝七時半に製作所に出勤している森敦志は、工場を開け、中から窓を覆うシャッターを上げると、外を見てつぶやいた。夜の間に立ち込めた霧は、朝になってもまだ一〇メートル先が見えないほど。風はなく、一向に晴れる気配がなかった。周囲にクルマの通りはほとんどないため、四キロほど離れた関西本線の線路を走る列車の音がかすかに聞こえる。

夜の間に工場の中は耳たぶが痛くなるほどに冷え込んでいた。手先が凍えていては仕事にならない。社員たちがやってくるまでに、少しでも作業場をあたためておこうと、薪ストーブに残った灰を火かき棒でふるい落とし、新しい薪をくべて火をつけた。次いで機械類、工具類の点検に入る。親父さんがやることじゃないよと社員たちは言うが、それでも毎朝やらないと気が済まない。

毎朝一番に来るのは川田裕司だ。そろそろ来るころかと顔を上げて窓の外を見ると、霧の中にぼんやりとした光が二つ見えた。ハイビームにしたクルマのヘッドライトだ。こちらに向かってくる。自転車通勤の川田ではない。年末は繁忙期ということで来客も断っている。製作所の前の道は地元の人間でもあまり使わないような杉林の中の細い一本道である。土地勘のない人間が迷い込んできたのだろうか。しかし、クルマの動きに迷いはなかった。砂利を跳ね散らしながら製作所の敷地に入り、エンジンの音が止んだ。

初老の女性が、茶を淹《い》れて運んできたので軽く会釈をすると、統一の顔に見覚えがあるのか驚いたように一瞬目を見張る。前回は見かけなかったが、もしかしたら森敦志の妻かもしれない。

向かいにはその森が、おそらく一八〇センチほどはある長身を折り曲げるようにしてソファーに腰かけている。グレーの作業着はきちんとプレスされているが、グリスが染みつきところどころ黒ずんでいる。まだ朝で、その日ついた汚れではないことを考えると、クリーニングに出しても取れない汚れなのだろう。ズボンの膝は抜け、そこだけ生地が薄くへたっていた。先週とまったく同じ服装である。トヨトミにも《ナッパ服》と呼ばれる作業着があるが、ここまでくたびれるほど着たことがあっただろうか。

森さん、と言い、深々と頭を下げる。

「このたびはうちの社員がたいへんな不義理をはたらき、本当に申し訳ございませんでした」

膝に額をこすりつけて詫びた。

頭を上げてください、豊臣さん、と森に言われ、ようやく身を起こす。言い訳のしようがない。これだけの仕打ちを受けた相手から、モーターの開発協力をしてくれと言われても、ハイそうですかなどと言えるわけがない。

　初めてここを訪れた先週、森に告げられたのは、部品調達を担当する購買部の部長だったころの浅井敬三が犯した裏切りだった。プロメテウスの新モデルのモーターの設計図面を森製作所に作らせるだけ作らせておきながら、発注はせず、その設計図を尾張電子に持ち込み、内製させたのだ。プロメテウスのモーターで長い付き合いがあったサプライヤーの信頼を裏切るとんでもない行為である。コスト削減はトヨトミの至上命題だが、こんな泥棒まがいのことまでしろとは言っていない。

　にわかには信じられない不始末だが、百歩譲ってコスト削減を極めたいあまりにとった行動であればまだ救いがあった。ところが真実はそうではなかったのだ。

　森の言い分が事実かどうか確かめるために、浅井敬三を呼びつけ事情を聴こうとした統一に、林が待ったをかけた。

「社長はご存じかわかりませんが、メーカーの購買部長はサプライヤーからの〝袖の下〟で家が建つと言われます。わがトヨトミの購買部長がそうだとは考えられませんが、このポストは部品購入の契約と引き換えにサプライヤーにリベートを求めるけしからん人間が一定数いる」

　袖の下？　いったいどういうことだ？　話が見えずに怪訝な顔を林に向ける。

社長は人が良すぎます、と林が言う。

「浅井のメールの通信履歴を調べましょう。森社長の言うことが本当ならば、おもしろいものが見つかるかもしれない」

その言葉を受けて、浅井の社用メールの通信履歴を調べさせると、確かに森製作所からプロメテウス向けのモーターの設計図と思われる、パスワードロックをかけたファイルが浅井に送信されていた。森製作所の言い分はおそらく真実だった。

しかし、その直後、同じ名前のファイルを添付したメールが、今度は浅井から別の第三者に送信されていた。送り先は、長野県内の別のモーター製造会社。つまり、浅井は森製作所の設計図面を、尾張電子に持ち込む前に別の会社に漏洩していたことになる。

それが意味するところはひとつ。リベートである。

浅井を呼びつけ、メール履歴を突きつけた。別の会社に森の設計図を持ち込んだことは認めたものの、リベートについてはシラをきる構えだった浅井だが、長野の会社の証言もとれている以上、言い逃れはできない。

当初の浅井の狙いは、森製作所の設計図をもとに新型プロメテウスのモーターを、別のモーター製作会社に持ち込んで作らせることだった。そして、浅井にはその会社から、モーターを発注する見返りに三〇〇〇万円ものリベートがわたることになっていた。あとでわかったことだが、浅井は名古屋・錦のホステスに貢いで、多額の借金を抱えていた。

「ことになっていた」というのは、その計画が頓挫《とんざ》したからである。浅井がモーターを作らせようとしていた企業は、高度な技術的な裏付けを要する森製作所の設計図に応えることができなかった。あてが外れた浅井は、コスト削減を隠れ蓑に、その設計図を尾張電子に持ち込んだのである。

「弊社の者がはたらいたご無礼についてはお詫びしなければなりません。どうかお許しいただけないでしょうか」

統一は森に深々と頭を下げる。

森はゆっくりとうなずいた。横柄な仕草ではない。慇懃無礼な風でもない。事務的な態度だった。

「謝るためだけに、わざわざ再びこんなところまでいらっしゃったのですか？」

ええ、と答え、膝の上に置いた両手を組む。

「直接お詫びにあがりたかったのです。トヨトミの不始末はわが身の恥。まったくお恥ずかしいかぎりです」

森は立ち上がってストーブに薪をくべた。

豊臣さん、と感情を押し殺した声で言う。

「私たちは長く御社とお付き合いさせていただいておりました。初代プロメテウスのときですから、もう二十年以上になります」

存じております、と組んだ手を離し膝に置く。もう一度頭を下げる。最後に頭を下げたのはいつだったろうか。アメリカの公聴会で吊るし上げられたときだろうか。

嫌味を言うわけではないのですが、と前置きして森は続けた。

「うちの巻き線はトヨトミさんに、もう学ぶことはないと、取引を打ち切られました。あっさりとね。そのトヨトミさんが今になってうちにEVのモーターについての意見交換を、とおっしゃる」

「弊社にいい感情を持たれていないのは重々承知しております。しかし、それでもお願いにあがりたかったのです。どうか、どうかトヨトミに力を貸してはいただけないでしょうか。いや、トヨトミを助けていただけないでしょうか」

工場のほうからは金属同士がこすれあう甲高い音が幾重にも重なり、響き、耳朶《じだ》を打つ。森はきっぱりと言った。

「率直に申し上げて、ご協力はできかねます」

ぐっと下腹に力を込めて、森を見つめる。ソファーに座りなおした森から押し戻すように視線が返ってきたが、すぐに森は息を吐いて言う。

「ご覧のとおり小さな会社です。先日も申し上げましたが、ワールドビジョンさん、サワダさんとのプロジェクトのキック・オフが迫っておりまして、そちらの準備で手一杯なのです。こうしてご足労いただいてありがたいお申し出なのですが」

「必要な支援はさせていただきます。今のトヨトミには、御社の、森製作所の知識と技術が必要なのです」

　森は腕を組んだまま微動だにしない。かまうものか。こちらの思いだけは伝えなければここまで来た甲斐がない。ものづくり企業同士、最後は気持ちが通じ合うと信じたい。

「私は二年前、一度の充電で航続距離が一〇〇〇キロというEVの構想を発表しました。途方もない構想だ、根拠のない無責任な妄言だとバカにされましたが、不可能なことだとは思っていませんでした。当時はバッテリーの性能が大きく伸びていた時期です。まだまだ改良の余地はある。トヨトミの技術ならばけっして夢ではないと思った。しかし、私が甘かった。自社開発のEVの航続距離は延びず、一〇〇〇キロはおろか五〇〇キロにも及びません。バッテリーは積めば積んだだけ距離は延びる。しかし、それでは販売価格が高額になってしまう。安くて航続距離の長いEVの開発は、バッテリーの改良だけでは無理だったのです」

　なるほど、と森が口を開く。

「たしかにモーターの改良も航続距離を延ばす手段だというのは、おそらくまちがってはいないはずです」

　小耳に挟んだ話なのですが、と探りを入れてからカマをかける。半ば心の中では確信していた。宋の言う「目途」がこの会社にはあると。

「新技術によってモーターの性能を飛躍的に向上させたと」

　すると、急に森の顔が赤らんだ。怒りだった。

「感情を抑えられないのでは社長失格ですが、と森は言った。

「私たちにも職人としての意地がある。年月をかけて磨いてきた技術をコケにされて黙っているわけにはいきません。この技術はね、ウチを裏切り、見限ったトヨトミさんを見返してやろうとみんなで必死に開発したものなんです。社長のあなたが直接出向いてきてくださったのには驚きましたが、社員たちは御社を許さないでしょう。私はそんな社員たちの気持ちを無視するような経営者にはなりたくないっ」

　この段になって、森が知っているのは自社の設計図が尾張電子に持ち込まれたということだけで、浅井のリベートの件については知らないのだと思い当たる。トヨトミが森製作所を裏切ったのは確かだが、取引を切ったのはトヨトミの決定ではなく、あくまで浅井の私欲によるものである。この思い違いが森製作所に火をつけ、新技術を追求するモチベーションを与えたのだとしたら、なんとも皮肉な話だ。トヨトミの社員のモラルダウンに愕然とした。

取りつくしまがない。ダメか、と観念した。それでも接ぎ穂になる言葉を探す。トヨトミ自動車の社長としてすごした十年の月日。その記憶の中から一摑みの言葉はあるはずだった。

「ご協力いただけないのなら、せめてその技術をこの目に刻み付けてトヨトミに帰りたい。図々しいとお怒りになるかもしれませんが、工場を見させていただくだけでもお願いできませんか」

森は答える代わりにソファーから立ち上がった。

「行きましょう」

応接室から工場までは通路を一本挟んだだけ。どうりで作業音が聞こえてくるわけである。それでも、森が工場の錆びた鉄扉を開けると、音はさらに大きく鮮明になった。

二〇人ほどの職人たちが、それぞれに持ち場で仕事に没頭している。こちらを一瞥もしない。一基の鉄芯に向かい合いコイルを差し込んでいる中年女性と若い男。木片にたらした樹脂接着剤を爪楊枝でこねているまだ十代と見られる坊主頭、できあがった巻き線をトレイに集め、台車に載せて運んでいるもの。話し声はなく、聞こえてくるのは機械の作動音と鉄芯に巻かれるコイルが軋む音だけである。

親父！と年かさの工員が森を怒鳴るような大声で呼んだ。

「うまくいきそうだっ！」

そうか、期待しているぞ、と森は顔をほころばせて声を返す。

「何かのテストですか？」と尋ねてみる。

「ああ、コイルの新しいのを試しているんです」

森はそっけなく答えると、大声で別の工員を呼んだ。

「おい、川田。『匠』を持ってきてくれっ」

まだあどけなさの残る若い工員が、台車に一台のモーターを積んでやってくる。

「おっしゃっているのは、おそらくこのことでしょう」

見たことがない形状のモーターだった。トヨトミ車のモーターとも、これまでに見た国内外の他メーカーのモーターとも違った。しかし、森が言っているのは中に入っている巻き線のことだろう。

「中を見せてはいただけませんか？」

断られることはわかっていたが、聞かずにはいられない。

しかし、森はかまいませんよ、と言い、川田と呼んだ工員に、鉄芯も持ってくるように言いつけた。

親切というより、ナメられていると感じた。どうせ見ても何もわからないだろう、大メーカーの経営者が技術の細部まで知っているはずはないと見下されているのだ。悔しいが、それは当たっていた。すぐにコイルがむきだしになって巻かれている鉄芯を抱えた川田が戻ってくる。

「最高のモーターです」

森が独り言のように言った。

「これができたら引退してもいいと思ってやってきました。完成すれば少ないエネルギーで最大のパワーを引き出すモーターになる。ＥＶの航続距離でいえば、少なくとも今使われているモーターの二倍にはなるでしょう。スキームはできた。あとは最適なコイルを見定めるだけです」

森さん、と統一は言った。

「私には、モーターの細かいことはわかりません。父は技術者でしたが、私には技術を理解できる頭がありませんでした。しかし……」

敗北感と挫折感に身体が震えた。

このモーターがワールドビジョンとサワダ自動車にわたったら……。

「それでもこのモーターがどれほどのものかはわかる。これは……このモーターは、うちを、トヨトミ自動車を殺します。いや、それだけじゃない。このモーターはすべてのガソリン車、内燃機関への〝死刑宣告〟だ」

ほめているわけではなかった。このモーターがもたらす未来をただ恐れ、おびえていたのだ。森の開発したモーターは有害な排ガスをまき散らしながら走るクルマを地球上から一掃する。その未来が、統一にははっきりと見えた。ちょうど、百年前に自動車が馬を一掃したように。そして今、トヨトミは疑いようもなく淘汰される側にいた。自分の唇がわななくのがわかった。

ひとつだけ教えてください、となんとか声を絞り出す。

「いったいどうやってこんな技術を……」

こんな工場が、という言葉は呑み込んだ。

「これまでのモーターの主流は〝インサーター方式〟という、モーターコアに巻き線と絶縁物を同時に挿入する技術を使ったものでした。私もこのやり方を地道に改良していくのがモーターの性能を上げる唯一の道だと思っていた。電気工学を学んだ者なら誰でもそう考えるでしょう」

そう言うと、森は傍らの川田を見た。

「しかし、この川田は高校を中退して、うちで働きながら独学で知識を身につけました。正規の教育を受けていないからこそ、柔軟な発想でこれまでのやり方とはまったく違うアプローチができたのでしょう。彼がいなかったらこのモーターは実現不可能でした」

森と統一の二人に見つめられた川田が気恥ずかしそうにうつむく。

日本のものづくりの底力、という言葉が統一の頭に浮かんだ。これまでの常識を覆す高性能モーターが他社にわたろうとしている絶望的な状況で、心の中に芽生えたのは不思議な喜びの感情だった。すごい。やはり、日本のものづくりは、とてつもなくすごいのだ。

森さん、川田さん、と口をついた。

「私はトヨトミ自動車の社長です。トヨトミは今、自動車を作るだけのメーカーから、移動のすべてをビジネスにするモビリティ・カンパニーに脱皮しようとしています。脱皮しなければ会社は生き残れないかもしれない」

気持ちがたかぶり、語尾がうわずった。

周りで作業をしていた工員の目が自分に集まるのを感じた。

「しかし、ものづくり企業としての気概を失ったわけじゃない。創始者の太助、祖父の勝一郎、父の新太郎もものづくりに人生をささげた人間です。私にもその血が流れています。これはものづくりに殉じた一族の末裔として言わせてください。この最高のモーターなら、最高のＥＶができる。その最高のＥＶを、トヨトミに作らせていただけませんかっ」

無我夢中で頭を下げると、油が染みついて汚れた硬質ウレタンの床が目に入った。

その上に載った、一点の曇りもなく磨き上げられた自分の革靴がひどく場違いで滑稽だった。なぜだかわからないが、自分は何か大切なものを忘れていたのだと感じた。

頭上でふと、親父さん、と声がした。

「こんなに頼んでいるんです。もういいにしませんか」

頭を上げ、声の主を探した。はじめて耳にする、川田の声だった。

「この人のクルマに、『匠』を載せてやりましょうよ」

驚いて川田の顔をまじまじと見た。その目は好奇心に輝いていた。

「おれ、見たいですよ。最高のEVってやつを」

しかし、と逡巡する森だったが、そのとき「そうだよっ」と川田に加勢する声が起こった。周りで話を聞いていた社員が口々に割って入る。

「おれたちのことを気にしているんなら、心配いりません」

「うちに来るのは困って助けを求めてくる人ばかりだ。親父さんはいつもそういう人らの相談にのってやってたじゃねえか」

「なに、おれたちならできる。トヨトミのほうもワールドビジョンと並行してやれる。それに、設計図のときみたいに骨折り損ってわけじゃねえんだろう」

それを聞いた統一があわてて、もちろんですっと答える。

「じゃあひとつ、やってみようじゃねえか。『匠』を積んだEVで何キロ走らせたいんだ？」

森は社員たちの勢いに押され、観念したようにため息をついた。

そして、「二〇〇〇キロだぞっ、おまえたちできるのか？」と、工場中に轟くような大声を張り上げる。その顔はもはや楽しげだった。

すぐさま呼応する声があちこちで起こる。

「やってやろうよ、できたらうちの名も上がるだろう」

「一五〇〇キロでもいいぞ」

「やってやれねえことはねえってこと見せてやる」

森製作所の社員たちは、トヨトミから受けた仕打ちに憤っていたはずだった。それが今、自分に、いやトヨトミに加勢してくれている。信じられない思いで周りを見回した。従業員たちを頼もしげに見ている森の顔が、不意にぼやけた。そして今も声を送り続けている従業員たちの姿も。ジャケットの胸ポケットからハンカチを取り出し、目頭を押さえた。それから肩が小刻みに震え、次第に、その震えが大きく波打つのを止められなかった。ありがとう、みなさん、と言ったが、それはもう言葉にならなかった。

第十章　暴挙か英断か　二〇二一年　三月

名古屋の歓楽街・栄の一角にある会員制の高級クラブ。

洋風のバーには珍しいヒノキのバーカウンターに片肘をついた男が二人。店内には彼らのほか、客はいない。

「外してくれ」

男の一人が言うと、バーテンダーは黙って一礼し、店の奥に消えていった。トヨトミ幹部陣の御用達の店だ。店員も察しがいい。今夜は二人のために貸し切られ、入り口のドアには鍵がかけられている。他の客が入ってくる心配はない。

社長、と人払いした男が相手を呼ぶ。トヨトミ自動車副社長・林公平だ。

「尾張電子の副会長をしていた私をトヨトミに呼び戻したとき、社長は私にあるミッションを与えました」

相手の男・豊臣統一はスツールをわずかにこちらに回し、うなずく。

「いつまでも社長をやれるわけではない。トヨトミの幹部陣の中から、自分の後継者を見定めてくれと」

二人とも「響」の三十年ものをバカラのグラスで飲《や》っている。統一はウイスキーを舐めるように一口飲《の》み、こちらを見ずに「覚えています」とひと言、ぼそりと言った。

今度は林がうなずく。

社長の座に就いて十三年。在任期間は父・新太郎を超えた。五月で六十六歳になる。そろそろ体力的に社長業を続けるのがきつくなってくるころだ。横顔を見ると頰や瞼《まぶた》にはたるみがはっきりと見て取れる。白昼の明るさの下ではわからないが、バーのほの暗さは隠しがたい加齢と疲労を顔の陰影に彫り込んでしまう。

「次の社長は翔太さんにバトンを渡すまでの〝つなぎ〟です。だから、あまり個性の強くない人間が適任でしょう」

「しかし、二〇二〇年代に入って次世代技術の開発競争が本格化しています。翔太にいい形でタスキを渡してやりたいのはやまやまだが、ここで負けるわけにはいかない。できれば技術的優位を確固たるものにしてからバトンを繫げたい。私と同じ歳で役員に上がると計算しても、幸い、まだ十年ほどはある」

十年先、統一の息子・翔太はまだ四十代。それで役員？　とてもじゃないがそこまで優秀ではない。林は内心苦笑する。

統一も昔から「いいところ部長の器だ」と言われていたが、翔太は輪をかけてひどい。先日も「TRINITY」の社内で自分の誕生日パーティを開き、会議室で取り巻きたちとパイ投げ合戦に興じていたところ、何かの拍子で扉が開いてしまい、投げたパイが廊下を歩いていた来客に当たってしまうというとんでもない失態をしでかしたばかりだ。経営者の素質に疑問符がつくが、バカ殿様の素質には、太鼓判を押してもいい。

「私は笠原しかいないと思う」

笠原辰男。かつてはトヨトミの役員人事を一手に握り、今は副社長と兼任し、北京トヨトミ自動車投資有限会社の会長として中国市場開拓の責任者をつとめる切れ者である。策士だとみる向きもある。役員人事案作成者の特権を使って自分の出世の障壁になる人物を関連会社に出しているという噂が絶えなかった。誰がつけたか知らないが「トヨトミの柳沢吉保」とあだ名されているのは、何とも言いえて妙である。笠原なら統一も寵愛している人物。反対はしないだろう。

「笠原。なぜですか?」

「これから、中国がトヨトミの主戦場になっていきます。彼に任せておけば中国はとれる。翔太さんは中国でシェアをとった状態で社長に就くことができます。北米市場頼みではなく、大きな安定市場を二つ持った状態で社長になれば、十年は安泰だ。その間にゆっくり経営の舵取りを身につければいい」

統一は黙り込んだ。考えているときのクセだ。プライドの高い統一は、自分が他人の意見に従って動くことを嫌う。仮にそういうことになったときは、あくまで最後に決断したのは統一自身だという「体裁」を作ってやらねばならない。それさえ守れば、豊臣統一という人間はほぼ好きなように操ることができる。まちがいない。おれ自身がその生き証人なのだから。

統一がふと顔を上げ、虚空を見つめる。

「思えばずいぶん長いこと社長をやったものだ。ここまで続けるとは正直思わなかった。世の中も企業の姿もずいぶん変わってしまった」と息を大きく吐き、つぶやいた。

アルコールのムッとする匂いが届く。

統一は来年度で社長の地位を退き、会長に就任する。副社長である自分は、顧問か相談役の地位を打診されるだろうが、おそらく今の立場にとどまることになる。笠原とは、社長に推薦する代わり、それが実現したら副社長に自分を置くよう求めることで話がついている。

「照市だ」

統一が短く切り出した。これまでの会話をまるごと無視するような、冷ややかな声だった。

「笠原は副社長まではいい。が、トップの器じゃない」

社長、とつい大きな声を出した。

「照市はだめだ。あれこそただの技術屋だ。トップの器じゃない。技術管理棟に引っこんだきり出てこないじゃないか」

「いや。現在の趨勢を考えれば、技術がわかる人間がトップにいたほうがいい」

統一は顔をこちらに向けた。

「アメリカのグーゴルやアンプルは言うまでもなく、ネットの小売大手のナイルにいたるまで、CEOは技術者か、少なくともエンジニアリングをかじったことのある人間です。これだけITやAIなどコンピュータ・サイエンスが自動車と分かちがたくなっているんだ。彼らと渡り合っていくには、こちらも技術畑の人間をトップに置き、大きな裁量を与えたほうがいい。まして、トヨトミは自動車メーカーから脱皮し、生まれ変わろうとしている」

「自動車を作って売る会社から、モビリティ・カンパニーへ、ですか？」

統一が幾度となく公の場で語ってきた言葉を、林は口にした。その声はいささかの皮肉の色を帯びていたかもしれない。

統一はうなずいた。

「幸いうちの開発部にはＩＴ分野に詳しい人間も多い。クルマではなくモビリティ（移動）そのものを商売にしていく手立てを模索している今、技術者をトップに据え技術陣を中心に組織作りをしていくことが望ましいと考えます。それに、あなたは照市さんをただの技術屋と言うが、そんなことはないですよ。技術陣をうまく団結させています。本社に顔を見せないのは、そんなヒマはないからか、誰か嫌な人間でもいるのではないですか？」

統一の言葉に、自分に向けられたかすかな棘《とげ》を感じた。奇妙な違和感を覚える。しかし、照市ではなく笠原を、という気持ちは変わらなかった。

「長期的に考えましょう。今取り組んでいる技術開発が実を結ぶまでにはまだ時間がかかる。照市には開発に専念させ、売り上げを作れる笠原をトップに据えるべきです」

統一がグラスの酒を干す。

「いや、もう決めた。本人にも週内に伝える」

かっと頭に血が上る。冷静さを保とうとするが、耳の後ろの脈動がはっきりと感じ取れる。

林さん。統一の声は落ち着いていた。激しやすい性格のはずだが、やはり今日は様子が違う。

「あなたには私の社長退任と同時期に退いていただく。そろそろ社業から離れてのんびり過ごされてはいかがですか？」

自分の肩が反射的にびくりと震えるのがわかった。一方で、その言葉の意味を理解するのに、一度反芻《はんすう》する時間を要した。このお坊ちゃまはいったい何を言っている？

「突然ですね。グループ再編をはじめ、私には手掛けている仕事が山積みです。これを放って去るわけには……」

語尾を打ち消したのはカウンターをがつんと叩いた統一の拳だった。

「あなたは私の後任を見定めるという密命を、ご自身のトヨトミでの立場を固めるために使った。そんなことのために私はあなたに頼んだんじゃない。トヨトミを私物化されては困るっ」

私物化？　制御できない怒りが頭の中で爆《は》ぜた。

「私物化とは聞き捨てなりませんね。では持ち株比率がたった二パーセントしかない豊臣家がトヨトミという会社を世襲するのは私物化とは呼ばないのですか？　経営と所有は別物だ。私はあなたにそんな批判が行かぬよう、陰に陽にやってきたんだっ」

統一ももはや怒りを隠そうとはしなかった。もう一度拳でカウンターを叩く。

「誰がなんと言おうと、トヨトミは豊臣が経営する会社です。私、豊臣統一の人生はトヨトミとともにある。少なくともトヨトミはあなたのものではない！」

それが本音ですか、グローバルカンパニーの皮をかぶった尾張の同族企業のまま未来へ走り続けるというのが。震える声を必死で抑えつけてそう言った。

目を血走らせ、今にも殴りかかってきそうな目でこちらを見つめる統一を負けじと睨み返す。ひりひりとした場の空気が肌を刺す。先に視線を外したのは統一のほうだった。

唇を興奮にわななかせ、統一は声を絞り出した。

「笠原を抱き込んで社内権力の基盤を固めようとお考えだったのでしょうが、そうはいきません。すべて筒抜けですよ」

思わず息を呑む。視界が凝り、それからひび割れ、暗くなっていく。何があっても笑わず、一年中こわばったような笠原の顔が頭に浮かんだ。笠原はおれと組むことに色気を見せていた。どこで風向きが変わったのだ？　そう考えたあと、いや、と自分の考えを打ち消した。最初から読み違えていたのだ、笠原を。しかし、それでも統一のことだけはわかっているつもりだった。今目の前にいる統一は、自分が知る統一とどこかが違っていた。

バーに林を残し、外に出た。桜の季節にはまだ早いが、街路を吹き抜ける風はあたたかく、気持ちのいい夜だった。

今後さらに激化する技術競争を見据えて、照市を推したとは言ったが、本当の理由は別にある。

「おまえには人を見る目がない。徹底的に、ない」

脳裏に浜名湖のヴィラで言われた父・新太郎の言葉が蘇る。

——寺内と笠原、それと林。擦り寄ってくる奴には注意しろ、おまえのような立場の人間に腹蔵なく近づいてくる人間はいない——。

浅井敬三の不祥事以降、統一自身も側近たち三人を無条件に信頼することに不安を抱くようになっていた。リベートの件で問い詰められ、もはや言い逃れできないと悟った浅井は開き直ったかのように、統一に向かってふてぶてしく言い放った。

「社長、私のモラルがなっていないと咎めるのは結構ですが、それなら林さん、笠原さん、寺内さんたちのモラルも調べてみたほうがいいのではないですか？　あの三人の本当の評判を聞いたことがありますか？　私だけじゃない、下の人間は上の人たちのことを意外と見てるんですよ。とくに、社長、あなたが信頼しきっている三人。トヨトミとあなたに忠誠を誓うあの態度が私心のないものなのか考えてみたことはありますか？　三人ともあなたの威光をカサにやりたい放題だ。これをモラルダウンと呼ばないで何と呼ぶんです？」

浅井は冷ややかな声で続ける。

「あなたも同罪だ、〝お友だち〟の寺内さんとクルージング遊びに行くのは勝手だが、現地に先乗りしてあなたがたを迎える準備をしているのは、休日に駆り出された寺内さんの部下たちですよ。あなたは裸の王様だ。自分のことも会社のことも、何も見えちゃいない」

盗人猛々しいとはまさにこのことだが、追い詰められた浅井から出たこの言葉は、喉に刺さった小骨のように心に残った。裸の王様？　このおれが裸の王様？

林によって秘書職を解かれた藤井勇作に頼んで、密かに行わせていたミッションがある。

側近らに疑念を抱きはじめた統一は、笠原と寺内、林、照市について、業務上かかわりのあった人物に対して極秘での聴き取り調査を命じていたのだ。

いずれも「下からの勤務評定」が辛口なのはある程度予測できたが、驚きだったのは、もっとも信頼していた林の評判である。

厳しい人間なのは知っていた。彼の部下だったころ、あまりに毎日罵倒されるので出社するのが嫌になったこともある。部署のメンバー全員の前で「おまえ程度の人間は世の中に掃いて捨てるほどいるんだぞ！」「働くのが嫌なら会社など辞めろ」などと怒鳴る。今なら一発で会社から指導が入るほどのパワハラだ。しかし、他人に厳しいぶん自分にも厳しい人間だった。そこに創業本家の長男である自分への配慮はなく、

「統一」さん」と呼び敬して話す年長の社員の中で彼の態度は際立っていた。だからこそ、統一には林が信頼できる人物のように思えたのだった。

林がかつて副会長を務めていたグループ会社の尾張電子の面々は、OBを含めて一様に口が重かった。トヨトミ本体から突然、〝密使〟の藤井がやってきて、元副会長の素行について聞かれるのだから、組織人であれば誰だって警戒する。まして、統一は二〇一九年から、尾張電子の取締役も兼任していた。尾張電子側がこの調査からトヨトミの策略を疑うのは当然だろう。

それでも藤井が手繰り寄せた生え抜きの尾張電子社員たちの林の評判は、かんばしいものではなかった。トヨトミの組織効率化を〝錦の御旗〟に、古巣の尾張電子をいいように使っているという評価は一致していた。

カーナビの製造など、トヨトミの不採算部門を尾張電子に押しつけるのは当たり前。トヨトミ車のPCU（パワーコントロールユニット）の工場をトヨトミ本体から尾張電子に移管した件にしても、開発・製造の権限だけでなく、人員もトヨトミから尾張電子に移籍させている。一度雇ってしまえば、簡単に首は切れない。これではまるでトヨトミの姥捨《うばす》て山ではないか。統一の取締役就任は、トヨトミグループが総力で取り組む改革をサポートするためでもあったからいいとしても、問題はその先だ。

聞くところでは、尾張電子時代の林は半ば公然と「豊臣統一の後見人」を名乗っていた。何かことがあれば統一の名前を出して我を通し、理不尽に取引先を叱責し、気に食わなければ人事にも口を出す。こうした状態だったから、尾張電子の面々は林を扱いかねていた。得意技は尾張電子の役員会議の最中に携帯電話が鳴ると、「統一さんから電話がかかってきて」と断りを入れ、それとなく統一との密な関係を匂わせつつ席を外すことだという。

証言者にもそれぞれに立場があり、鵜呑みにはできない。しかし、調査から浮かび上がった林の姿は、豊臣家の、そして自分の威光をカサに権力を振りかざす悪代官そのものだった。

寺内も、笠原も、やっていることは林と大差ない。みな、表向きは統一の理解者である顔をするが、裏では何をやっているかわかったものではない。

そんななか、照市だけは、そうした証言が出なかった。醜聞めいたことといえば、せいぜい、夜回りに来る記者が男だと素気ないが、女性であれば自宅に招き入れて応対するというくらいだった。根っからの技術屋だが、ただの「技術オタク」ではなく、マネジメントにも長けている。『プロメテウス・ネオ』の開発に集中すべく、本社敷地内の技術管理棟で、仕事に没頭。技術者たちを束ね、ほとんど不眠不休でやっている。寡黙で派手なところはないが、仕事は着実に進めていた。寡黙で不器用、しかし照市のようなタイプにこそ後を託せるような気がした。

林、寺内、笠原。自分の方針を理解し、自分の手足となって動いてくれる理想のチームができたと思っていた。しかし、それはまちがっていたのだ。

裸の王様、か。彼ら三人を「三銃士」と呼んで悦に入っていたことが、にわかに恥ずかしく、耐えがたいことに思われた。もう耳に心地よいことを言ってくる役員どもは誰も信用すまい。次の三月まではおれが社長だ。誰に何を言われようと、好きなようにやってやる。

＊　＊

二〇二二年四月十日。トヨトミ自動車東京本社のプレスルーム。

登壇したトヨトミ自動車社長・豊臣統一は晴れやかな顔で集まった報道陣を見回していた。

開口一番「たいへん長らくお待たせいたしました」と言うといっせいにストロボが焚《た》かれ、会場はおびただしい光の点滅に満たされる。

「私の口から航続距離一〇〇〇キロを超えるEVの開発構想をお話しさせていただいたのは二〇一七年。もう五年前になりますか。当時は自動車の電動化、EVシフトですね。これがしきりに取り沙汰されていましたし、自動運転やコネクテッドの新技術、そしてカーシェアをキーワードに社会の中でのクルマのあり方を問い直す議論もありましたから、二〇二二年にはもう自動車業界は原形をとどめていないのではないかと怖くなったのを覚えています」

統一はカメラの一台一台と対峙するように、ゆっくりと視線を会場の端から端までめぐらせる。

やけにすっきりとした顔をしていますね、と隣の席の渡辺泰介が囁く。

「ようやくトヨトミのＥＶを発売できるんだ。そりゃあ胸のつかえが取れるってもんだろう」

日商新聞の産業情報部担当の編集委員となった安本明は、昇進して自動車担当キャップになっている渡辺にそう返したが、渡辺は腑に落ちない様子で首を振る。

「それだけであんな顔をしますかね。僕、トヨトミの会見に出て長いですけど、統一さんってプレゼンのときは笑うけど、会見ではほとんど笑わないんですよ」

そう言われて思い返してみると、たしかに会見の場での統一の記憶に笑顔はなかった。追い詰められて、見えない何かと常に戦っているような険しい顔。しかし、今日、登壇した統一の顔はほころび、爽快感さえうかがえる。

お待たせしましたと申し上げたのは、と統一は喜色を浮かべたまま続けた。

「この日に至るまで、あまりに時間がかかりすぎてしまったということです。私たちトヨトミ自動車は本日、自社開発によるＥＶ『プロメテウス・ネオ』をここに発表いたします」

記者席がどっと沸く。フラッシュがまたいっせいに焚かれる。統一の背後で幕が開く。ワインレッドとブラック、二台のクルマが姿を見せる。渡辺がトヨトミの秘蔵っ子の姿を目に焼きつけようと、長身を伸ばす。

ワインレッドは5ドアハッチバックセダン、ブラックは4ドアセダンである。

おおっ、ついにきたか、ようやくここまで漕ぎ着けたか、といった声、声、声が会場のあちこちで乱れ飛ぶ。そして同時に、これが一〇〇〇キロ、冗談だろう、驚くのは走りを見てからだ、まだ信用できないよ、と疑念の声もちらほらと聞こえてくる。こちらのほうが優勢かもしれない。

すでに業界専門のライターによるプロメテウス・ネオの試乗レビューが複数出回っていた。どれも走行性能、乗り心地ともに満点に近い評価。評価が高すぎてかえって胡散臭《うさんくさ》いほどだ。安本はレビューを行ったライターの一人と顔見知りだったこともあり、電話をして話を聞こうとしたが、トヨトミの公式発表までは箝口令《かんこうれい》が敷かれており、何も聞き出すことはできなかった。

喧騒はたっぷり一分間続いた。それが静まった頃合いを見て、統一がみなさん、と語りかけた。

「疑っているでしょう？　これが本当に一〇〇〇キロも走るのかって」

いたずらっぽい笑み。

「私の口からああだこうだ言いません。ぜひ乗って、走って、すばらしい性能を確かめていただきたい。奇をてらわず、愚直にいいクルマを作る。プロメテウス・ネオはトヨトミのクルマ作りの結晶だと思っております」

統一の背後のスクリーンにサーキットを走るプロメテウス・ネオが映し出される。壇上にあるのと同じ、ワインレッドと黒だ。統一の顔がフラッシュを浴び、白く光る。

「ここに至るまでにはさまざまな紆余曲折がございました。こういった場で裏側の苦労を話すのは好きではないのですが」

そう言って咳払いをひとつ。

「メディアのみなさんにもさまざまなご意見をいただきました。EVで周回遅れになったトヨトミ、やっぱりトヨトミには本物の技術力はない、とね」

マスコミから少しでも辛辣《しんらつ》な記事が出ると本気で怒ってしまう統一だが、壇上での表情はあくまで晴れやかだ。感情がすぐ顔に出る人なのに、EVを発売に漕ぎ着けられたことがよほどうれしかったのか。喜びよりも安堵のほうが大きいのかもしれない。

統一は続けた。

「サプライヤーのみなさんとのお付き合いについてもいろいろご意見をいただきました。EVが主力製品になるにしたがって、既存サプライヤーとのこれまでのお取引が維持できなくなるのではないか、と」

またわずかに顔がほころぶ。「あのときはたいへんだった」と思い出しているのが伝わってくる。

「しかし、当時から申し上げておりますが、自動車メーカーとしてのトヨトミ、自動運転やカーシェアを活用したモビリティ・サービスへの取り組みも行っておりますのでこういう言い方で区別させていただきますが、メーカーとしてのトヨトミは自動車のフルラインメーカーです。EVを開発したからといってガソリンエンジンのクルマを作らなくなるということではない。まだまだ、世界的にはガソリンエンジン車は不可欠です。この考えはEV車を発表することができた今日においても不変です」

何年も前に聞いた言葉だ。記者らの関心が薄れ、一瞬会場全体の集中力が散漫になるのを肌で感じる。また同じ話か、という失望の空気である。

「この『プロメテウス・ネオ』の開発の過程で、私はある会社の技術者と出会いました」

弛緩した空気が変わる。再び引き締まっていく。何か情報が取れそうだと急に前のめりになる。

「モーター関連の高い技術を持った会社です。小さな会社ですが、けっして大企業になびかず、独自の技術を追求し、実現させていく。そしてその技術を隠すことなく、大きな視野で日本のために、そして世界のためにシェアする。大企業から仕事を受注しても、ただの下請けにはけっしてならない。私はそこにこれからの日本のものづくり、いや日本の未来の姿を見たのです」

頭の中で繋がるものがある。何年も前に聞いた話。渡辺に耳打ちする。

「おい、もしかして」

おそらく、と渡辺も耳打ちを返す。

「でも、何も知りません。統一さんと森製作所に何があったのか」

おそらく、会場の記者らも誰も知らないのだろう。みな耳打ちしあっては、顔を見合わせている。

彼らはけっして止まりません、と統一は決然と言った。

「技術を伝えたら、すぐにその技術の上をいく。この姿勢が今の日本の製造業には必要なのではないでしょうか」

いつの間にか周囲から喧騒は消え、統一の言葉に聞き入っていた。

「この場でサプライヤーのみなさまにお願いしたい。どうか、大いに技術を高め、トヨトミの技術陣とときに協力し、ときに競い、追い抜いていただきたい。あなたたちの製品の良さがトヨトミの技術陣にわからないのならば遠慮なく他社に売り込んでいただきたい。私たちも負けません。メーカーとサプライヤーは元請けと下請けではなく、真剣勝負をする関係です。私はそんな関係を築きたいのです」

そのとき、記者席の片隅から「きれいごとだっ」という声があがった。そうだ、サプライヤーを篩《ふるい》にかけるためのごまかしだ、と追随する声もあがる。そして、わずかながら統一の発言に拍手を送る者もいる。それはおもに海外のプレス陣からのものだ。沈黙から一転、記者席はさまざまな音、音、音が乱れ飛ぶ狂騒の事態となる。それを再び鎮めたのも、統一だった。

もうひとつ、と慌てた様子もなく穏やかに語りかけた。

「もう各社手のうちを隠しあうような時代じゃありません。それが技術の発展をさまたげている一面が確かにあると感じます。競争すべきところは競争してもいい。しかし、競い合うところだけでなく、各社連携して情報をシェアするところも必要なのではないでしょうか」

そう言ってステージ袖に目配せを送ると、意外な人物が現れた。ワールドビジョン・グループの宋正一だった。宋も一緒に登壇するとは聞いていない。周囲の記者たちも、目を白黒させている。

演壇に上がり統一と握手を交わした宋が「サプライズ・ゲストです」とおどけると、会場に笑いが広がり、拍手が起こる。統一は記者のほうに向き直った。

「プロメテウス・ネオのモーターは、当初ワールドビジョンさんがサワダ自動車さんと組んで開発している完全自動運転車に搭載される予定でした。無理を承知でプロメテウス・ネオのほうにもそのモーターを使わせていただけないかとお願いしたのです」

「あのときはぶったまげましたよ。突然ウチの本社にいらっしゃって何を言い出すのかと思ったら」

統一の言葉を受けた宋がいたずらっぽい笑みを浮かべながら言うと、再びカメラのストロボが焚かれ、パソコンのキーボードを叩くけたたましい音が響く。

「ワールドビジョンさんとトヨトミは協業関係でもありますが、だからといっておいそれと大事な技術をシェアできるものではありません。同じことをトヨトミが言われたら、少なくとも社内で反発があるでしょう。しかし、各社協力できるところでは協力し、日本の産業が一体になって戦わないことには、世界を相手に勝つことはできないという私の話に、宋社長は同意して、サワダさんを説得してこころよくモーターを使わせてくださった。トヨトミはEV、ワールドビジョンさんとサワダさんは自動運転車。もしかしたら競争する場面があるかもしれませんが、モーターは一緒のものを使おうじゃないか。そこで競争するのはやめようじゃないか、ということです」

言葉を切った統一は、宋を見た。それが合図だったかのように宋が口を開く。

「ついこの間まで、日本は技術で世界最先端の最も進んだ国でしたが、この数年間で停滞し、ことにIT分野にいたっては、完璧な発展途上国になってしまった。まだ挽回できないことはないが、もう取り返しがつかないかもしれない……。これが私の実感です。でもどうにかしなければならないと思っていました。そこに豊臣社長からのお話がありました」

そこで宋は大きく息を吐き、ひとつしわぶいて声を整えた。

「私はよくみなさんから『日本の会社にちっとも投資していない』とお叱りを受けます。残念ながらいまの日本には、この先成長して世界で暴れまわるベンチャー企業がありません。私は日本で育ち、愛しているからこそ、日本が再び輝きを取り戻すために、なにかお役に立ちたい。これを発展させ、核になるのは二〇一八年に発表したWTテクノロジーでの協業関係です。これから多くの仲間を巻き込んで海外勢と競い合っていきたい。トヨトミさんとわが社では社風が違いすぎるとさんざんに言われました が、新しい可能性というのは異なるもの同士がぶつかり、摩擦したときに生まれるのです。これから手を組むであろう企業も同様です。だから、かつて豊臣社長がおっしゃっていたことを、今、私も宣言します。"この指とまれ！"と」

統一が続く。

「私はもう一度、日本のものづくりの底力、産業の底力を世界に見せつけたいのです。AIにブロックチェーン、IT、つまりコンピュータサイエンスの先端技術ばかりが注目されますが、だからといってものづくりの価値が失われるわけじゃない。しかし、どんな価値を提示するにしても、それには企業の枠を超えた団結が必要だと私は思うのです。だから私はここに、プロメテウス・ネオの開発特許をオープンにすることを宣言します。すべて、ひとつ残らずです。それが、宋社長の心意気に応えることだと考えております」

ぐっと記者席を睥睨《へいげい》する。そして叫ぶように言った。

「それが私の決意の証です。もう一度、日本の底力を、まだ日本には世界をリードするポテンシャルがあるということを証明しようではありませんか」

一瞬の沈黙があり、少しの間のざわめきがあり、それは会場に寄せては返し、徐々に大きくなっていった。みな、困惑していた。統一の発言の途方もなさに理解が追いついていないように見えた。

怒声が口火を切った。「暴挙だっ」「そんなことをしたらトヨトミは潰れるぞっ」一転して記者らの声が会場を揺さぶった。ええっ、という驚きの声は後から響いた。そんなことができるわけがないよ、おかしいよ、という女性記者の嘆きにも似た素っ頓狂な声色が安本の耳に強く残った。即刻記事にするべく、社に電話をかける記者がいる。手持ちのノートパソコンですばやく会見を記事にまとめ、メールで送信、入稿しようとする記者がいる。会見場を後にしようとする統一の背中にちょっと待ってくださいよと渡辺が追いすがっていく。数人の記者が追随する。記者席の前へ、前へと、記者が押し寄せ、最前列に陣取っているカメラマンと交錯し、怒号はさらに大きくなる。阿鼻叫喚《あびきょうかん》、暴動寸前の大混乱だ。

統一は構わず、一度こちらに振り向き、一礼すると、悠然と去っていく。怒号は止まない。安本は記者らにもみくちゃにされながら、混乱する頭の中を何とか整理しようと、マイクだけが残された統一のいない演壇を凝視していた。この先に何が起きるのか、想像しようとした。しかし、そんなことはいくら考えてもわかるはずもなかった。

一九四八年、トヨトミ自動車は大衆向け乗用車の性能をアピールするために、名古屋・大阪間を急行列車と競争するというパフォーマンスを行った（結果はトヨトミ車が四十六分差をつけて急行列車に勝利した）。また、一九五六年には「ロンドン‐東京五万キロドライブ」と称して、ロンドンから中東、インド、東南アジアを走ってベトナムへ。そこから船で下関に渡り、再び陸路で東京を目指すというチャレンジを行っている。発売したばかりの新車種『キング』の走行性能と、悪路を走っても故障しない頑丈さを世に知らしめるためだった。

六月十五日に発売された『プロメテウス・ネオ』のプロモーションで、トヨトミが考えついたのが、往年のPR戦略だった。二〇二二年十月初旬。社長の豊臣統一がドライバーズシートに座り、親交が深い元メジャーリーガーを助手席に乗せて、東京から充電なしでどこまで走れるかのチャレンジに乗り出したのだ。

トヨトミ自動車東京本社からゴールの大阪ドームまで。高速を使わず、ストップ&ゴーが多くバッテリーを消耗しやすい一般道を走るというこの野心的な試みはインターネットで全行程が動画配信された。休憩で立ち寄った道々の観光名所で、二人は地元の人々と交流し、その様子がSNSで拡散され、話題となった。走行距離は五六七キロ。所要時間十五時間四十七分。これをプロメテウス・ネオは見事にやってのけた。

EV車の弱点とされていた航続距離がガソリン車と変わらない水準に引き上げられたことは、業界内外に衝撃をもって受け入れられ、マスコミはこぞってこの成功をとりあげた。電動車の充電設備は、すでにショッピングモールやコンビニ、ガソリンスタンドに行き渡っている。ガソリン車と違い、充電に時間がかかるのは依然として課題だったが、航続距離が延長すれば、充電自体さほど頻繁に行う必要がなくなる。それはもう、ユーザーにとって購買のネックではなかった。

国内でプロメテウス・ネオの人気に火がつくと、トヨトミは攻勢に出た。アメリカや中国、ヨーロッパで、同様のデモンストレーションを展開。ドイツではアウトバーン4の五八三キロを途中の充電なしで起点のアーヘンから終点のゲルリッツまで走破した。高速道路で停止発進が少なかったため、バッテリーはまだ余力を残していた。一体何キロ走るのかと、ドイツ自動車業界は騒然となった。中国でも福建省の福州から温州を経由して上海まで、海沿いに七七三キロを走り抜けた。トヨトミが打ち出した「単純走行で一〇〇〇キロ」というプロメテウス・ネオの航続距離は掛け値なしの真実だということを、世界は目の当たりにしたのだった。

このPR戦略が当たり、プロメテウス・ネオがEV車のトップブランドに躍り出ると、自動車業界にさらなる衝撃が走った。EVを発売に漕ぎ着け、商業的成功に導いたのを見届けたタイミングであった二〇二二年十二月九日。トヨトミ自動車から社長の豊臣統一の今年度限りでの退任が発表されたのだ。

終章　夜討ち　二〇二二年　十二月

師走の身を切るような北風がコートで隠すことのできない首筋に容赦なく吹きつけてくる。安本明はひとり、名古屋にいた。二十二時。名古屋駅からタクシーで三十分ほど。十数年ぶりだが、豊臣統一の家の場所はよく知っている。

幹線道路沿いに瀟洒《しょうしゃ》なレストランが見えたところで止めてもらい、そこからは歩いた。このレストランは統一の母・麗子がオーナーのフレンチレストラン。豊臣家だけでなく、トヨトミ自動車の幹部らが集まる食事会でも使われると聞く。統一宅に行く際の、忘れようもない目印だ。

統一は退任会見で多くを語らなかった。後任社長には照市茂彦が就任。統一は会長の座におさまった。圧倒的に多かったのは「豊臣統一は逃げ出した」という声だ。

社員時代から部下として付き従い、そのおかげで副社長のポストまで上ってきた寺内春人は、そのまま副社長に据え置き。これは会長職から現場に影響力を行使するための措置だと思われた。つまり寺内を「伝書鳩」に、経営に口を出しつつ矢面には立たない位置に退避したものと思われた。

一方、トヨトミにはＥＶ開発よりもさらに解決困難な課題が立ちはだかっている。自動運転やコネクテッド、カーシェアなど、自動車そのものか、あるいは「移動」の概念を変える可能性のある分野でいかに勝負し、勝つかという課題だ。プロメテウス・ネオをヒットに漕ぎ着けた手腕は見事だったが、本当の難局はこれから。それに対処する前にさっさと去るのは創業家出身の社長として責任を果たしたとは言えないのではないか、という声は、マスコミ関係者の間で多く聞かれた。

不可解だったのは、統一が全面的に信頼していた林公平の処遇である。新体制でも経営の要職に残るのは規定路線だと思われたが、林はあっさりと退職し、名古屋の郊外に建てた豪邸で悠々自適の生活だとか。

「何やってんだ、おれは」

コートの襟を寄せ、首を縮ませながら安本はひとりつぶやいた。わざわざ名古屋までやってきて、統一を夜討ちしようなんて。

閑静な高級住宅街に入ると、人影はほとんどなかった。夜も更けた時間、北風はさらに鋭く、冷たくなっていく。こうして吹かれていると、これから自分がやろうとしていることへの決意が揺らぐ。不意を突かれた統一を怒らせるだけの、まるで意味のないひとりよがりな行動を取ろうとしているのではないか、と。実際、安本は歩きながら何度も踵を返しかけた。

しかし、統一にどうしても確かめたいことがあった。

安本もまた、今年で日本商工新聞を去る決意を固めていた。親しい知人に話すと、定年まであと数年なのに何をバカなことを、と呆れられた。さらに今後の身の振り方を話すと、もう開いた口がふさがらないという表情になった。安本はフリーランスのジャーナリストとして再スタートを切ることに決めたのだった。六十歳間近のおっさんの、最後のチャレンジだ。先の保証はない。今年から編集委員として論説などを書いているが、長年のデスク暮らしで取材現場での反射神経が錆び付いてないだろうかという不安もある。しかし、それでもどうしてもやりたかった。

家族からは絶対に反対されるだろう、もしかしたら離婚されるかもしれないと覚悟していたが、妻の沙紀から返ってきたのは思いもかけない笑顔とあっけらかんとした言葉だった。

「五十代の独立なんてどうってことないじゃない。退職金もある。子どもも巣立った。私とあなた二人だけじゃないの。うまくいかなくたって死にはしないわよ」

東京本社のデスクにへばりつき、あがってくる原稿を待っているばかりの自分に疑問を感じ始めてからもうどれくらい経っただろう。こんなことをするために新聞社に入ったわけではない。

日商新聞から出向した記者がトヨトミの社長秘書を務めるという、数年前の理不尽な人事があってから、退職を真剣に考えるようになった。譬《たと》えは悪いが、警官がヤクザの親分のボディガードになるような提案を呑めばジャーナリズムは終わりだ。もう会社に未練はなかった。

他方、トヨトミには背中を押された気もしている。プロメテウス・ネオ発表時に豊臣統一が公にした特許の開放。これによって何が起きるのか。この目でその変化を確かめたい。激動する自動車業界を自分の手で伝えたい。今さらフリーランスになったところで、あと何年できるかわからない。それでもいい。身体が動く限りやってやる。久しぶりに感じた熱く滾る血の圧力。それを押さえつけるのはもう無理だった。

ただし、大新聞社の後ろ盾があってこそできる仕事もある。これからする夜討ち取材も、新聞社の社員であるうちしかできない。身体はひとつしかない。相手の機嫌を損ねて出入り禁止を食らっても、今年で最後と思えばもうどうでもいい。

豊臣統一邸の外壁が見えてきた。警備員を乗せたクルマは『プロメテウス』から排ガスゼロの『プロメテウス・ネオ』に替わっていたが、今日もゆっくりと屋敷の外周を回っている。あたりは暗いため確かめようがないが、正門に向かって歩いている安本に、抜け目なく警戒の視線が注がれたのがわかる。何度来ても、この家の警備員たちの視線は刺すように痛い。

幹線道路のほうに戻って住宅街に入る地点で待つのが得策だ。警備員らもここまで離れた相手に目を光らせることはない。

二十二時二十分。何時に戻るかわからない相手を待つ心細さの感覚を久しぶりに味わっている。たぶん、人生最後の夜討ちだろうな、とふと思った。じゃあ、最初は誰だっただろう。武田剛平？　ちがう、それはもっと後のことだ。入社直後に配属されていた家電担当のときにやった、大手電機メーカーの経営者だろうか。神戸の岡本に豪邸を構える創業家の三代目。当時、債務超過で倒産の危機を迎えていた。その会社はもうとっくの昔になくなっている。

独立してからの最初の取材対象はもう決まっている。三重県伊賀市の森製作所である。巻き線の町工場が本格的なＥＶ時代を切り拓いたイノベーターになったのだ。プロメテウス・ネオの成功後、国内外の〝森詣で〟は過熱し、技術を教えることを厭わない社長の森敦志もさすがに全社相手にすることはできず、困っているようだ。

「結果的には、トヨトミさんの依頼に応えたのはよかったと思っています」

取材を申し込んだ電話口で、森は言っていた。

「うちには腕のいい職人がいますが、田舎育ちなものでどうも視野が狭くてですね。

〝大海を見せてやりたい〟っていう親心もあったんです。今ひとり、トヨトミさんに出向してがんばっていますが、今度の研究所のほうにも呼んでいただけるようで張り切っていますよ。広い世界を見て、スケールアップして戻ってきてくれるんじゃないかと思ってね。そいつが戻ってくるのが楽しみです。私もまだこの会社でやらなきゃいかんことがたくさんあります。まだ若い奴らに負けるわけにはいきません」

「研究所？」

おもわず聞き返した。うっかり口を滑らせたのだろう。ひと呼吸、ふた呼吸のあと、森は電話口でこんなことを言っていた。

「戦うべきは世界だということです。グーゴルやアンプル、ナイル、ＩＴの巨人たちと渡り合っていくために、豊臣社長、いや豊臣会長は奔走していますよ」

「森さん、それって……」

「私の口からは言えません。しゃべりすぎました。そのうち発表があるんじゃないですか」そう言って笑うのが聞こえた。

幹線道路からこちらに曲がってくる車のヘッドライトが見えた。まちがいない。豊臣統一を乗せたキングだ。

住宅街に入る前の小さな交差路に一時停止の標識がある。クルマがそこで止まったとき、間髪容れず駆け寄った。すばやく日商新聞の社員証を出す。

「豊臣会長！　日商新聞の安本と申します」

車内の統一が不意打ちに驚いた顔をするのが見えた。それから運転手に向かって顎をしゃくる。クルマが再び動き出す。ゆっくりと前進しはじめたキングに追いすがる。逃したらチャンスはない。

ウィンドウの向こうの統一に聞こえるように声を張り上げた。

「あなたの社長退任を逃げだと言う人間がいますっ。しかし、私はそうは思いません。真意をお聞かせ願えませんか？」

武田剛平の言葉が改めて思い出される。

「統一さんもわかってきたんだよ」

統一の顔色は変わらない。ウィンドウに手をかけたまま、這うような速度で前に進むクルマと並進する。運転手も困惑しているようだ。

「トヨトミ自動車は豊臣家のものです。社長だろうと会長になろうと、あなたはそこから逃げることはできない。あなたの社長退任は撤退ではない。違いますか？」

統一の目元がぴくりと動く。運転手に何かを告げる。クルマは交差路を渡ったところで再び停止した。パワーウィンドウが静かに開く。

「いったいなんだ、こんな時間に。日商新聞はこういう荒っぽいことをするのか」

近くで見ると、もみあげあたりには白いものが交じっているのがわかる。貧乏人にも金持ちにも平社員にも社長にも……誰にも平等に訪れる老い。やはり自分がまちがっているのかもしれないと、急に不安が押し寄せた。単に体力と気力が衰えたから社長を退いたのかも。しかし、この期に及んでそんなことは言っていられない。必死に言葉を絞り出し、統一にぶつける。

「デジュール・スタンダードの時代です。中国が技術大国、経済大国として台頭し、アメリカはその中国を必死で封じ込めようとしている。両国は通商と先端技術の覇権をめぐってせめぎあっています」

何のことはない。武田の言葉の受け売りだ。自分が情けなくなる。こんなことでフリーになって大丈夫なのだろうか。

統一は黙ってこちらを見上げたままだ。目鼻のパーツを顔の中心に寄せ集めたような造作は、こちらに先をうながしているようにも見える。

「トヨトミは両国の巨大市場でクルマを売りたい。いや、売らなければならない。さらにはどう転ぶかわからない先端技術利用の国際ルール作りで後《おく》れをとれば致命的だ。今や安全保障と産業は一体です。国家の意向で経済が動く時代と言ってもいい。こんなときの企業に必要なのは社長としての実務ではない。いかに国家中枢と切り結び、日本企業に有利なビジネスのルール作りをするかだ。つまり根回しとロビイングです。

あなたの政治嫌いは有名だ。しかし、トヨトミ自動車の存亡を案じ、未来に進む道を作るために、会長としてロビイングの道に身を投じることに決めた。あなたの社長退任は撤退ではない。攻めなんですっ」

統一の口元がかすかにゆるんだように見えた。わからない。そう見えただけかもしれなかった。沈黙という恐怖から必死に逃げるように言葉を継いだ。

「森製作所の森社長と話をしました」

相手の目尻がぴくりと動く。本当にかすかに。しかし、確かに動いた。

「プロメテウス・ネオのモーターを作った会社ですよね」

再び相手の顔を見る。こちらの話に興味を示してくれているのだろうか。統一の表情は夜の闇の中で、不確かだった。

「プロメテウス・ネオを発売したことで、あなたは自分の口約を果たした。しかし、EVだけでは次の十年、世界で勝てない。グーゴルやナイルなど、トヨトミよりも潤沢なカネを自動運転やコネクテッド、ライドシェアの技術開発に費やす巨大企業がいくつもある」

一度言葉を切る。喉が渇き、口中がごわついた。

「あなたは、トヨトミだけでそれらの企業に太刀打ちするのは無理だと気がついた。だから、仲間を募っている。あなたは昔、〝この指とまれ〟と言って、先端技術でパートナーとなる企業を募ったが、強力な仲間を集めるためには自分で走り回らなければならない。そういう水面下の活動も、社長より会長のほうがやりやすい。ここからは私の推測ですが……」

単なる推測ではない。統一がこの一ヵ月、ワールドビジョンの宋正一や自動車業界各社のトップと複数回にわたり、極秘の会合を持ったことを確認していた。

「あなたはこれからの自動車、あるいは移動サービスに必要な技術を、主要自動車メーカーらと共同で開発する研究機関のようなものを模索されている。ワールドビジョンなど資金力を持つIT企業を巻き込み、さながら全日本連合のような」

そこまで一気に言い、睨みつけるように統一を見る。たっぷり十秒は睨み合っていたように思う。いや、実際は一秒か二秒だったのかもしれなかった。

確証はなかった。しかし、豊臣統一がいち経営者から、業界、いや日本の産業全体のフィクサーへと変身しようとしていることだけは、確かなことのように思えた。

「違いますか？」

もう一度問うた。

豊臣統一は車中で腕を組んだ。クルマはもう動かない。口元がわずかにゆるむ。

安本さん、さて、家の中で話しましょうか、と、統一は安本に語りかけた。

（了）

解説　経済小説の面白さ満載『トヨトミの逆襲』

江上剛（作家）

政治ジャーナリストの田﨑史郎《たざきしろう》さんが私に面白いことを言ったことがある。それは「政治記者しか食えない」ということ。田﨑さんに言わせると、政界は伏魔殿であり、そこでどんな陰謀が巡らされ、何が起きているかは外部から窺《うかが》い知れない。人々が興味を抱いてもそれを解説できるのは政治記者だけというのがその理由だ。確かにその通りで、政治の奥の院にアクセスできる田﨑さんは、テレビコメンテイターの常連である。まさに「食えている」のだ。

これは経済小説の面白さについても正鵠《せいこく》を射る言葉だと思う。経済小説も経済界の伏魔殿の扉を開け、中を覗《のぞ》かせてくれるからである。実は、経済界にも伏魔殿がいっぱい存在する。むしろ政界より多いのではないだろうか。私が『非情銀行』で幸運にも小説家デビューできたのもそのせいだ。多くの人は、メガバンクは何か悪さを企《たくら》んでいるに違いないと思っていた。しかしそれを知る手立てがない。それを元銀行員の私が、小説という形で伏魔殿の扉を開けたのである。私は銀行に勤務していたお陰で、人々が知らない銀行の内部を知ることができた。それを小説化することによって食えているのである。まことにありがたいことだ。

このように経済小説は、伏魔殿である企業の中を覗きたい、知りたいという人々の興味や欲求を満たすことを求められている。

そのため優れた（ヒットした）経済小説には、必ずモデルがある。勿論《もちろん》、小説である以上、著者の想像力が横溢《おういつ》する架空の物語でなければ面白くない。想像力が無ければ、ただの論文に堕してしまう。

ところで、今、人々はどんな企業の伏魔殿の扉を開けたいと思っているのだろうか。その筆頭は「トヨタ」ではないだろうか。自動車という私たちに最も身近な製品を提供し、テレビをつければ豊田章男《とよだあきお》社長がレーサー姿で登場するＣＭを見ない日はない。

トヨタは、販売台数世界一の日本を代表する世界的企業であり、典型的な日本型ファミリー企業でもある。グーグルやアリババなど新興企業が大きく成長している米国や中国とは違い、トヨタは長く日本のトップ企業に君臨し、その座を譲る気配はない。

書店にはトヨタ礼賛本が並び、「カンバン方式」と言われるジャストインタイムのトヨタ生産方式（ＴＰＳ）は、徹底的に効率を追求するもので内外の製造業に影響を与えたばかりではなく、非効率の極みである日本の官僚システムの改善にも採用されている。極端な言い方を許してもらえれば、「ニッポン＝トヨタ」である。

しかし、私たちはトヨタの優秀さ以外は何も知らない。社長はいったいどんな人物なのだろうか、社内にはドロドロとした派閥争いがあるのだろうか、毎期数兆円もの利益を上げているのは余程下請け虐《いじ》めが強烈なのではないだろうか、などなど知りたいことがいっぱいある。ところがトヨタ伏魔殿の扉は固く閉じられたままだ。私たちは、扉の前で地団駄を踏んでいた。なんとかならないのか、と。

そんな私たちの前に、トヨタをモデルにしたとしか思えない本書の前作『トヨトミの野望』が登場した。著者は経済記者で覆面作家の梶山三郎氏。衝撃の書き出しだった。将来のトヨトミ自動車社長と目されている主人公・豊臣統一が美人局《つつもたせ》にひっかかり、名古屋の武闘派暴力団の事務所から、たたき上げのサラリーマン社長の武田剛平に救出されるシーンから始まったのである。荒唐無稽と言えば荒唐無稽。しかし、案の定、この小説はダイナマイト級に、名古屋の街を直撃、あっという間に市内の書店から「蒸発」したという。

私は、ある雑誌のブックレビューで前作を「サラリーマン時代劇」と評したが、これは我ながら的を射ていたと自画自賛している。豊臣家の継承を望むオーナーと、血族を否定し、豊臣家を簒奪《さんだつ》しようとする家老サラリーマンとの血みどろの戦いが、まるで江戸時代のお家騒動そのものだったからである。

優れた(ヒットした)経済小説には、必ずモデルがあると言ったが、一方で作家の創造する虚構にリアリティがないと小説にはならない。だがそれにしてもアクセル全開、これほど踏み込んで書いていいものかと心配になった。経済小説には訴訟リスクが伴うからである。

経済小説の巨匠・高杉良氏が『乱気流―小説・巨大経済新聞』で、モデルとされる経済紙から出版差し止めと損害賠償を求めて提訴されたが、高杉氏は徹底抗戦を貫いた。『トヨトミの野望』の梶山氏も、経済記者だけあって、ひりひりするような日々を過ごしているに違いない。

ところがなんと続編『トヨトミの逆襲』が出版されたのだ。柳の下の泥鰌《どじょう》を諦めきれなかったのか、あるいは作家としての矜持《きょうじ》が許さなかったのかどうかは知らないが、「よくやるよ」と半ば呆《あき》れつつも著者・梶山三郎氏には「よくやった」と感服した。

『トヨトミの逆襲』は、前作『トヨトミの野望』で、豊臣家に生まれなければ出世などとても見込めない、社長の器ではないと叩かれまくった豊臣統一が主人公であり、彼のビルドゥングスロマン（成長物語）となっている。

今回は前作にもまして経済小説の魅力に溢《あふ》れている。その魅力とは、現実社会で取材を積み重ねた体験に裏打ちされた経済記者・梶山氏が描く場面の持つ力だ。彼は新聞の経済面やオウンドメディア（自社のカタログやウェブサイトなど）の裏側に潜む、経営者たちの素顔を描く。たとえば統一の愛人に関わる秘密である。統一は女癖が悪い。彼は、元レースクイーンを愛人にし、あろうことかトンネル会社を設立し、彼女をその会社の代表に据えることでお手当てを支給しているのだ。彼女の会社が制作するラインスタンプは彼をモデルにした「ヒデヨシ」。愛人に慰めてもらうことで激動のビジネス世界で生きる精神のバランスを保っているようなのだが、こんなやわな精神で巨大企業のトップが務まるのかと懸念を覚える。

さらに、統一には諫言《かんげん》する人間がいない。冒頭から興味深いシーンが登場する。毎朝、七時に各新聞社のキャップクラスが統一邸に集合し、彼と「朝のおしゃべり」をするのだ。メディアというのは第四の権力と言われ、政府や企業に諫言するのが役割である。しかし彼の周りには忖度《そんたく》記者しかいない。これではメディアの役割放棄であると疑問に思った記者が登場する。今回、舞台回し役を務める日本商工新聞記者である。彼は統一に耳の痛い質問を投げかける。途端に周囲は凍り付き、彼はデスクに厳しく叱責《しっせき》される始末。どの新聞社もトヨトミの巨額の広告費の前にひれ伏し、書きたいこと、書かねばならないことも書かないのだ。

メディアがこのように骨抜きでは外部からのガバナンスチェックが働かない。内部は、どうか。統一が人事に口を出す場面が登場する。役員会で彼に諫言をする役員はことごとく左遷されてしまう。いわゆる「お友達」ばかりを周囲に集めるのだ。そしてその最たるはかつて統一の上司で彼を厳しく指導した林公平を高齢にもかかわらず副社長として自分の身近に置いたことだ。林は、「君側の奸《かん》」として描かれる。統一を操作し、実質的な社長として振舞うようになる。トヨトミを簒奪しようとするのだ。この意図に統一は気づかない。気づいているのは統一の父、新太郎である。新太郎は、統一に、「君側の奸」に注意するよう助言するのだが……。

統一のお友達役員たちが、トヨトミを私物化し、食い荒らす実態が恐ろしく詳細に描かれている。金、女、横領となんでもあり。うそ寒くなるほどだ。こんなことではトヨトミは内部から崩壊するだろう。統一は、新太郎の助言に従い、「君側の奸」を切ることが出来るのだろうか。ここが本書の最大の読みどころの一つである。

さて、経済小説は最先端の経済情報を分かりやすく提供してくれるのも魅力である。その点でも本書は優れている。自動車産業が滅びゆく恐竜なのか、それとも情報産業化し、新しい地平を開くのか、現在はその重大な岐路に立っていると言えるだろう。トヨトミを世界企業に成長させたハイブリッドカー「プロメテウス」は、今やＥＶ（電気自動車）化の激流に流されそうになっている。そのほかにも自動車を所有しないライドシェアや情報端末化するＩｏＴ、自動運転、そしてカーボンニュートラルなど自動車の未来を揺るがす課題が目の前に山積している。坊ちゃん社長である統一がこの課題にどのように対処しようとするのか。統一は、「悪魔に魂を売ろうとも、この会社を守りきってみせる」と意気込むが、忖度メディアや「君側の奸」ばかりに囲まれていて守り切れるのか。

そして統一が魂を売ろうとする悪魔とはいったい誰なのか。本書には意外な悪魔が登場する。この悪魔との対決も面白く、興味深い。ワクワク、ドキドキが疾走する。


ところで本書の中に電気自動車に使われるモーターのコイル巻きの技術に優れた中小企業が登場する。この会社は、トヨトミの「プロメテウス」製造に重要な役割を果たしたにもかかわらず無慈悲にも取引を切られてしまう。私はこの場面で、ある尾張一宮の中小企業を思い出した。その会社をモデルに『絆《きずな》』という小説を書いたのだが、仮にA社としよう。A社は「トヨタ」の三次、四次の下請けだった。ある時、「トヨタ」の協力会社から増産を命じられて多額の借金をし、設備投資を行った。しかし計画が変更になり、当該会社から取引を切られ、その設備は一度も使われることなくお蔵入りとなってしまった。

A社の社長は、私にその設備を見せてくれた。工場の敷地全部を占めるほどの機械だった。不思議だと思ったのが、導入してから数年が経過しているのに機械は新品同様に輝いていたのだ。社長は悲しそうな表情で「いつかこいつらが働ける時が来ると思って、毎日、油を差し、磨いているんですよ」と言った。私は胸が締め付けられるような思いにとらわれ、同時に大企業の非情さを呪わざるを得なかった。そしてA社の社長は、その機械を一度も動かすことなく亡くなってしまった。私には本書に登場するコイル巻きの中小企業の無念さを痛いほど理解できた。

もしトヨトミがEV化などに対処して大きく変貌《へんぼう》を遂げ、生き残ったとしても、トヨトミの裾野《すその》産業である中小企業は累々と屍《しかばね》を晒《さら》すことになる可能性が高いのだ。これは小説世界のことではない。現実の自動車業界の暗い未来予想図なのである。

私は、本書の解説者として適当でなかったかもしれない。本書があまりにもリアルなので架空のトヨトミと現実が一体化してしまったのだ。

本書は二〇二二年のトヨトミ、そして統一の姿を描いている。二〇二二年は直近の未来である。トヨトミが開発したEV車は世界的成功を収め、統一は名経営者となるのである。現実は小説の予想通りになるだろうか。私は、著者・梶山三郎氏が「トヨトミ」という名前を選んだ意味を考えた。著者は、本音では別の未来を考えているのではないかと思ったのだ。

豊臣家は秀吉が興したが、彼の死後、徳川家康に滅ぼされた。家康の老獪《ろうかい》さもあったが、秀吉が重用した石田三成などの内務官僚と加藤清正などの現場担当管理者との対立によるガバナンス崩壊の結果と言えなくもない。家康はその教訓を得て、二六〇年あまりも続くガバナンス体制を築いた。

梶山氏が「トクガワ」ではなく「トヨトミ」と命名したのは、現実の巨大企業のガバナンス崩壊が着実に進行していることを知っているからではないか。

もしも私の想像通りなら、本書は、日本の自動車産業に関わる人は当然として、日本の未来を憂える人全てが読まねばならないだろう。「今、そこにある危機」に冷静に、真摯《しんし》に対処するためにも。

―――本書のプロフィール―――

本書は、二〇一九年十一月に小社より刊行された同名小説の単行本を文庫として刊行したものです。登場する組織や人物はすべてフィクションであり、実在の組織や人物とは関係ありません。

小学館文庫

トヨトミの逆襲《ぎゃくしゅう》
小説《しょうせつ》・巨大自動車企業《きょだいじどうしゃきぎょう》

著者　梶山三郎《かじやまさぶろう》
編集　加藤企画編集事務所《かとうきかくへんしゅうじむしょ》

二〇二一年十一月十日　初版第一刷発行
二〇二四年四月二十七日　第四刷発行

発行人　五十嵐佳世
発行所　株式会社 小学館
〒一〇一-八〇〇一
東京都千代田区一ツ橋二-三-一
電話　編集〇三-三二三〇-五六一七
　　　販売〇三-五二八一-三五五五
印刷所――中央精版印刷株式会社

ISBN978-4-09-407079-8

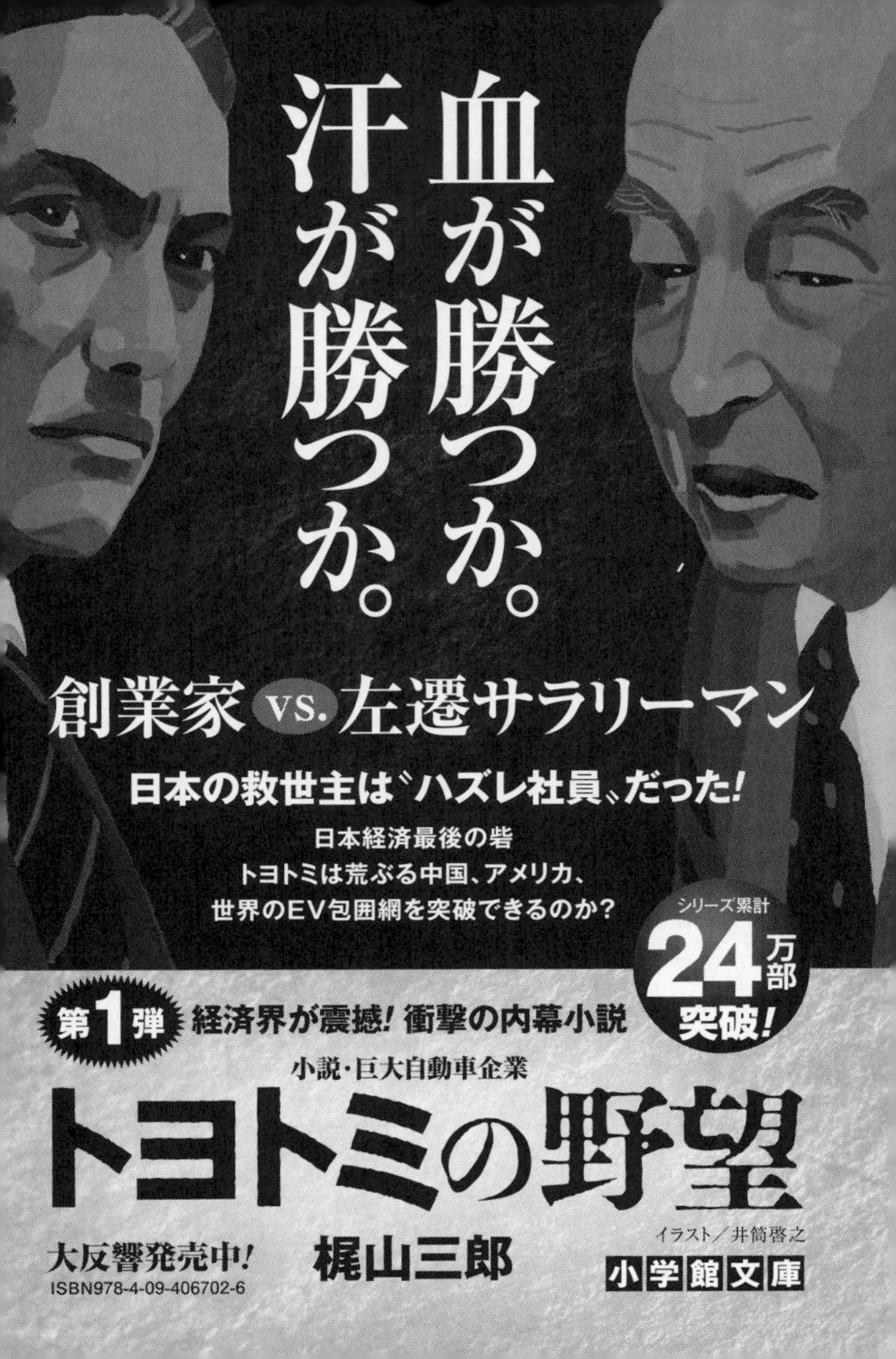

血が勝つか。
汗が勝つか。
創業家 vs. 左遷サラリーマン
日本の救世主は〝ハズレ社員〟だった!
日本経済最後の砦
トヨトミは荒ぶる中国、アメリカ、
世界のEV包囲網を突破できるのか?
シリーズ累計
24万部
突破!
第1弾 経済界が震撼! 衝撃の内幕小説
小説・巨大自動車企業
トヨトミの野望
イラスト/井筒啓之
大反響発売中!
梶山三郎
小学館文庫
ISBN978-4-09-406702-6